漫時光

女將星

卷一

千山茶客——著

高寶書版集團

目錄
CONTENTS

第一章　女將

大魏慶元六十三年，春三月，雨濛濛，城裡的新綠籠在一層煙霧中，淅淅瀝瀝的潤濕一片土地。

京城許氏的宅子，房頂瓦片被雨水洗得透亮，顯出一層勻淨的光彩。這是從雲洲運來的半月瓦，據說有月時，月光照上房頂，似螢火棲住，這瓦燒製工藝複雜，價錢也不簡單，滿滿一屋頂瓦片，便是平常人家數十載的辛勞。

不過京城許氏，綢緞生意滿布全國，一房瓦片至多九牛一毛。許大人乃當今太子太傅，育下二子，長子許之恒單特孑立，年紀輕輕已是翰林學士，京城人人稱讚。許之恒亦有妻室，十八歲時，娶了武將禾家二爺的嫡女禾晏。禾家大爺家的嫡長子禾如非乃當今陛下御封飛鴻將軍，一文一武聯姻，也算門當戶對。

「夫人，您要什麼？」穿著薄衫的嬌花一般的丫鬟遞上一杯熱茶，脆生生地道。

「我出去走走。」禾晏回答，將茶水一飲而盡。

「可是外面在下雨……」

「無事，我打著傘。」

丫鬟望著面前的年輕女子，許家是書香門第，女子打扮皆是清雅風流，許大奶奶也是一樣，只是碧青的羽紗緞衫穿在她身上，總有種格格不入的小氣。其實許大奶奶長得很好看，五官分明而英氣，一雙眼睛如被洗淨了的湖水，澄澈而悠遠……可惜是個瞎子。

許大奶奶不是天生的瞎子，是在嫁入許家的三個月後，突患奇疾，高熱兩天兩夜，醒來就看不見了。許家遍請神醫，仍然束手無策，後來許大奶奶就不常出門了。一個瞎子出門，總歸是不方便的。

禾晏走到院子池塘的涼亭裡。

她嫁進許家一年，三個月就瞎了眼，剩下的九個月，她學著不用眼睛生活，適應得很好。只是偶爾會懷念看得見的日子，比如現在，她能聽見雨水落進池塘蕩起漣漪的聲音，感覺到池塘的紅鯉爭食，但什麼都看不見。

看不見的春光才是好春光，如同看不見的人。

大概瞎的太早了，以至於她連許之恒現在的樣貌也記不大清了。能記起的，是十四歲的時候看見的許之恒，一身青衣的少年笑容和煦地對她伸出手，現在的許之恒是不會對她伸出手的。雖然他仍待她溫和有禮，可是隱隱隔著一層什麼，禾晏能感覺出來。

但她不會說。

年少時多年的行伍生活，她學會用男子的身分與男子打交道，卻不懂如何做一個女子。所以她只能看著許之恒同姨娘賀氏溫柔繾綣，既傷心又厭倦。索性後來看不見了，連帶著這些傷人心的畫面也一併省去，白得了許多清閒。

她安靜地坐在涼亭裡，忽然想起少年時的那些年，隨軍的日子。也是這樣的春日，雨水濛濛，她坐在軍士們中間，微笑著飲下一碗烈酒，感到渾身都熱起來。

這熱意霎時間席捲她全身，禾晏扶住欄桿，喉間湧出陣陣甜意，「噗」的吐出一口鮮血。

有人的腳步聲慢慢逼近。

禾晏問道：「小蝶？」

沒有回答，腳步聲停住了，禾晏微微皺眉：「賀氏？」

片刻後，女子的聲音響起，「夫人好耳力。」

胸口翻騰起奇妙的感覺，多年的直覺令她下意識地做出防備的姿勢。賀氏一向溫婉小意，與她在府裡沒說過幾句話，忽然前來，這般隱含得意的語氣，禾晏感到不安。

但她也很奇怪，她不是稱職的主母，在府裡更像是一個擺設。阻止不了賀氏邀寵，一個瞎子對賀氏沒有威脅，賀氏沒必要，也沒理由對付她。

「何事？」

賀宛如撫了撫鬢邊的髮簪，那是許之恒昨日送她的，忽然想起面前的人看不見，遂有幾分遺憾地收回手，道：「夫人，您懷孕了。」

禾晏愣在原地。

「前幾日替您看眼睛的大夫把過脈，您懷孕了。」

禾晏在不知所措中，生出一絲欣喜，她正要說話，聽見賀氏又嘆息了一聲：「可惜。」

可惜？

禾晏嘴角的笑容隱沒下來，她問：「可惜什麼？」

「可惜這孩子留不得。」

禾晏厲聲道：「賀氏，妳大膽！」

她柳眉倒豎，目光如刀，雖是瞎子，卻神色攝人，賀宛如一瞬間汗毛直起。不過片刻，她穩了穩心神，只道：「這可不是我一人說的，禾將軍。」

禾將軍三個字一出，禾晏頭皮一麻，她問：「妳知道什麼？」

「該知道的我都知道了，不該知道的我也都知道了。禾將軍，這麼大的祕密，妳說，禾家和許家，怎麼敢容下妳呢？」

禾晏說不出話來。

禾家在沒出飛鴻將軍這個武將時，和大魏所有的勳貴家族一樣，甚至瀕臨沒落。十九年前，禾家妯娌二人同時分娩，禾家大奶奶生下禾如非，禾家二奶奶生下禾晏。

爵位是該落在禾如非身上的，可禾如非生來體弱，大夫斷言活不過三歲。禾如非死去，禾家的爵位被收回，整個家族就真的一無所有了。

禾家人商量了一下，做出一個膽大包天的決定，讓禾晏代替禾如非，禾如非則謊稱是禾晏，天生體弱被送到廟裡長養。

禾晏頂著禾如非的身分長大，她雖生在二房，卻長在大房。她自小就當自己是男孩子，喜歡練武，十四歲時，背著家人投了撫越軍的名，漸漸在戰役中聲名鵲起，甚至親得陛下嘉封，賜號飛鴻將軍，得到機會進宮面聖。

也就是這個時候，送到廟裡「養病」的禾如非歸來了。

禾如非沒死，甚至平平安安活到了十八歲。看上去身姿敏捷，康健俊美。於是一切歸回原位。

禾如非見了陛下，成了飛鴻將軍，禾晏還是禾晏。一切並沒有想像的那麼困難，為了預防今日出現的情況，禾家早就規定，禾晏過去以面具示人，沒有人見過禾如非的長相。而禾晏，被禾家人安排著，嫁給了當今翰林學士，青年才俊許之恒。

許之恒英俊溫柔，體貼有禮，婆母亦是寬厚，從不苛待，對女子來說，當是一樁再好不過的姻緣。禾晏也曾這麼以為，直到今日。溫情的假面被撕開，血淋淋的真相，比她在戰場上遇過最難的戰役還要令人心涼。

「當初那碗毒瞎妳的湯藥，可是妳族中長輩親自吩咐送來。只有死人才能守住祕密，妳活著——就是對他們天大的威脅！」

「妳服藥的時候，大少爺他就在隔壁的房間看著呢。」

「妳死了，禾家和許家只會鬆一口氣，這只怪妳自己。」

禾晏揚聲大笑。

怪她？怪她什麼？

怪她不該為了家族利益頂替禾如非的身分？怪她不該癡迷武藝學成投軍？怪她不該在戰場上蹈鋒飲血，殺敵致果？還是怪她不該親得陛下御封飛鴻將軍，讓禾如非領了她的功勳？

怪她，怪她是個女子。因為是個女子，便不可用自己的名字光明正大的建功立業。因為是個女子，便活該為禾家，為禾家的男子鋪路犧牲。說到底，她高估了禾家的人性，低估了禾家的自私。

而許之恒……她應該早就瞎了眼，才會覺得他很好。

「妳笑什麼？」賀宛如皺眉問道。

「我笑妳，」禾晏朝著她的方向，一字一頓道：「我笑妳可笑。我因祕密而死，妳以為妳知道了這個祕密，還活得了嗎？」

賀宛如冷笑一聲：「死到臨頭還嘴硬，來人——」

迅速出現的護衛將禾晏團團圍住。

「殺了她！」

柳枝，是可以成為兵器的。柔且韌，如同女子的手。分明是輕飄飄的枝丫，上面還帶著新生的嫩芽，就像是繡著花的寶劍，能將對手的刀拂開。

賀宛如也是聽過飛鴻將軍的名號的，她知那女子驍勇善戰，不似平凡姑娘，可只有親眼見到，才知道傳言不假。

禾晏已經瞎了，可她還能以一擋十，一腳踢開面前的護衛，彷彿要從這陰森的宅院中突破重圍，駕馬歸去，無人可攔。

可是倏而，她就如中箭的大雁，從半空中跌落，吐出的血濺在草叢上，如星星點點野花。

那杯茶……小蝶遞給她的那杯茶。

她失去了視力，現在連五感都失去了，成了真正的瞎子，困獸之鬥。

他們為了殺掉她，還真是做了萬無一失的準備。

「一群蠢貨，趁現在！」賀宛如急道。

禾晏想抬頭，「啪」的一聲，膝蓋傳來劇痛，身後的人重重擊打在她的腿上，她雙腿一軟，險險要跪，可下一刻，背上又挨了一拳。

拳頭七零八落的落下來，雨點般砸在她身上，五臟六腑都在疼。

他們不會用刀劍傷她，不會在她身上留下可作證據的痕跡。

有人扯著她的頭髮把她往池塘拖，將她的腦袋粗暴地摁了下去，冰涼的水沒過眼睛、鼻子、嘴巴，沒過脖頸，禾晏再也說不出話來。身體沉沉的下墜，可她掙扎著向上看，水面離她越來越遠，天光處像是日光，一瞬間像是回到了故鄉，恍惚間聽見行軍時唱的歌謠，夥伴們用鄉音念著的家書，伴隨著賀氏驚慌的哭泣聲。

「來人啊，夫人溺水了——」

她，想回家。

而她無家可歸。

第二章　姐弟

春日的雨像是沒有盡頭，下個不停。

屋子裡卻很溫暖，爐火燒得旺旺的，上面煮著的藥罐蓋子被水氣頂得往上冒，能清楚地聽見「咕嘟咕嘟」的響聲。

女孩坐在鏡子面前，銅鏡裡顯出一張稍顯蒼白的小臉，長顰減翠，瘦綠消紅，嘴唇像小小的菱角，抿著，清秀而疏離。一雙杏眼黑而水潤，像是下一刻要聚起水霧的山澗，雲煙淡淡散去，露出瑰麗的寶石。雪膚花貌，娟娟二八，是個漂亮的姑娘，但，也僅僅只是漂亮了。

她當然很瞭解自己的美麗，是以不大的梳妝檯前，滿滿擺上了胭脂水粉，香料頭膏。脂粉氣息縈繞在身邊，禾晏聳了聳鼻子，忍不住打了個噴嚏。

銅鏡頓時被呼出的熱氣覆上一層白霜，連帶著那張臉也變得看不清楚，禾晏有一瞬間的恍惚，彷彿又回到了當年第一次卸下男裝的時刻，也是這般坐在鏡前，看著鏡中女子模樣的自己，恍如隔世。

她被賀氏的人馬溺死在許家的池塘，可是醒來，她變成了禾晏。不是當今飛鴻將軍禾如非的妹妹，許之恒的妻子禾晏。而是這個破敗小屋的主人，九品武散官城門校尉禾綏的大女兒，禾晏。

都是禾晏，身分地位雲泥之別。

「晏晏，醒了怎麼不說一聲？」伴隨著外面的聲音，門簾被掀起，人影帶著冷風捲了進來。

那是個留著絡腮胡的中年男子，國字臉，黑皮膚，身形高大，如一頭笨拙而強壯的熊，笑容帶著一絲小心翼翼的討好。他見屋裡沒人，便大聲喊道：「青梅，青梅呢？」

「青梅撿藥材去了。」禾晏輕聲道。

男子撓了撓頭，道：「哦，那爹爹給妳倒吧。」

白瓷的藥碗還不及這男子的掌心大，他也知道這一點，故而倒得分外小心，滿屋子頓時盈滿藥草的清苦香氣。禾晏看著藥碗邊上的梅花，目光移到男子的臉上，這就是禾晏的父親，城門校尉禾綏。

父親這兩個字，對禾晏來說是陌生的。

她的生父應當是禾家二老爺禾元亮，但因為頂了禾如非的身分，只能叫禾元亮二叔。而她的養父禾元盛，實際上是她的大伯。

養父和她的關係，不甚親厚，在她最初提出學武時，更是一度降到冰點。只有她掙了功勳，拿到皇上嘉獎後才變得熱情起來。而過去的那些年，大房雖然沒有短她吃喝，到底不甚瞭解她心裡究竟在想什麼。禾晏幼年時曾以為是因為不是親生父親的緣故，可生父禾元亮待她也是淡淡的。大約是當送出去的女兒潑出去的水，既沒有養在身邊，情分也就淡了。

是以，關於父親的模樣，在禾晏的腦海裡，還不如她的兄弟屬下來的清晰。

面前的禾綏已經將藥倒進碗中，小心地撈走漂浮在水面上的一點殘渣，再輕輕吹了吹，送到禾晏面前，就要餵她。

禾晏接過藥碗，道：「我自己來。」

男子收回手，訕訕地道：「好。」

湯藥發出嫋嫋熱氣，禾晏遲疑地看著面前的藥碗，她想到了死之前賀氏說的話。

──「那一碗毒瞎妳的藥材，可是妳族中長輩親自送來！」

族中長輩，是禾元盛？還是禾元亮？或者是其他人？許之恒是知情的，其他人呢？

她又想到她被溺死的那一天，小蝶遞上來的那杯熱茶。旁人送上來的東西，誰知道是不是居心叵測之物？

禾綏見她遲遲不喝，以為她是嫌藥苦，笑著哄道：「晏晏不怕，不苦的，喝完藥就好了。」

禾晏不再遲疑，不等禾綏繼續說話，將唇湊到碗邊，仰頭將藥灌了進去。

「等等……」禾綏來不及說話，禾晏已經將空碗擱置在桌上，他才吐出嘴裡剩下的字：「燙……」

「不燙。」禾晏答。

禾綏一時間也不知道說什麼，囁嚅了幾下，輕聲囑咐道：「那妳好好在屋裡休息，別到處亂跑，爹爹先去武場了。」將空了的碗一併拿走了。

屋子裡又剩下禾晏一個人，她微微鬆了口氣，到底不太習慣和人這般親密的交流，尤其是以女子的身分，還是這樣一個被嬌寵著捧在掌心長大的少女。

婢子青梅還沒有回來，禾綏每月的差銀並不多，如今的城門校尉不過是個武散官，沒什麼實權，銀子少得可憐。這屋子裡的人靠禾綏一人的銀子養著，連婢子都只請得起一個，而其他的銀子，大概都變成了禾小姐堆滿桌子的胭脂水粉了。

禾晏站起身，走到了門前。

這具身體軟綿綿的，如凝脂白玉，香香嫩嫩，於她而言全然陌生，沒有力量便不能保護自己，若說有什麼特別好的，便是一雙眼睛乾淨明亮，能讓她重見許久不見的人間光明。

「咚」的一聲，身後傳來重物落地的聲音，禾晏轉頭，站在她面前的少年正將肩上捆著的柴木卸下。

少年年紀不大，和如今的禾晏年紀相仿，穿著一件青布的收腰襦衣，下著同色步褲，腿上綁著白布條，是為了方便幹活。他膚色微黑，眉眼和禾晏有五分相似，清秀分明，下巴卻略窄勁一些，顯得神色堅毅，看起來倔強又倨傲。

這是禾大小姐的弟弟，禾綏的小兒子禾雲生。

禾晏躺在床上這幾日，禾雲生來過幾次，都是過來送水端火爐，沒有和禾晏說過一句話。他們姐弟二人的關係似乎不太好，不過……禾晏看看禾雲生身上粗製濫造的不合身布衣，再看看自己身上青緞粉底的小襖裙，微微了然，卻又詫異。

在那個禾家，女子皆是為男子鋪路，男子便是天便是地，彷彿世上的中心。然而在這個家卻不同，看起來，這親生的小兒子倒像是撿的，禾家吃的穿的好的全都緊著禾大小姐一人，這又是為何？

禾晏擋在禾雲生面前，沒有挪動一步，禾雲生將柴堆到屋簷下，開始劈柴。

這家人是真的很窮，唯一的一個下人便是婢子，而親生的兒子卻做著小廝做的活。

禾晏面前就是柴堆，禾雲生劈了兩下，微微皺眉，「勞駕讓讓，妳擋到我了。」連個「姐姐」都不叫。

禾晏一動也不動，既沒有讓開，也沒有如往常一般尖酸刻薄的嘲諷他兩句。禾雲生忍不住抬起頭，對上禾晏認真的目光。

禾晏道：「你這樣劈柴，不行。」

禾雲生皺起眉，問：「妳說什麼？」

禾晏一動也不動，認真的重複道：「我說，你這樣劈柴，不行。」

少年不耐煩了，「禾晏，妳有病就回屋裡去，別在這找碴。」

「你這樣劈，天黑也劈不完。」禾晏紋絲不動。

禾雲生像是突然來了火氣，斧子脫手滑落，重重砸在青石板上，發出一聲巨響。他上前一步，怒道：「如果不是因為妳生病花錢，爹也不會遣走小廝。妳還知道要劈到天黑，妳沒劈過柴就別指手畫腳，妳這麼會劈妳來劈啊！」

禾晏心中微動，原來家裡是有小廝的，只是家貧為了看大夫遣走小廝，這少年便頂了小廝的活。看他的模樣，對這位姐姐也是積怨已久，劈里啪啦一通冷嘲熱諷，真是一點情面都不留。

窮也有窮的好處，譬如院子裡都沒人，這對姐弟的尷尬場面不至於被人撞見。要是換做在從前的禾家和許家，怕是看熱鬧的丫鬟都能圍成支兵馬隊。

禾雲生說完就等著禾晏跳腳罵人了，不過出乎他的意料，這一次，禾晏沒有罵人，而是彎下了腰，撿起那把被他丟在地上的斧頭。

她被沉重的斧頭墜了一墜，纖細的皓腕像是經不起摧折似的，看得令人心驚。

禾晏看著自己的手，微微皺了皺眉，連把斧頭都舉不起來，比起她以前，實在差太遠了。

禾雲生愣了愣，狐疑道：「妳幹什麼？」

「我劈給你看。」禾晏回答。

禾雲生一聽，更生氣了，怒道：「妳別在這胡攪蠻纏，妳……」

他話還沒說完，「砰」的一聲，打斷了他的聲音。

禾晏已經掄起斧頭乾脆俐落的將面前的柴木一劈為二。

「你看。」她說：「很簡單，你不能握著斧頭的前端，得握著斧柄的末端，順著木頭的紋路劈，會省力的多。」

禾雲生呆呆地看著她，片刻後，這少年臉色漲得通紅，語氣幾乎是出離的憤怒了，他指著禾晏道：「妳妳妳，妳果然別有居心！妳的手……爹回來看到一定會罵我！禾晏，妳真是心機深沉，刁滑奸詐！」

「嗯？」禾晏不解，下一刻，驚慌的女聲響起：「姑娘，妳流血了！」

禾晏下意識低頭看去，掌心不知什麼時候被磨破了皮，血跡映在掌心裡，鮮明的竟然有幾分動人。

她只是握著斧頭劈了一根柴而已，這就把手磨破了？這副身體到底是有多嬌嫩？從小到大，禾大小姐究竟有沒有提過稍重一點的東西，她是用棉花和豆腐做的嗎？

禾晏陷入沉思，婢子青梅已經衝過來拉著她往屋裡走，急急地開口：「得先用膏藥擦一擦，不知道會不會留疤……」

禾雲生恨恨地瞪了她一眼，扔下一句：「禾晏妳就作吧，遲早把自己作死。」就轉身跑了。

禾晏哭笑不得，上輩子她活到嫁人成親，一直到死，到現在，還是第一次有人說她「作」。

這種感覺很新奇，在將士心中，「作」，大概是個很遙遠的字眼。

青梅將禾晏的手托在自己膝頭，拿指尖細細抹了膏藥擦在禾晏掌心，罷了又落下眼淚，「這要是留疤了可怎麼辦，得想辦法弄點祛疤膏才行。」

「沒事，」禾晏見不得姑娘流淚，尤其是個十五六歲，比她上輩子年紀還小的漂亮姑娘，便寬慰道：「留疤就留疤，好了就行。」

青梅睜大眼睛，淚水都忘了擦乾，盯著禾晏說不出話來。

「怎麼了？」禾晏問。

「沒、沒怎麼。」青梅擦了擦眼淚，站起身來，「姑娘不生氣就好。」

這話裡的語氣……禾晏再看看梳妝檯前擺著的脂粉首飾，心中大概明瞭幾分。原先的禾大小姐極為愛美講究，這一身細嫩皮膚想來是要嬌養的，要是平常磕破了個口子，就算是天大的事。

上天是不是看她上輩子過的太過粗糙，不曾體會過當女兒的感受，這輩子才給她找了這麼個嬌花身體，風雨都受不得。

青梅問：「姑娘，奴婢給您倒杯熱茶吧，剛剛外面下雨，受了寒氣。」

「等等。」禾晏叫住她，「我想起一件事，之前我醒來，有些事情記得不大清楚……」她看向青梅，「我是怎麼生病的？」

原先這家裡是有小廝的，後來給禾晏看病小廝才被遣走，可見這病不是生來就有。可突發疾病的話，這幾日她也沒覺得有什麼不適。屋裡人人見了她都是一副細心呵護生怕出什麼意外的模樣，禾晏覺得怪怪的。

青梅聞言，大驚失色，一把抓住禾晏的手，險些又要落下淚來：「姑娘，您已經為范公子傷心過一回，可不能再折騰一次了。您就算不為了您自己，還得為老爺和少爺想想！」

范公子？男人？

禾晏問：「哪個范公子？」

「姑娘，妳這話是什麼意思……是了，范公子如此無情，並非良配，姑娘忘了他也是對的。奴婢不會再主動提及范公子了，只要姑娘好好的。」說完，青梅又擦起了眼睛。

這個小婢子實在太愛哭了，她營帳下那些剛進來的新兵第一次上戰場都沒這麼愛哭。還沒問幾句話，衣襟已經濕了大截，這樣下去，不出一炷香就能水漫金山。

「好吧。」禾晏無奈地道：「那就不提，妳先去換件衣服，妳衣服濕了。」

青梅瞪大眼睛看向禾晏，見禾晏神情平靜，並沒有要崩潰的樣子，猶豫了一會兒道：「那奴婢這就去換……姑娘等等奴婢，奴婢馬上就回來。」這才一步三回頭的走了。

屋子裡又安靜下來。

禾晏伸出手，對著自己攤開掌心。

青梅擦的膏藥還沾在手上，她看著這隻纖細幼嫩的手出神。女子力氣天生弱於男子，當年為了練習手勁，禾晏幼時起，每日天不亮從府裡後門溜出，爬到京城東皇山上幫寺廟裡的和尚挑水劈柴，一開始也是如這般磨破手皮，待漸漸生出繭子後便好了，再然後，兩個水桶也能輕鬆扛起，還能在手腕上懸著石頭打拳。

她不聰明，只能用笨辦法，日積月累，便也有了能和男子一較高下的資格。

只是現在，一切又回到了原點。且不說拿走原本屬於自己的東西，光是這柔弱的身軀，也無法承負她今後要走的，布滿荊棘的絕路。

「那就練吧。」禾晏對自己道：「就像從前。」這也許是上天給她的考驗，作為她重生的代價，不過那又有什麼可怕的。

不過是重頭再來而已。

第二日雨便停了，是個大好的晴天。院子裡的青石被曬得暖暖的，泛著鬱鬱蔥蔥的綠。

雞叫第三聲的時候，禾晏就醒了，青梅醒來的時候發現禾晏不在床上，嚇了一大跳，四處去尋，發現禾晏坐在院子裡的石墩上發呆才鬆了口氣。

「姑娘怎麼起的這樣早？是不是被子薄了發冷？」青梅問。

「無事，我睡不著。」禾晏答道。

她沒有起懶的習慣，在兵營裡，每一刻都無法放鬆，即使是夜晚，也要提防著敵方的突襲，是以隨時保持警惕。再者少年時她要練武，倒是真的聞雞起舞。後來嫁到許家，仍舊改不掉習慣，反被人背後嘲諷，不過瞎了後，她便不再起那麼早了，白天和黑夜對她來說沒有分別。仍舊是雞鳴時醒，只是要等到院子裡的人全都窸窸窣窣起來後，才跟著起來。顯得自己不那麼格格不入。

「父親呢？」她問。

「老爺已經去校場了，少爺也剛剛起來，姑娘換件衣服來用飯吧。」青梅說著，便先小跑著去廚房了。

屋子裡只有一個婢子，活卻不少，便總有人手不夠的時候。

等禾晏到了堂廳，禾雲生已經在飯桌上坐下，開始吃飯了。

少年今日仍舊如昨日一般，穿的衣服如販夫走卒，十分不講究。見到禾晏，只是看了一眼就移開目光，端起碗喝粥。

飯菜是簡單的清粥小菜，禾家這般家境，吃不起什麼精緻菜肴，縱然這樣，桌上也有一盤點心，看起來不甚精緻，香氣粗劣，一看就是禾綏特意為女兒準備的。

禾晏也跟著端起碗來喝粥，她喝得很快，青梅與禾雲生微感詫異。從前的禾晏挑三揀四，不肯好好吃飯，一碗粥到了最後，不情不願吃許久才能吃完。哪像今日這般乾脆，喝完了粥，她並沒有立即去拿碟子裡的點心——這是禾綏給她準備的，青梅不會吃，禾雲生更不會。

禾雲生將碗擱在桌上，站起身來，禾晏抬頭問：「你去哪？」

禾雲生蹙眉：「幹嘛？」正要不耐煩幾句，目光突然瞥見禾晏掌心裡的痕跡，語氣就頓住了。

他還以為禾晏昨日會向回家的禾綏告狀，誰知道今日一早風平浪靜，看來禾晏沒去挑撥離間，禾綏還不知道禾晏受傷。

少年的語氣緩和了一點：「上山砍柴。」

在禾雲生的腦海裡，聽完這句話的禾晏，應當沒什麼興趣的離開，回到她的屋子裡擺弄她那些胭脂水粉，再精心打扮出門逛逛踏青，誰知道禾晏卻目光一亮，興致勃勃地道：「真的？我也一道。」

禾雲生還沒開口，青梅就先開口了：「姑娘，您去做什麼？山上下過雨，路不好走，到處都是泥，若是摔著了怎麼辦？」

「就是。」屋裡難得還有個正常人，禾雲生馬上接道：「別自找麻煩。」

兩人都以為禾晏是一時興起，禾晏卻轉頭對青梅道：「父親白天都在武場，夜裡才會回家。青梅妳有那麼多活幹，也不能時時跟著我，禾雲生。」她叫禾雲生的名字，聽得禾雲生一個激靈，「你如果不帶我去，我就自己去。」

「喂！」禾雲生氣急。

「這屋子裡還有第三個可以管著我的人嗎？」她不緊不慢地問。

禾雲生無話可說，別說第三個人，這屋子裡根本沒人能管得了禾晏的性子。就是因為禾綏的嬌寵，禾晏什麼人的話都不肯聽，哦，除了那個范公子。

「妳想去就跟著去。」少年怒道：「不過妳摔在半路，哭著想回家的話，我可不會把妳送回來。」

禾晏聳了聳肩。

禾雲生怒氣沖沖地走了，他想不明白，生一場病，禾晏怎麼變得愈發討厭了。如果說過去的禾晏是矯揉造作的小姐脾氣，如今的禾晏，還多了一絲無賴，更加難對付。

她果然是他禾雲生的冤家！

龍環峰山路崎嶇，地勢險要，來這裡的多是砍柴採藥的窮苦人。

路邊生長了不知名的野花，點映在草叢之中，煞是好看。只是畢竟不是真正踏青賞花的地點，腳踩著的石頭貼在崖壁上，往下看去，令人兩腿發抖。

這條路禾雲生走過無數遍，知道上山沒那麼容易。他等著聽禾晏的抱怨和哭泣，可從頭到尾，也沒見禾晏吭一聲。

禾雲生忍不住回過頭，驚訝的發現，禾晏並沒有落下他多少，幾乎與他比肩而行。

這怎麼可能？

這條路男子走尚且吃力，何況禾晏還是一個嬌滴滴的小姐，從前走路走遠了都要揉膝蓋的那種。她什麼時候體力這樣好了？

「你看我做什麼？」禾晏奇怪地盯著他，「不繼續走嗎？」

禾雲生二話不說回過頭，繼續往前走。

她一定是裝的，她肯定馬上就撐不住了！

禾晏看著自己的腿，嘆了口氣。

這腿上的力氣，真的很小。她和禾雲生走這一段路，竟然久違的覺得乏累。看樣子，還有的磨合。

「在這就行了。」禾雲生停下腳步，從腰間取下斧頭。

這裡雜木很多，禾雲生選的都是細小伶仃的樹木，砍起來也方便一些。他對禾晏指了指旁邊的石頭，「妳就在這坐一會兒吧，我得砍一個時辰。」

「就這裡嗎？」禾晏點了點頭，將身上背著的布包取了下來。

禾雲生眼睜睜的看著她從布包裡也掏出一把斧頭。

「妳……妳妳幹什麼？」禾雲生腦子一懵，話都說不利索了。

他還以為禾晏背著的布包裡裝的是水壺，結果她裝了一把斧頭？她背了一把斧頭還走了這麼遠的路，並且沒有被他落下，禾雲生懷疑自己是在做夢。

接下來發生的事讓禾雲生更加確定自己是在做夢了。

他看見自己嬌滴滴的姐姐，平時捧個茶杯都要嫌重的禾晏毫不猶豫地掄起斧頭，一刀下去，砍下一叢樹枝，動作利索的像是做了千百回。

她說：「我來幫你啊，很快。」

第三章　貧窮

禾雲生總覺得自己這個夢做得太長了一點。

他的姐姐今日一早跟著他上了山，砍了柴，最後掏出布包裡早晨沒有吃的點心分給他一個。禾雲生本想拒絕，可是甜膩膩的香氣充斥在鼻尖，禾晏已經低頭咬自己的那份，鬼使神差的，禾雲生就伸出手接了過來。

他咬了一口，甜的滋味是陌生的。禾綏偏心的厲害，所有好吃的都給禾晏，而禾晏並不是一個樂於分享的人。

禾晏見他吃得很慢，將剩下的幾個全塞到他手上，道：「剩下的都給你，我吃飽了。」

禾雲生不知所措。

禾家只有他們姐弟二人。禾綏當年不過是個來京運送貨物的鏢師，路途中恰好遇見山匪搶劫，救下了京城秀才府上的小姐，遂結美滿姻緣。秀才家只有這麼一位小姐，禾綏又無父無母，於是自願成為上門女婿。

雖是上門女婿，一雙兒女卻還是跟了夫姓。

後來秀才夫婦二人相繼病逝，禾夫人成日鬱鬱，禾雲生三歲的時候禾夫人便撒手人寰。剩下他們三人相依為命。

禾綏與夫人伉儷情深，禾晏生得很像禾夫人，大約因為這一點，禾綏格外疼愛禾晏。禾家雖然並不富裕，禾綏卻總是盡力滿足禾晏的需求。久而久之，禾晏也變成令人討厭的性子，至少禾雲生是對這個姐姐愛不起來的。

可是自從她病了後，她的許多行為變得匪夷所思，禾雲生也不知道怎麼面對她了。

「你每日就上山砍柴？」禾晏問他：「下午做什麼？不去學堂麼？」

禾雲生只比禾晏年幼一歲，今年十五，這個年紀的孩子，應當還在念書。

「回去後做大耐糕，下午在棚裡售賣，學堂就算了。」禾雲生隨口道：「家裡沒有銀子，我也不是那塊料，隨便識幾個字就得了。」

說到這裡，雖然他極力掩飾，禾晏還是在這少年眼中看到一絲遺憾和渴望。

頓了頓，她問：「你以後想做什麼？」

「妳問這個幹什麼？」禾雲生狐疑，不過片刻後他還是回答了禾晏的問題，「我現在每日去武場，日後只要過了校驗，就能去城守備軍裡，慢慢的也能做個校尉，就能拿差銀了。」

「就這樣？做個武散官？」禾晏笑了，「我以為你會想做點別的。」

「怎麼做別的？」禾雲生自嘲道：「難道要像飛鴻將軍一樣嗎？同樣是姓禾，他可比我們厲害多了。」

冷不丁從禾雲生嘴裡聽到自己的名字，禾晏愣了一下。她沉默了一會兒，才問：「你知道飛鴻將軍？」

「自然知道！大魏誰不知道，當年飛鴻將軍平西羌，封雲將軍定南蠻，北禾南肖，方有我大魏盛世太平！少年俠骨，意氣風發！我若能成為他們這樣的人，就是死也值得了！」

禾晏「噗嗤」一聲笑出來。

禾雲生氣急敗壞：「妳笑什麼？」

「光是砍柴和賣大耐糕，可成不了這樣的人。當年飛鴻將軍和封雲將軍，也不是在武場裡隨便學學就能成功的。」

「我自然知道。」禾雲生漲紅了臉，「可是我……」

哪個少年不渴望建功立業，禾雲生正是少年熱血的年紀，況且就如眼下這樣，實在是太耽誤他了。

禾晏道：「明日起，我每日都跟你一起上山砍柴和賣大耐糕。」

「什麼？」禾雲生從石頭上跳起來，「禾晏，妳是不是瘋了？」

今日之事可以說是她一時興起，日日都來……禾晏怕不是生了一場病連腦子都壞掉了？

不等禾雲生再說話，禾晏已經站起身來，拍拍身上的塵土：「吃好了就繼續幹活吧，春光不等人。」

禾雲生：「……」

春雨過後，接連十幾日都是好晴天。

青梅最近有心事。從前總是指揮著她做這做那，讓她貼身伺候的大小姐如今再也不找她了。

白日裡和禾雲生一起出門，到了晚上青梅要伺候禾晏梳洗時，禾晏也將她打發出去。唯一能用得上的，便是早上起來給禾晏梳頭。

青梅憂心忡忡，這樣下去，是不是她也會像被禾綏遣走的那些小廝一樣被掃地出門，畢竟大小姐不需要她了呀！

同樣心事重重的還有禾雲生。

半月餘了，禾晏每日清晨都跟他一起上龍環峰砍柴。起的竟然比他還要早，禾晏上山也就罷了，還在手腳上各綁上一塊沙袋，禾雲生偷偷的掂量過，很重。禾晏就是這樣每天背著這麼個鬼東西跟他一塊兒上山砍柴。

她沒有抱怨過一句，好像不知道累似的。不過禾雲生看見她的掌心，細嫩的皮膚被磨破了不知多少回，她索性在手上纏上布條。

這樣做的好處是顯而易見的，因為半月下來，禾晏已經走得比他快了，砍柴也砍的比他多。禾雲生心裡想著，那沙袋是否真的這麼神奇，要不他也偷偷綁兩個？

兩個人砍柴比一個人砍柴快，多出來的時間，便可以多賣點大耐糕。禾晏畢竟是女子，做這種拋頭露臉的營生還是不大好，禾雲生也提醒過她，不過禾晏自己卻渾不在意。禾雲生感到很頭疼，如果禾綏知道禾晏這些天跟他在一起，不是上山砍柴就是出門賣糕，一定會拿鞭子抽他的。

好在禾綏還不知道。

禾綏不僅不知道，甚至每日樂呵呵的，總是爭執不休的兒女最近關係親密了許多，能坐在一張桌子上吃飯了，有時還會閒談幾句。禾綏很滿意，在校場上對新來的小軍都和藹了許多，家和萬事興嘛。

此刻的禾晏，正坐在梳妝檯前。

青梅惴惴不安地看著她。

禾晏自從病好後，不愛照鏡子，也不愛擺弄她的胭脂水粉。如今又擺弄起來，青梅有些緊張。最近府裡用度十分窘迫，禾晏這個時候要買新口脂，可拿不出銀錢。

禾晏翻動著桌上的香粉頭膏，覺得有些頭疼。這些東西已經用過了，是賣不了錢的。她又翻了幾下，找到幾支髮簪和首飾。

都是銀製的，成色一般，不如她從前在許家用的，不過現在也管不了那麼多了。

她把首飾全部找了出來，遞給青梅。

「把這些拿到當鋪當了吧，死當，銀錢多一點。」

青梅睜大眼睛：「可……可……」

「我們現在很窮。」禾晏語重心長的跟她解釋，「這些不能吃。」

她得把首飾當了，再去弄點銀子，最好能湊夠禾雲生上學堂的錢。

她既然占了禾大小姐的身子，也該為禾家做點事情。等把這些打點好以後，才能安心做自己的事。

譬如，算一筆舊帳。

出門的時候，禾雲生問：「妳今天怎麼這麼晚？等下搶不到好位置了。」

「有點事情。」禾晏道：「搶不到好位置也沒事，我們的糕更好吃。」

禾雲生無言以對。

他覺得與現在的禾晏說話就像一拳打在棉花上，讓人有氣也難以發出。禾晏不發脾氣，心情亦是輕鬆，不知道該說她是樂觀還是缺心眼，至少禾雲生許久沒見著禾晏為什麼事苦惱了。

棚子搭在城西商販一條街上，對面就是京城最大的酒樓醉玉樓，客來客往，人流如雲，這邊的小生意很好做。只是棚子就那麼大，得提早過去占個好位置。

禾雲生將籠屜裡的大耐糕擺出來。

大耐糕是一種糕點，用生的大李子去皮剜核，以白梅、甘草湯焯過，用蜜和松子肉、欖仁、核桃仁、瓜仁將李子中的空隙填滿。放進小甑蒸熟，酸酸甜甜很可口，也不貴。禾雲生過來賣大耐糕，能賺錢補貼家用。

日頭暖洋洋的曬得人很舒服，不時有人過來買一兩個，等到日頭轉過醉玉樓東面的時候，大概就可以賣完。

禾晏看著禾雲生幹活，不得不說，禾雲生很能幹，讓她想起了從前在兵營裡的那些孩子。入兵營的孩子大多都是窮苦人家，富貴人家的少爺，家人哪裡捨得放他們去打仗。那些窮孩子上戰場，不過是為了一口吃的。所以在此之前，什麼活都幹，也什麼都能幹。

她雖然不曾窮過，但也是那麼過來的。

「哎，給我來個……這不是禾大小姐嗎？」一個聲音打斷了禾晏的思緒。

她抬眼看去，面前的是個長臉男子，髮髻梳得鋥亮，生的獐頭鼠目，穿著一身白衣，卻是不倫不類。他抬手就要來搭禾晏的肩，禾晏側身躲開了。

那人撲了個空，有些遺憾地縮回手，道：「好久不見啊禾大小姐，妳這幾日不怎麼出門了，原來是和禾少爺來賣糕……妳怎麼能做這種事情呢，多辛苦啊。」

語氣彷彿兩人很熟。

禾晏不解，看向禾雲生，禾雲生滿面怒氣，斥道：「王久貴，你離我姐姐遠點！」

「臭小子，你姐姐都不介意，你吵什麼。」叫王久貴的男子說完，又腆著臉笑咪咪地上前靠近，從懷中掏出一樣東西，遞給禾晏：「禾姑娘，在下可是心裡一直念著妳。這不，前些日子買的胭脂，正想送妳，今日恰好遇見了，送給妳，不知能不能賞臉和在下去泗水濱踏青？」

一個小癩子模樣的人，偏偏要做翩翩公子的形象，禾晏只想笑。她前後兩輩子遇過不少人，好的壞的都有，這般調戲自己的，沒有。

「我要賣糕，可能無法與公子踏青了。」禾晏婉拒，「這塊胭脂，公子還是送給別的人吧。」

王久貴愣住了。

他和禾家住在一條街上，本來麼，禾晏有個校尉爹，旁人是不敢招惹的。可禾晏並不是安分守己的姑娘，又最喜歡貪小便宜。尋常給她個胭脂水粉，便能討她一聲「久貴哥哥」叫，今日當著這麼多人的面，卻打了他的臉。

王久貴有些掛不住面子，笑容不如方才真切，他說：「禾大小姐該不會還想著范公子吧，人家范公子都要娶妻了，妳又何必……」

「閉嘴！」話音未落，「咚」的一聲，王久貴只覺得臉上挨了一拳，被人揍得跌倒在地。

禾雲生站在他面前，指著遠處怒道：「給我滾！」

十四五歲的少年，已經像頭半大的小牛犢子，渾身都是力量。王久貴早已被酒色掏空了身子，哪裡是禾雲生的對手，只覺得頭疼臉也疼，渾身上下臊得慌。他連滾帶爬地站起來，再看禾晏，並沒有賠禮道歉的意思，甚至還有幾分興味，頓時，一股無名之火湧上心頭。

「你們……」他抖著手指著禾晏。

禾雲生擋在禾晏面前，冷笑一聲：「我們怎麼了？」

王久貴不敢上前，心裡有些犯嘀咕，這兩姐弟關係自來不好。平日裡禾晏沒跟他少抱怨，禾雲生也是從來不管禾晏的事，今日這兩人怎麼在一起，禾雲生還為禾晏出頭？

「你給我等著！」他一跺腳，跑了。

看熱鬧的人群散去，棚裡恢復平靜。禾雲生陰沉著臉把大耐糕裝好，一言不發。禾晏瞅著他。

「妳看什麼？」禾雲生沒好氣地問。

「你剛剛出手很不錯，」禾晏沉吟了一下，「就是下盤有些不穩，基本功不太扎實，還得在家多練練馬步。」

「去去去。」禾雲生不欲多談，「妳又不是武教官！」

禾晏打量著禾雲生，禾雲生是個可造之才。可能是因為從小幹力氣活，根骨不錯，比起原來那個「禾家」後來的那些少爺們，禾雲生是個好苗子。

他不該在這裡賣大耐糕，應該去更好的學堂武館學一身本領。

「那我換個說法，范公子是誰？」

禾雲生「啪」的一下把帕子摔在桌上，瞪她，「妳還敢說！」

「范公子怎麼了？」禾晏瞥他一眼。

禾雲生提起「范公子」，彷彿有天大的怒氣，「怎麼了？若不是他先來招惹妳，妳怎麼會被他騙！那種公子哥，本就到處拈花惹草，也只有妳才會相信他。他要成親了，妳居然還為他絕食，妳在這邊為他要死要活，人家還不是迎娶新人過門！倒是妳，成了京城的笑話，居然還提起他，是不是要氣死我！」

三言兩語，禾晏大概知道事情是怎麼樣的了。

禾大小姐嬌生慣養，心比天高，怎能泥盆養牡丹，一心想高嫁，做高門貴婦。偶然踏青遇到了勳貴人家的公子哥，兩人暗生情愫。只是禾大小姐一顆芳心全盤託付，對方卻只是鬧著玩而已，勳貴人家的少爺，斷然不會娶一個武散官的女兒。

范公子家中早已為他覓得一樁門當戶對的親事，就要完婚。禾大小姐怎能甘休，親自上門去要個說法，結果被無情掃地出門，一時無法接受，想要絕食自盡。就是在奄奄一息的時候，禾晏醒來了，代替了禾大小姐。

難怪，自禾晏醒來後，禾家所有人都待她小心翼翼，怕是擔心她一個不小心又去尋了短見。

禾雲生還在絮絮叨叨地說，罵禾晏頭腦不清醒，他卻不知道，他真正的姐姐，早已不在人世。禾晏心中扼腕，禾大小姐千不該萬不該，不該為了一個騙子男人毀了自己的一生，生命十分寶貴，為了不值得的人，是一種浪費。何況她這樣去了，背叛她的人仍然活的瀟灑，真正愛她的人卻會痛不欲生。

親者痛仇者快，何必？

她和禾大小姐的經歷，倒是有一些相似。同樣遇人不淑，只是她和禾大小姐又有所不同，禾元盛、禾元亮、禾如非以及許之恒、賀宛如，她會一個一個親自上門，把他們欠她的拿回來。

為此，她做了很多努力。

每日早晨的綁著沙袋前行是為了找回力量，而每日下午在市井中販賣，則是可以從形形色色的人之中，打聽到禾家和許家的消息。

譬如瞎了眼的許大奶奶前段日子不慎落水溺亡，許家大爺悲傷欲絕，臥病不起。禾家舉家悲慟，禾家大老爺一夜白頭。飛鴻將軍與妹妹兄妹情深，亦是親自操持堂妹喪事，喪事辦了三天三夜，全城皆知。

這些似真似假的消息雪花一樣的飛進禾晏的耳朵，她只能付之一笑。真相被掩蓋了，而她必須揭開真相。在此之前，她得好好活著。

夜裡，風從窗戶的縫隙鑽了進來，將燭火吹得微微晃動。人影在牆上被拉得東倒西歪，禾晏看著面前的碎銀子，問道：「就這點？」

「奴婢已經求掌櫃的多給點了。」青梅為難道：「但掌櫃的說那些首飾最多只能當這麼多。」

禾晏點頭，「那妳先下去吧。」

青梅退了出去。

禾晏將碎銀一顆顆撿起來放進掌心，總共也就兩顆，她覺得她的心好像也跟著一起碎了。

在那個禾家的時候，銀錢不缺，便是真的缺了，隨便拿個首飾玉佩什麼的也能當點錢。後來在戰場上沒有需要用銀子的地方，等回了京城，陛下的賞賜足足擺滿了禾家的幾個院子。

她想到賜給飛鴻將軍的那些金銀珠寶，隨便拿一件過來，也能讓這個禾家解了燃眉之急。可她現在偏偏不在那個禾家。

禾晏重重地嘆了口氣，總算明白了什麼叫「一文錢難倒英雄漢」。

銀子是銀子，還有一件事，就是她也想去校場。每日上山砍柴固然能強身健體，但僅僅只是增強體力，想要恢復到從前，去校場與人交手、射箭騎馬才是最快的辦法。不過這樣一來，不知道愛女心切的禾綏會不會同意。

她吹滅了蠟燭上了榻，不管如何，一切等明日再說了。

第二日，砍完柴下山，用過午飯，禾雲生要去賣糕了。

禾晏看著他裝了滿滿一大籠屜，問：「做這麼多，能賣的完嗎？」

「天氣熱了起來，來買的人多得很。」禾雲生道：「再過段日子，就該賣別的了。」

禾雲生真是為這個家操碎了心，這些生意上的事懂得很清楚，禾晏肅然起敬，拍了拍他的肩：「那走吧。」

禾雲生身子一僵，禾晏這個動作，還真是……十分男子氣概了。

等到了棚裡，因來的早，商販們不多，兩人便尋了一個靠近街邊的好位置。將大耐糕擺了出來。

正是四月初，下午的時候太陽出來，便有些夏日的味道了。大耐糕酸酸甜甜，亦有李子的清香，這個時節買來做零嘴正好。不出禾雲生所料，生意很好。禾雲生撿糕，禾晏收銀子，兩人正忙得不可開交時，忽見一群人氣勢洶洶的朝著他們的位置而來，為首的正是昨日的王久貴。

「啪」的一聲，王久貴兩隻手拍在桌上，周圍的人連忙退了開去，不願遭這池魚之殃。

禾雲生倒是無所畏懼，怒道：「你幹什麼？」

「幹什麼？」王久貴冷哼一聲，「昨日你打了我，你以為就能這麼算了？」

禾雲生挽起袖子，面若寒冰：「你想打架？奉陪！」

「好小子，你有種！」王久貴稍退一步，身後的小嘍囉們便將禾雲生團團圍住，「少年人我勸你不要太倡狂！」

禾雲生不為所動，正在這時，禾晏道：「住手！」

禾雲生和王久貴齊齊朝禾晏看來。

王久貴見了禾晏，又笑起來，他道：「這小子不懂事，不過是妳弟弟，禾大小姐的面子，在下還是要給的。要是禾大小姐願意陪在下同遊踏青，這件事也就算了，我大人有大量，不跟小孩子一般計較。」

「我看你是狗嘴裡吐不出象牙！」禾雲生勃然大怒。

「慢著。」禾晏一把攥住禾雲生的手，禾雲生想掙開，但任憑他怎麼努力，禾晏的手牢牢鉗住他，禾雲生不由得發怔，禾晏的力氣什麼時候這麼大了？

「有什麼事別在這說，嚇到周圍的人。」禾晏淡道：「我們去那邊說吧。」她指了指遠處，醉玉樓靠裡頭的一處小巷。

「不行！」

「好啊！」

禾雲生同王久貴一起開口。

禾雲生急道：「妳一個姑娘家，怎麼能和他們……這些人不是好人！」

王久貴卻笑了：「看來還是禾大小姐懂事，咱們還是走吧，我今日還帶了給禾大小姐的禮物……」

禾雲生還要鬧，禾晏湊近他的耳朵輕聲道：「你以為我這些天跟你上山砍柴是白砍的，放心吧，不會有事的。就一盞茶的時間。」

少女的聲音輕輕柔柔，帶著一絲莫名的笑意，禾雲生不由得愣住，等他回過神來時，禾晏已經跟著王久貴一幫人走過去了。

禾雲生想要追過去，可一想到方才禾晏對他說的話，又生生忍住停了下來。

就相信她一次，一盞茶的時間，一盞茶的時間她還不回來，他就去找她。

另一頭，禾晏和王久貴走到小巷。

小巷的上面，便是醉玉樓的酒肆。隱約能聽見裡面管弦琴聲，悠揚悅耳。禾晏對此嚮往已久，但一次也沒去過。她回京不久，禾如非就歸來了，她做女子打扮，進不得這等地方。

「禾妹妹，」王久貴笑嘻嘻地湊上前，「妳是想和我說什麼哪？」

「我弟弟。」

「妳說禾少爺呀，」王久貴稍感意外，不過很快便笑容滿面，大度揮手，「我怎會和他一般見識，妳知道的。」他從懷裡掏出一個鴨蛋青色的圓形粉盒，另一隻手去摸禾晏的臉，「我心裡有妳，以後咱們就是一家……」

王久貴的話沒說完，就被一聲慘叫替代。

醉玉樓裡，琴弦因這慘叫而微微一抖，撥錯了一個音，彷彿美玉落下劃痕，突兀而遺憾。有人疑惑開口：「什麼聲音？」

紗簾被扇柄掀起一角，茶盞玲瓏，竟不及捧茶的手指修長如玉。

禾晏鬆開手，王久貴的胳膊軟綿綿的垂下來，他面帶驚恐，禾晏淡淡一笑，一揚手，那盒鴨蛋青的粉盒便朝王久貴兜頭砸下，砸了他一臉白沫。

「謝謝你的禮物，不過，我不喜歡這種劣質的脂粉，記住，以後別送我這種東西。」

「賤人！給我打！」王久貴哀號之下，還不忘一聲令下。

妙齡華年的少女聞言，好似聽到了什麼笑話，眼睛彎了彎，笑聲脆如山泉。她是真的開心，春風吹起她的裙角，黑髮雪膚，杏眼明仁，像足了哪家踏青路上的嬌美小娘子。

可她說的話卻令人膽寒。

她揉了揉手腕，微笑道：「你最好別後悔。」

第四章 樂通莊

王久貴覺得自己一定是在做夢。他使勁掐了掐自己的大腿，頓時疼得「哎喲」一聲叫出來。

不像是在做夢。

可若不是在做夢，如何解釋眼前發生的一切。

不過須臾，他的那些嘍囉們便橫七豎八的倒了一地，而始作俑者一腳踏在石階上，正在撣落衣裳上的塵土。感覺到王久貴的目光，她便望過來，眸光清亮，讓王久貴渾身發毛。

他沒見過這樣子的禾晏。

禾晏不是這個樣子的。禾晏漂亮刻薄、貪慕虛榮、愛占小便宜。這樣的女子，朔京城中數不勝數，大多心比天高命比紙薄。好的便真能攀上一門富貴人家做個妾，不好的，便是嫁個普通人，一輩子哀哀怨怨的活。禾綏養她跟小姐一樣的養，禾晏這輩子也沒摸過什麼銳器，那一雙手不是撫琴就是作畫，至少不是用來打人的。

可在剛剛，王久貴卻親自看到那雙手合攏成拳，一拳便將他身邊的壯漢打倒在地。他還記得禾晏剛剛握住他的胳膊，他的身子還沒來得及酥麻，就覺得胳膊一痛，嗷嗷大叫起來。這哪裡是手指，比斧頭還利。

這女人太可怕了，她是吃了什麼藥，一夜之間力氣變得這麼大。能一個人幹翻他十幾個人？

王久貴有點想哭。

他還沒想好接下來應該怎麼求饒，就見那少女朝他走過來。

「姑奶奶饒命！」理智在這一刻煙消雲散，王久貴脫口而出，「是我有眼不識泰山，您大人有大量，放過我吧！」

「以後不要送我這種禮物了。」禾晏溫聲開口，「我不喜歡。」

「好、好好好好。」王久貴一連說了好幾個「好」字，生怕禾晏不相信，還補充道：「您喜歡什麼告訴我，我買了送給您……可以嗎？」

「那倒不必，無功不受祿。」禾晏笑起來，「都是街坊鄰居，以後不要再開這樣的玩笑了。」

「是是是。」王久貴感激涕零。

「不過，我有件事想要問你。」她道。

片刻後，禾晏丟下一地殘局，輕鬆的離開了，留下滿地的呻吟。她走得輕快，並不知道在她走後，醉玉樓上的某層，有人鬆開執扇的手，紗簾掩住了樓下的狼藉。

「京城裡的女子何時變得這般勇猛凶悍了？」這是個輕快的聲音，含著滿滿的笑意與戲謔，「難道這就是舅舅你遲遲不願定親娶妻的原因？」

他的話並沒有得到回答。

這人便再接再厲，「舅舅，要不去打聽打聽方才是哪家姑娘？若是不錯，收下做你帳下的女護衛如何？到了夜裡，還能紅袖添香……」

「砰」的一聲，有人的指尖輕扣桌面，那半杯茶盞上蓋著的茶蓋「嗖」的一下，準確無誤地撲進了他嘴巴，堵得他啞口無言。

「嗚嗚，嗚嗚——」那人不甘心的張牙舞爪。

「你若再多一句廢話，我就把你從這裡扔下去。」慵懶而漠然的嗓音打斷了對方接下來的控訴。

屋子裡安靜下來。

琴弦撥動的〈流光〉緩緩流淌過雅室，遮住了窗外的春光。茶繼續飲，有人小小地嘟囔了一聲「小氣」，很快被琴聲淹沒了。

禾雲生看見禾晏安然無恙的回來後鬆了口氣。

「妳沒事吧？王久貴他們人呢？」禾雲生沒看到王久貴的身影，問道。

「我對他們曉之以理動之以情，他們就走了。並且說改日會來賠禮，以後也不會做這樣的事了。」禾晏道：「別管他們了，繼續賣糕吧。」

禾雲生懷疑地看著她。

王久貴要真有那麼講道理，就不叫王久貴了。可禾晏一副不欲多說的樣子，看她也像是沒受什麼傷害的模樣，禾雲生到底是個少年家，很快就將這事拋之腦後。

到了夜裡，一同用過晚飯，禾雲生要去睡了，被禾晏一把拉住。

「什麼事？」

「你有沒有乾淨的衣服？」禾晏問。

禾雲生一臉不理解。

「我想看看你的衣服上有沒有需要縫補的地方。」禾晏道：「我晚上可以幫忙縫補。」

禾雲生的表情都要裂了。

從出生到現在，禾晏還是第一次提出要為他縫補衣服。一瞬間，少年的心中湧起一陣陌生的感動，不過……他遲疑地問：「妳摸過針線嗎？」

他記得禾晏好像不會做女紅，針線都是青梅做的。

「這你就小看我了。那是當然。」當然不會。

禾晏推了他一把：「你快去拿，能拿的都拿過來。」

禾雲生果然乖乖的尋了一堆衣服過來，禾晏扛起衣服就往屋裡走，禾雲生還有點猶豫，「要不讓青梅做吧？」

「青梅做的哪有我做的可心，你快睡吧，明日還要早起。」禾晏道。

打發了少年，禾晏回到屋子，挑挑揀揀，才尋了一件栗色的圓領窄袖長衣。禾綏大概真的將銀子都給了女兒，禾雲生連件像樣的衣服都沒有，都是些布衣馬褲，唯一這件長衣，大約還是別人穿剩下的，洗得顏色陳舊。

好在她和禾雲生個子差不多，穿在身上，也算勉強合身。再將頭髮挽成男子髮髻，隨手在門外掐了截樹枝插好，將自己膚色化黑些，眉畫粗些，禾晏看向鏡子，好一個青蔥少年郎。

她上輩子扮作男子早已扮得爐火純青，至少那些年裡，沒有人發現不對。這輩子做男子打扮，亦沒有覺得半分生澀。可惜了，本想做個翩翩公子，可這身衣服一穿，倒像是家道中落的少爺，勉強看的順眼。

她在屋子裡踱了幾步，自覺萬無一失，才偷偷打開門，走到院子裡，身子矯捷的一躍，翻牆而過，來到了街上。

這個時節的京城沒有宵禁，正是熱鬧繁華的時候。禾晏順著燈火通明處走去，沿岸船舫歌舞悅耳，兩邊小販高聲吆喝，春意盎然，一派盛世夜景。

她許多年沒能這麼出過門了。從禾如非回到禾家開始，從她嫁入許家開始，從她雙目失明開始。

這些熱鬧的，繁華的，美麗的東西似乎已經離她很遙遠了，可今夜，隨著湖邊吹來的夜風一同失而復得，她自由了。

脫離了那個禾家，一切重頭開始，她在心中感激蒼天。

京城離醉玉樓不遠處，明館外，嬌豔如花的姑娘們正在笑容滿面的招待客人。

這並非秦樓楚館，而是京城裡最大最出名的賭坊，樂通莊。

禾晏在樂通莊前停下腳步。

樂通莊的門口，一名頭戴花簪的女子攔住禾晏，嬌聲道：「公子，這裡是賭莊。」

「我知道。」禾晏頷首，從袖中摸出一粒碎銀在她面前晃了晃，「我是來賭錢的。」

女子愣了愣，還不等她說話，禾晏已經走了進去。

站在賭場外的女子便是賭妓，樂通莊來往皆是富貴人家，銀子不值錢，因此也學會了看人下菜。有那看起來不甚富裕的，便勸說著將人退離。一來窮人家在裡面走動，不太好看，踩髒了繡花地毯。二來窮困人家在乎銀子，輸不起，一旦輸了哭天抹地賴帳，擾了貴人興致得不償失。

禾晏這一身洗得發舊的衣裳，斷然不像是富貴人家的少爺。可惜賭妓還沒來得及攔住她，她已經不請自入了。

賭坊裡人聲鼎沸，各個紅光滿面，贏了的自然志得意滿，輸了的則滿臉不甘心，從懷中掏出一疊銀票，吼道：「再來！」

禾晏走著看著，心道，原來旁人說的賭坊青樓銷金窟果然不假。

今日她將王久貴教訓了後，問了王久貴一個問題，便是這京城裡，最大的賭坊是哪家。王久貴這種街頭混混，一定不會不知道，果然，王久貴跟她講了樂通莊。

禾晏沒去過賭莊，她在投撫越軍之前，因身分特殊，人越多的地方越是不能去，賭坊就更別說了。等投了撫越軍，打了勝仗回京，禾如非又回來了，她成了禾家二房的嫡小姐，更不能去這種三教九流的地方。是以她連賭莊在什麼地方都不知，這還是頭一回。

樂通莊倒是什麼都有，牌九、彈棋、象棋、鬥草、鬥雞……她看得眼花繚亂，心中驚嘆的同時又有些可惜，這些她都不會。

有人在猜骰子，將骰子放在碗裡猜點數，這是最簡單的，圍觀參與的人也是最多的。一場下來銀子嘩啦啦的流，晃花了禾晏的眼睛，禾晏嘴角終是綻開了一絲笑意。

禾家實在是太窮了，可禾雲生還得入學堂武館。當的首飾換不得幾個錢，離束脩還差得遠。便是做大耐糕去賣，也要攢很久，思來想去，禾晏只能想到去賭坊，錢生錢，雖然是取巧投機，不過眼下也顧不了這麼多。

「哎兄弟，你擋在這裡做什麼，不賭別站這。」周圍的人推搡一下禾晏，眼中有一絲不屑。

沒錢來什麼賭坊，拿錢買件好衣服不行麼？真是倒人胃口。

禾晏道：「賭。」

周圍的人俱是穿金戴銀，非富即貴，陡然間見進來了一個衣衫清貧的少年，不由得紛紛看過來。禾晏從袖中將唯一的兩粒碎銀掏出來，放在桌上。

有人嘲笑道：「小子，你可想清楚了，這可不是鬧著玩。我看你身上也沒別的銀子了，要不別賭了，真輸了哭鼻子，旁人可不會把銀子還給你！」

不是沒有這樣的事發生，賭博是會上癮的，越輸越賭，越賭越輸，有些人將地契妻兒輸了個乾淨，最後後悔耍賴不成，反被樂通莊的人轟了出去，在這裡時有發生。

他們看禾晏的目光帶著憐憫，窮人在樂通莊裡，是沒有出路的。

禾晏微微一笑：「沒事，賭著玩玩。」

眾人「哄」的一聲大笑起來，這笑聲裡究竟是善意還是看熱鬧，已經無人得知了。

骰子入碗，倒扣過來，莊家左右搖晃，骰子聲聲清脆，一聲一聲，伴隨著熱鬧的人聲彷若樂鳴，依稀可以聽到有粗獷的漢子大聲談笑。

禾晏想起了那些年在兵營中的日子。

她入兵營，從小兵到副將，從副將到將軍，沒有禾家的關係，全是靠自己的血肉掙下來的。

邊境苦寒之地，並無其他娛樂。那些兵營裡的漢子憋不住，便私下裡偷偷賭錢。禾晏每次看到都會軍令處罰，架不住他們私下裡賭得歡騰，禾晏也無奈，最後只得規定，不得賭銀子，可以賭別的，一隻雞腿、一塊乾糧，或是一張毛皮。

他們倒也不是真的想賭，只是實在無聊得慌。操練打仗之外，這大約是唯一的樂趣了，禾晏不忍剝奪。他們便讓禾晏一起，有時候禾晏興之所至，便也跟著來一兩局，每次都是大敗。

她身上那些小玩意兒幾乎都輸了出去，倒也不惱，只是覺得果真術業有專攻，賭博一事，也不是人人都會。

清脆的骰子聲戛然而止，莊家落碗，看向她。

「大。」禾晏道。

「開——」

碗被打開，桌上兩粒骰子靜靜躺著，眾人屏息凝氣，看了過去，兩粒骰子，一個五，一個六，的確是大。

眾人些微意外，片刻，方才嘲笑禾晏的男子大笑道：「你倒是好運氣，拿著這些錢去裁件好衣服吧！」

零零散散的銀子和銀票堆在禾晏面前。

禾晏把銀子重新推了出去。

眾人看向她。

「再來。」她微笑道。

有人忍不住了，道：「嘿，這小子，有點囂張啊！」

「兄弟，你還是見好就收吧，贏了就不錯啦。」這是充滿好意的勸解。

「真以為自己會一直這麼好運？哈哈哈，小孩子就是天真！」

嘲諷聲、規勸聲、看熱鬧的聲音充斥在耳，芸芸眾生，禾晏眼裡卻只有那兩粒骰子。

禾雲生上學堂和武官需要束脩，青梅一個婢子幹不完所有的活，禾家該增加一點小廝。再過幾個月就要到夏日了，雨季將來臨，禾家門房上瓦片缺了一些，一定會漏水……裡裡外外，都需要用銀子。

她想要打聽許之恒同禾如非的事，也少不了銀子。

銀子這東西，不是需要很多，但絕對不能沒有。否則寸步難行的時候，便知生活艱難。

「你想好了？」搖骰子的中年男子撫一撫鬍鬚，笑意慈祥溫和。

禾晏也回他禮貌的笑。

「再來。」

銀子大把大把的堆在桌上，有人將自己的玉佩疊了上去。一個初出茅廬卻好運連連的青澀小子，自然惹人注意。不多時，這裡便圍滿了看熱鬧的人。

「大。」

「開——」

「公子請選。」

「小。」

「再來。」

「開——」

「再來。」

「開——」

「再來。」

「開——」

禾晏面前，堆滿了銀票。方才嘲笑她的人此刻早已噤聲，傻子都能看出來，她並非第一次來玩的生手。若不是樂通莊聲名在外，旁人簡直要懷疑她是和莊家聯手做局來哄騙外人了。

外面打更的聲音隱隱傳來，禾晏道：「時候不早，我該回去了。」

「公子，」長鬍子的老頭兒微微一笑，「再賭最後一局吧，換個賭法如何？」

禾晏抬眼看他：「怎麼賭？」

「不賭開大開小了，我瞧公子是個中高手，要不來猜骰子數字怎麼樣？」他將桌上所有的珠寶銀票都往桌中間一推，「若是公子勝了，這些都是公子的。」

禾晏看向桌上的銀票。

她已經贏了不少了，也知道這樣會引起別人的注意。從前在軍中的時候，曾聽帳下小將們說起賭場的黑幕，也知道一兩分。本該見好就收，不知怎的，腦中卻又浮現起禾雲生說起學堂嚮往的眼神，以及自己身上這件唯一的，洗得發舊的長衣。

「好啊。」她說。

人群譁然，氣氛陡然高漲。

猜大小和猜數字，是截然不同的兩回事。

猜大小靠的是運氣，結局無非就是兩種，大或者小。可數字卻要精確到每一個，錯了就是錯了，贏的機會實在太小。除非是真正會扔骰子的人，否則大抵不會這般做。況且莊家的手法各有不同。

禾晏也將面前的銀票全部推了出去。

若是她這把輸了，今晚所有便當是一場空。若是贏了，大約三五年內，禾家吃喝、禾雲生的束脩是夠的。

眾人見此情景，紛紛加碼：「我也來！」

「這是我的銀子，我押這位兄弟贏！」

「怎麼可能，我還是押對家吧，哈哈哈！」

籌碼越重的局，看的人也就越多，一夜暴富，一夜潦倒這種戲碼，比京城最好的戲班子還讓人欲罷不能。

長鬍子老頭將碗緩緩端起，賭場裡安靜下來，幾乎只能聽到骰子在銅碗裡碰撞的聲音。

禾晏微微出神。

她賭錢的技術，實在很爛。至少在她回到京城之前，在她嫁入許家之前，一如既往的差。新婚不久後，也曾作為許大奶奶在各種宴會上和別家夫人打葉子牌，每次都輸得慘烈。那時候許之恒總是笑道：「妳呀，怎麼這般傻？」

那是他難得對她露出促狹的時刻，她以為她捕捉到這個清俊男子的溫柔和親密，她很高興，也曾暗下決心，一定要好好學習技藝，在下次宴會上給許之恒長臉。

可惜的是，沒等她認真學好葉子牌，她就瞎了。

無論是家宴還是外宴，許家都不可能讓個瞎子代表大房的女主人。她不再出門，可府裡實在無聊得發悶，她又看不見，便只能學著聽聲音。

她想要做個行動自如的瞎子，即使看不見亦不必別人幫忙，她一向好強，便重新練起。先聽聲音，學會聽聲辨形，再慢慢起來行動，等行動的差不多的時候，便可以拿府裡的樹枝做劍，偷偷比劃。

她就是在那個時候，學會了聽骰子的聲音。

骰子比葉子牌簡單多了，禾晏覺得。越是精巧的東西越考驗耳力，她就這樣聽，骰子落下每一面些微的差別，她晃動竹筒裡的骰子，倒在桌上，心裡默念著數字，再拿手指試探地摩挲過。一開始總是出錯，有一次她默念完畢，摸到骰子後，終於露出笑容。

她成功了。

許家的下人偷偷議論她，說大奶奶瞎了後就瘋了，成日拿個竹筒在屋子裡搖晃。可他們漸漸發現，禾晏即便不要人幫忙，也可以衣食住行。她能準確的憑藉聲音分辨每一個許家的下人，知道每一件器具擺放的位置。

若不是知道她真的看不見，她簡直和正常人沒什麼兩樣。

許之恒誇她厲害，握著她的手稱讚她，禾晏很高興，高興之餘又有些淡淡的失落。她不知道自己在失落什麼，但總覺得，或許不該是這樣的。

現在想來，她那個時候耳力已經練得出神入化，大概也聽出來許之恒同她說話時候的冷淡和敷衍，只是情感令她下意識迴避了這個念頭。

禾晏垂眸，到底是……當局者迷。

搖骰子的聲音戛然而止，「砰」的一聲，碗倒扣在桌上。

一粒、兩粒，兩粒骰子都落定。

眾人看向禾晏，禾晏閉著眼睛，彷彿回到了在許家的日子，她就坐在桌前，獨自搖晃著，獨自揭開，獨自拿手去摩挲過骰子的每一面。

企圖在黑暗裡抓住那一點光明。

「二、五。」她睜開眼，道。

倒扣的碗筷被揭開，兩粒骰子赤裸裸的落在眾人眼前。

先是安靜，半晌，有人輕輕的驚呼一聲，接著，驚呼聲此起彼伏。離禾晏最近的錦衣公子哥兒抓著禾晏的手臂，大呼道：「高人，從今日起，你就是我的師父了！請受徒兒一拜！」

禾晏無奈的將他抓著自己胳膊的手扳開。

長鬍子的老頭兒笑容微僵，不過須臾，便撫鬚笑道：「公子好技藝，這些銀子，都是公子的了。」頓了頓，他又道：「敢問公子尊敬大名，可否賞臉與小老兒喝杯茶再走？」

禾晏將那些銀票珠寶通通揣進自己懷中，婉言謝絕：「無名小子，不足掛齒。今日實在太晚，茶的話，改日再喝吧。」說完，便越過眾人，極快地走出樂通莊。

賭坊裡的人繼續驚嘆著方才的賭局，長鬍子老頭兒笑容不變，轉身走到了樓上。有人在他面前低頭，他道：「跟著他！」

另一頭，面色陰鷙的大漢按了按手指，朝身後的家丁一揮手，跟著走出了樂通莊。

「贏了我的銀子就想跑？世上哪有這麼便宜的事，蠢蛋！」

第五章　月下仙人

夜色四合，小巷裡看不到人，只偶有野貓輕快跳過，一聲綿軟的叫聲灑滿京城的春夜裡。少年捂著懷中鼓鼓囊囊的東西，鬼魅一般穿行在小巷中。

匹夫無罪懷璧其罪，她在樂通莊裡贏了這麼多銀子，難免會惹惱旁人。若是走大路被人跟蹤，暴露了禾家可就得不償失，她可不想給禾家添麻煩。

不過……越怕什麼越來什麼，禾晏停下腳步。

小巷的盡頭是臨路的街道，因著這邊不如樂通莊那頭熱鬧，多是小商鋪酒館，此刻早已大門緊閉，一片漆黑，一個人也沒有。只有星月落在地上，照亮一點點光。

禾晏回過頭，蹲下身撿了幾個石子兒，沉吟片刻，猛地回頭擲了出去。

石子又快又利，如脫了箭矢的箭頭，「噗噗噗」幾聲，有人從隱沒的夜色裡跌落下來。

「別跟著我了，」禾晏道：「你們追不上我。」

「那加上我們呢？」又一道聲音響起，小巷的另一頭，走出來幾人，為首的彪形大漢打著赤膊，他的手掌看上去能一把將禾晏的脖子擰斷。

「臭小子，看來你的仇家還挺多。」那大漢哈哈大笑，「沒有人教過你，第一次去賭坊，別太引人注目嗎？」

禾晏攏了攏懷中的銀子，平靜地回答：「我既然是第一次進賭場，自然沒有人教過。」郤心道，這賭場裡的人果然如當年帳中兄弟所說，不是什麼善類。自己立的規矩都能打破。

「死到臨頭還敢嘴硬，」大漢勃然大怒，「今日老子就教你做人，我要把你的胳膊擰下來，讓你跪著叫爺爺！」

禾晏立在小巷中，前有赤膊大漢和他的家丁，後有不明來路的跟蹤人，前後夾擊，避無可避。

可她連個武器都沒有。

「那就看你有沒有這個本事了。」她慢慢握緊雙拳。

「囂張！」那大漢一招手，周圍家丁一哄而上，他自己也衝過來，倒是沒什麼章法，抬手朝禾晏的背部劈來。

郤見月色下，那少年一個矮身，靈巧躲過，他只覺得眼前一花，背上便挨了重重一拳，這下可是火上澆油，他狂怒的大吼一聲，再看那少年，已經躍上巷子裡的圍牆。

「抓住他！」

那頭的跟蹤禾晏的人也明白過來，有人抓著禾晏的衣服將她扯下來。「撕拉——」一聲，長衫的下擺被人拽出一道口子。

「哎呀。」她嘆息一聲，十分痛惜，「壞了。」

「還有心情擔心你的衣服？」大漢氣得鼻子都歪了，更怒，「我今天非打死你不可！」

他朝禾晏撲來，這人身形龐大如小山，行動之間彷彿能感覺到地面在抖，加之家丁眾多，過去教訓個毛頭小子輕而易舉。今日卻頭一次踢到了鐵板，這少年看上去年紀不大，不知怎的竟如一條泥鰍，滑不溜湫，無人能抓得到他。他在這群人中穿梭，出手倒不多，不過次次都擊中要害，不多時，家丁兼護衛便被他揍得倒地不起。

禾晏躲過大漢迎面來的一拳，翻了個身，一腳踢向對方的腹部，不巧，動作有一點歪。

大漢霎時間慘叫起來。

「不好意思，我不是故意的。」她有點心虛。

畢竟這具身子與她的身手還磨合的不甚默契，不能拳拳到位。大漢捂著下身倒地呻吟，那聲音在夜色裡，聽得讓人無端發毛，卻又心酸。

禾晏彎下腰去撿地上灑落的銀子，她忙活了一晚上，還打了一場架，好不容易才掙得到的銀子，不能便宜了其他人。

月光落在地上，地上滿地的碎銀珠寶，少年彎腰撿拾，倒像是哪卷精怪神話裡，誤入仙境的書生偶然見到遍地財寶，忍不住據為己有的畫面。

禾晏想到此處，覺得好笑，便笑起來。

她撿好銀子，看了滿地東倒西歪哼哼唧唧的人一眼，正要跑路，忽然聽到一個柔和的聲音響起：「這位小兄弟，你的銀子掉了。」

禾晏回頭一看。

但見那熄了燈的酒館門口，站著一人，是個年輕男子。穿著一件靛青色的廣袖寬袍，衣袍在風裡晃蕩，越發顯得身姿清瘦。青絲以藍玉冠束起，長眉細眼，極其溫潤脫俗，翩然若仙子。他噙著笑意，上前一步，手掌處有一枚碎銀，當是方才打鬥途中，禾晏掉下來落到那邊的。

她早感覺到酒館處還有別的人，不過對方一開始就在這裡，沒出來，也沒有要參與這場打鬥，大約只是個路人，她便沒管。不曾想此刻見到此人。

禾晏見過的男子不少，上輩子她本就是以男兒身分在男子中交往。遇到的大多都是如今夜大漢那般的勇武男子，談不上英俊，更勿提貌美。許之恒倒是清俊風雅，是她見過稱得上「好看」的男子，但和眼前這男子的姿態相比，似乎又遜色了一籌。

方才還在想，她去撿銀子時，像極了神話傳說中的話本。眼下看來更像了，貧苦少年遇到了真正的仙人，為仙人的容色所驚，接下來便是仙人給這少年指點靈臺麼？

走的近了，越發覺得這男子出塵的好似壁畫上的仙人一般，仙人見她不說話，便又提醒了一句：「小兄弟？」

禾晏回過神來。

她從對方手裡拿走這枚差點丟掉的碎銀，笑道：「多謝。」

那男子又笑了，「不客氣。」

禾晏轉身走了，沒有回頭。

她走得很快，如野貓在圍牆上橫掠一般，幾下便不見蹤影，也追不上了。

夜色裡，又有人走出來，走到方才的藍衣公子身邊，低聲道：「四公子，那少年……」

「應是偶然路過，不必管他。」仙人微笑道，似乎想起什麼好笑的事，笑意又擴大了一點，「挺機靈的。」

禾晏揣著銀子回到家中。

青梅並沒有發現，禾晏摸索著將桌上那裝胭脂水粉的小匣子倒扣過來，把裡面倒了個乾淨，又將今夜贏來的碎銀珠寶一股腦丟進去，才摸黑上了床。

大概是贏了銀子心情很好，又解決了後顧之憂。這一夜，她竟然睡得分外香甜。夢裡是她和營帳裡的兄弟們博戲，軍中漢子們扯著嗓子喊：「開！開！」禾晏面露難色，有人大笑起來：「將軍，妳怎麼又輸了？」

「這一晚上將軍有贏過一次嗎？」副將裝模作樣的搖頭，「哎呀，將軍在這方面不行。」

「滾犢子，什麼行不行的，沒聽過一句情場失意賭場得意？將軍這是在賭場失意，人情場縱橫無敵，你個老光棍懂個屁！」

禾晏聞言，大笑起來。

她笑著笑著，便覺有人在推自己，睜開眼，是青梅的臉：「姑娘是做了什麼好夢？笑得這樣高興？」

日光已經探進窗臺，一室明亮。她伸出手背擋住晃眼的光，心中有些訝異，竟然晚起了。果然春日正好眠。

又想到昨夜裡的那個夢，不覺唏噓。當年的漢子們說她賭技爛所以情場得意，倒是全然猜錯。不過從某種方面來說也沒錯，如今她能在樂通莊裡大殺四方，賭場得意情場自然失意，才會如此一敗塗地。

門外傳來禾雲生不悅的聲音：「禾晏，都已經日上三竿了，妳今日還去不去了？」從一開始的極力反對到現在習慣了與自己一道去砍柴，似乎沒用多長時間，禾雲生也想不明白自己怎麼就和禾晏成了現在這種局面。

「你等等我。」禾晏趕緊換了件乾淨衣服。

青梅捧著淨水盆出去了，禾雲生抬腳走了進來，邊走邊道：「妳今日怎麼磨磨蹭蹭的……禾晏？」

「什麼事？」禾晏正在綁沙袋，一抬眼便對上禾雲生憤怒的表情。她不解道：「怎麼了？」

禾雲生一指椅子上：「怎麼了？妳看看怎麼了？」

少年語氣出離憤怒，如果現在他頭上有把火，此刻這把火應該能把整座房子點燃了。禾晏順著他手指的方向看去，椅子上搭著的，正是昨夜禾晏「借用」禾雲生的那件栗色長衣。她回到屋後，便隨意一脫，扔在椅子上，早上醒來到現在，還沒記起此事。

不等禾晏作何反應，禾雲生上前一步，將那長衣抖開。長衣本被禾晏揉皺成一團，汙跡斑斑，眼下被這麼一抖，便零零散散的露出那一道口子，像是被誰從衣衫中部劃了一道，十分淒慘。

「這就是妳替我補的衣服？」禾雲生怒火中燒，虧他昨夜還感動一回，以為這個姐姐是真心愛護他這個弟弟，眼下看來……她真是上天派來懲罰自己的！

「這是個誤會，我可以解釋。」禾晏試圖讓這孩子冷靜下來。

「解釋，怎麼解釋？妳知不知道……」禾雲生本來是很憤怒的指責語氣，說到這裡，聲音忽然哽咽，眼眶也紅了，他道：「這是我唯一一件長衣……妳把它剪碎了，我怎麼辦？」

禾晏頭大如斗。

她是真的、真的、真的很怕看到人的眼淚。尤其是這樣子像小牛犢般氣勢洶洶的少年，忽然委屈巴巴的眼淚。

禾雲生很委屈。

少年人都愛面子，家貧無事，只要他孝順知禮，頂天立地，就是好兒郎……話雖這麼講，可虛榮心人皆有之。這件栗色長衣是他一位師兄送給他的，他縫縫補補穿了許多年，只因他自己的衣服，全都是便於幹活的短衣步褲，這件長衣不論如何，總像個「少爺」。

禾晏的衣裳雖然比不過大戶人家的小姐，可每年時興的款式，都會買一兩件，禾綏寵著她，禾雲生也不能說什麼。女兒家愛美，男兒家怎麼能注重這些身外之物呢？

可是此刻，禾雲生突然委屈了起來。

禾晏結結巴巴的道：「這、這件衣裳壞了，我們再買一件，找京城最出名的裁縫，給你做件全新的，繡花紋的那種？料子也要好的，別、別哭嘛，我也不是故意的……好不好？雲、雲生？」

禾晏從未這般好言好語的哄過他，不知為何，禾雲生的氣忽然間消散了大半，只是到底還有些怨忿，道：「我們又沒有銀子！」

「誰說的？」禾晏將妝匣打開給他看，「我們有的是銀子。」

禾雲生原本只是隨意一瞥，定睛之下卻愣住了，道：「妳哪裡來的銀子？」

「嗯？」

下一刻，禾雲生突然衝上前，驚道：「妳的臉……」

臉？禾晏一驚，心想難道臉還會變？不會啊，她昨夜回家前在門口水缸裡洗了兩把臉，應該把脂粉都洗乾淨了？

她剛衝到鏡子前，便聽禾雲生急怒的聲音在身邊響起，「妳被誰打了？」

但見鏡中姑娘眉目清雅秀致，一雙剪水雙瞳盈盈秋波，並無變化，不過……禾晏的目光下移，姑娘的唇邊多了一道淺淺的瘀青，在白嫩的皮膚上格外顯眼。

方才青梅叫她起床，她以手遮面擋太陽，青梅並沒有看到。此刻卻讓禾雲生看到了。

禾大小姐皮膚細嫩，實在經不起任何摧折。她昨夜好像挨了誰一拳，但不痛不癢，便也沒放在心上，不想今日就給臉做了個標記。

禾雲生還在追問：「妳到底是怎麼回事？這些銀子……這件衣服……」他忽然悚然，目光悲切：「妳……」

看這少年越想越不像話，禾晏輕輕敲一下他的頭，「你想到哪裡去了，昨夜我穿了你的衣服去了賭場，賭了兩局，贏了銀子，有人找麻煩，我教訓他們一頓，不小心掛了彩而已。沒事，明日就消了。」

她說的輕描淡寫，卻不知這一番話給眼前的少年內心怎樣的震動。

「妳……我……」

禾晏去賭場？禾晏去賭場還贏錢？禾晏贏錢後被人找麻煩還教訓對方一頓？

無論哪一件，都是禾雲生無法接受的。他甚至懷疑自己的姐姐是不是被人掉了包，怎麼做的這些事都如此匪夷所思。

「是啊，」禾晏心平氣和地解釋，「因為我們實在太窮了，所以我想去賭場撞撞運氣，誰知道運氣實在很好，大概是老天保佑。那些找麻煩的人我本來很害怕，不過最近跟你去上山砍柴，力氣大了不少，僥倖贏了他們。」見禾雲生還是一副目瞪口呆的模樣，禾晏繼續道，「你若是不信，自己去樂通莊打聽，昨夜是不是有個穿栗色長衣的少年贏了不少錢，我可沒騙你。」

禾雲生腦中一團漿糊，見禾晏信心十足的模樣，真像是所言不假。

「可……可……」

「哎，對了，」禾晏笑了笑，「既然現在我們有錢了，從今日起，我們就不去賣大耐糕了。」

「那做什麼？」禾雲生喃喃問道。

「自然是去校場，你想不想去學堂啊，雲生？」她問。

一直到出門，禾雲生的腦海裡，都回想著禾晏方才的那句話。

「你想不想去學堂啊，雲生？」

想，自然是想。學堂有文書先生、武館先生，他能和同齡的少年們一道讀書，待時令一至，科考也罷，武舉也罷，都能憑藉自己謀一份前程。而不是如眼下這般，自己胡亂練一氣，實在是很糟糕。

從前是他們家沒有銀子，可如今他們有銀子了，禾雲生的心底，被壓抑的渴望又漸漸生出來

他偷偷看走在身側的少女一眼，禾晏……自從禾晏病好後，好像家中的一切都好了起來，不再是沉沉如一潭死水，這潭水不知什麼時候被風掠過，蕩起漣漪，於是陳舊之氣一掃而光，花紅柳綠。

是春天哪。

禾晏注意到他的目光，忽地撫上自己臉龐上的面紗，再次警告道：「說好了等下見到父親不許露餡，知道嗎？」

「……好。」禾雲生艱難回答。

校場在城門東頭的一大片空地處，禾晏一次也沒去過。她行軍回京以後，禾如非代替了她，之後所有一切「飛鴻將軍」的活動，她都沒能參與。只是曾作為許大奶奶踏青之時，偶然路過一次，那時候她是很嚮往的。

京城的校場，還是很大的。旗桿臺上旗幟飛揚，有時候將官會在此閱兵，非常闊達了。不過近年太平盛世，校場幾乎成了富家子弟們在此玩樂騎射的地方。四處設有箭靶和跑道，兵器架上的兵器琳琅滿目。

禾晏一走到此地，便有些移不開眼。

她曾有一把劍，名曰青琅，無堅不摧，削鐵如泥。伴隨她征戰沙場多年，出嫁許家時，她沒有帶上它，即便她很想。

禾元盛對她說：「許家是書香門第，妳若帶劍前去，只怕妳夫君婆母不喜。」她的親生父親禾元亮也關心地指點她：「這樣不吉利。」

所以她便把青琅留在家中，囑咐家人好好保管。可是成親回門的時候，青琅便掛在了禾如非腰間。

她質問禾如非，禾如非還沒說話，禾元盛便道：「如非現在是飛鴻將軍了，若是佩劍不在，別人會懷疑的嘛！」

「對嘛對嘛，反正妳以後也用不上了。」禾元亮幫腔。

她一腔回門的欣喜如被冷水澆灌，從頭涼到底，也就是那時，她突然意識到成親意味著什麼，將飛鴻將軍這個名號交出去意味著什麼，意味著從今以後，她是許家的大奶奶，禾家的二房嫡女，在家相夫教子，和夫君舉案齊眉，那些佩劍、駿馬、戰友以及自由，用血拼來的功勳和戰績，都將拱手讓給另一個人。

並且無人知曉。

先是她的青琅，其次是她的戰馬，再其次她的部下，她的一切。過去數十年的辛勞，為他人作嫁衣裳。

她一無所有。

禾雲生問：「喂，妳怎麼了？臉色這麼難看。」

禾晏一怔，回過神來，笑道：「無事。」她左右看了看，「怎麼沒看到父親？」

「他們好像在那邊，」禾雲生指了指另一邊的跑道，「大概在馴馬。」

校場時常有新買回的馬匹，有些性子桀驁不服管束，需要馴養一段時間。如今的城門校尉品級極低，不巡城的時候，從某種方面來說，幾乎成了勳貴子弟來校場騎射的陪練。

「我們過去吧。」禾雲生道。

禾晏點頭，忽又停下腳步，從兵器架最上端撿了根鐵頭棍握在手中。

禾雲生：「妳拿這個做什麼？」

「感受一下。」禾晏道：「走吧。」

禾雲生無言以對，兩人朝馬廄旁邊的跑道走去，還未走近，便聽到一陣喧嘩。兩人抬眼看去，兩匹馬從面前疾馳而過，一馬上坐著一名錦衣公子哥，另一馬上坐著的人如黑熊般壯實黝黑，不是禾綏又是誰。

禾綏這是在和誰賽馬？

「公子好厲害！」旁邊還有觀看的小廝，一臉興奮，「三場了，每次都贏！」

唔，已經三場了麼？禾晏抬眼看去，這一看不打緊，乍看之下便皺起眉。

禾綏身下的那匹馬，大概還沒來得及經過馴養，一看便野性難馴，腳步十分急促，禾綏騎這馬本就勉強，那錦衣公子還特意用自己的馬去撞禾綏的馬，禾晏甚至看到，他的馬鞭抽到了禾綏的馬屁股上。

野馬活蹦亂跳，幾乎要把禾綏甩下來，禾雲生叫了一聲：「爹！」心狠狠揪了起來。錦衣公子卻哈哈大笑。

這一場總算結束了，禾綏的馬停了下來，停下來時亦是勉強，在原地掙扎了好一會兒才安靜下來。

錦衣公子早已被人攙扶著下馬，邊得意開口，「禾校尉身手還欠了些啊，一匹馬都馴服不了。不過這局比剛才那局有長進，至少沒摔下來被馬踢兩腳。」

摔下來？踢兩腳？

禾晏抬眼看向禾綏，但見這大漢臉上，鼻青臉腫，衣裳上還留著一個馬蹄印子，顯然摔得不輕。這傢伙……她不由得有些生氣。

錦衣公子笑嘻嘻地拋出一錠銀子，「不錯、不錯，本公子很高興，這是賞你的。」

銀子掉在地上，禾綏不顧眾人目光，彎腰去撿，隨即笑呵呵地道謝：「多謝趙公子。」

從未見過父親如此卑微的一面，禾雲生大怒，氣得高喊，「道什麼謝，沒看見他在耍你嗎？」

「雲生？」禾綏這才看到禾晏二人，他問：「晏晏，你們怎麼來了？」

「這小子是誰？」趙公子問。

「這是犬子雲生。」禾綏賠笑道。

「哦——」趙公子道：「你兒子看起來好像對我很不服氣啊。」

「哪裡的事？小孩子不懂事。」禾綏按住禾雲生的腦袋，「快跟趙公子說對不起。」

「我不——」禾雲生掙扎著。這個趙公子分明就是在折辱禾綏，拿禾綏當下人耍著玩，可是憑什麼，禾綏品級再小好歹也是個官兒，又不是趙家奴僕，憑什麼該受如此侮辱？

禾雲生梗著頭，抵死不認。

趙公子瞅著瞅著，像是來了興趣，「這樣吧，我本來打算讓你爹再跟我來一場的，不過我現在改主意了，你跟我來一場，本少爺再賞你一錠銀子。」他伸手，家丁便遞上一錠銀子。

「不可！」禾綏先是一驚，隨即彎腰討好地笑道：「雲生沒摸過馬，還是我陪公子練馬吧。」

禾綏平日裡雖然偏疼禾晏，但並不代表不愛這個兒子。這趙公子不是什麼好人，不過富家子弟的這些折辱，他平日裡受的多了，不在乎這一時半會兒。禾雲生如今的年紀，應該去尋個學堂。還有禾晏，得為她籌點嫁妝，總不能日後嫁了人去夫家受人白眼。可他又沒有別的本事，除了出賣力氣，便只能討這些公子哥高興，賺點銀子了。

不想，今日卻被一雙兒女看到自己卑微狼狽的模樣，禾綏的心裡又羞慚，又難過。

雲生正是少年血氣，受不住這些侮辱，但不知人心險惡。以他的身板今日要真和趙公子賽馬，不少半條命才怪。要知道這匹馬是今日新來的無主烈馬，一次也沒有馴過，別說賽馬，能騎上這匹馬都不容易。

他不能讓兒子出事。

「我來就好了。」禾綏笑著道。

「那可不行。」趙公子搖頭，「我就要他。」

禾綏的笑容僵住了。

僵持中，突然有人開口說話，清脆的聲音打斷了沉默。

「要不，我來跟你比一場吧。」

眾人側頭一看，那一直沒說話的人突然開口，大家才發現這兒還站著一個少女。她穿著淺朱白團花荷邊短袖外衣，內著長袍，緋色下裙，嫋嫋婷婷，面覆白紗，只露出一雙秀美的雙眸在外，笑眼彎彎的樣子。

「妳又是誰？」趙公子問。

「我啊，」少女淺淺頷首，「只是一個馴馬的。」

第六章　馭馬

「我啊，只是一個馴馬的。」

少女雙手負在身後，還握著一根鐵頭棍，調皮的悠悠晃動，語氣輕鬆。

「晏晏？」禾綏怔了怔，隨即小聲斥責道：「妳在胡說些什麼？」

禾晏卻看也不看禾綏，只是盯著趙公子，道：「公子願不願意？」

趙公子是個憐香惜玉之人，這少女雖然以紗覆面，可一雙眼睛能窺出容色不差，況且伸手不打笑臉人，她聲音清脆，想來也是個美人，嬌滴滴的美人提出要求，他也就順上一順。

「姑娘不知，這馬性烈，若是因此負傷，在下就要懊惱萬分了。」他還好心好意的提醒，自覺自己風度翩翩。

可他話音剛落，便聽見少女笑了一笑，下一刻，只覺眼前一花，那團朱色衣裙彷彿翻飛蓉花，帶起一陣香風。再抬眼看去，禾晏端端正正坐在馬背上，手握韁繩。

那馬匹原本被禾綏拉著，禾綏也沒料到禾晏會突然翻身上馬，手一鬆，繩子落下，烈馬受驚，頓時長嘶一聲，原地抬腿躍起。

「晏晏——」禾綏驚叫一聲，禾雲生也嚇了一跳。

禾晏不慌不忙，索性丟開韁繩，抓住烈馬脖子上的鬃毛，她抓得牢而緊，任馬掙扎亦不掉落，順勢伏低身子，耳朵貼在馬耳邊，嘴裡咕嚕嚕發出一串奇怪的聲音。

奇怪的是，漸漸地，烈馬不再掙扎，躍起的前蹄也收回原地，慢慢安靜下來。

眾人驚訝極了。

「晏晏，快下來——」禾綏一顆心總算落了地，急切地朝禾晏伸出手，「別摔著了。」

禾雲生終於回過神來，少年咬著嘴唇，臉色有些發白，聲音也有些顫抖，「妳……快下來！不要命了是不是？」

「哈哈哈哈，」一直發呆的趙公子突然大笑起來，「沒想到姑娘真是個中好手。既然如此，」他也翻身上馬，「陪姑娘一場又如何？」

端的是很有風姿。

禾晏微微一笑，「那公子就小心了，我說過，我是個馴馬的。」說完這句話，她便伸手，一拍馬屁股，馬兒揚塵而去！

「竟然不用馬鞭麼？」趙公子喃喃道，隨即一抽鞭子，「走！」

兩匹馬在跑道上濺出滾滾煙塵，留下一眾目瞪口呆的人。

禾綏緩緩轉頭，看向禾雲生，禾雲生連忙辯解，「別問我，我也不知道她什麼時候學會騎馬的！」

禾綏如在夢中。

他的女兒，自己最清楚。琴棋書畫勉強會些，穿衣打扮個中翹楚，但說起騎馬舞劍之類，別說熟練，只要一聽名字，不翻個白眼就不錯了。禾晏喜歡那些風流清雅的公子哥，喜歡品茶論詩月下賞花，這些大老粗的東西，她敬而遠之，生怕弄破了她嬌嫩的皮膚。

可她翻身上馬的姿態如此熟練，像是早已做過千百回，習以為常，甚至比他這個父親有過之而無不及。那匹烈馬也是，在她手下乖順如小貓，她竟然不用馬鞭？她怎麼做到的？

禾綏朝跑道上的身影看去。

禾綏無法馴服的烈馬在禾晏身下矯捷如風，她姿態優美，因為穿著不大方便的長裙，便將長裙撥開，露出裡面的步褲，不過非但不粗野，反有種難以言喻的落拓。

趙公子趕不上她。

趙公子有些惱火。

他來校場是為了出風頭，不是為了丟臉的。方才禾綏逗得他很開心，可這個丫頭是怎麼回事？他總不能輸給一個女人，而且這女人騎的馬還是一匹未被馴過的烈馬，難道他要被人看笑話不成？

絕對不可能！

陡然間，趙公子的心中生出一股好勝之心，他更加用力地抽打身下的駿馬，駿馬吃痛，急奔向前，眼看就要超過禾晏。

是了，就是這樣，望著越來越近的禾晏身影，趙公子不免得意，他七歲就學騎馬，這麼多年，怎麼還會比不過一個女人？

他的馬終於超過了禾晏。

趙公子大笑出聲：「姑娘，妳可得加把勁！」

「公子好神勇，」禾晏的聲音帶著一點驚訝，「我也是第一次被人追上呢。」

說話間，她手指撫向腰間那把晃動的鐵頭棍，趙公子的馬在前，她的馬在後，便是這麼不偏不倚的，鐵頭棍的一端就捅到了馬屁股。

誰也沒有察覺到這些微的不對，除了趙公子身下的那匹馬。

馬匹受驚，陡然間一個趔趄，趙公子猝不及防，手上一鬆，馬鞭滾落下來。下一刻，身下的馬便不聽指揮，狂奔向前，趙公子不知所措，勒緊韁繩，全然無用。

「停、停下來！」他慘叫道，在馬背上被顛得頭暈眼花。

身後傳來女子急切的聲音，「趙公子？趙公子您還好嗎？」

「救……救救我！」趙公子嚇得聲音都變成了哭腔，「叫牠停下來啊！」

遠處，禾雲生蹙眉道：「出什麼事了？我怎麼聽到那個姓趙的在喊救命？」

禾綏一驚，但見跑道盡頭，往他們回頭奔來的兩匹馬中，趙公子的馬在前，但他的手中並無馬鞭，反而緊緊抱著韁繩哭天喊地。身後的禾晏焦急呼喚，卻在馬背上穩如泰山？

「趙公子的馬好像受驚了。」禾綏連忙去馬廄裡牽馬，「我去幫忙！」

「公子……公子唷，」小廝臉都青了，「您可不能有事！」

趙公子在馬背上鬼哭狼嚎，聲音淒厲，禾晏騰出一隻手掏了掏耳朵，好吵。

這麼狂妄的小子，不把他嚇死，她就不叫禾晏。當年軍中新兵，不乏自以為高人一等天資卓絕的，最後還不是乖乖的認清現實。這世上，到底天外有天人外有人，做人，還是低調一點好。

待欣賞夠了，遠遠地看見禾綏牽馬過來了，禾晏才又一拍馬屁股，馬匹停下腳步，她飛身下馬，身姿如電，一手橫鐵頭棍於趙公子的馬脖頸之前，馬匹陡然受阻，腳步一頓，原地站起。禾晏拉住韁繩，喝道：「吁——」

馬匹安靜下來。

風動，捲起面上的白紗，驚鴻一瞥，露出女子的臉，只一瞬，很快被濛濛白色覆蓋。

「好了。」她朝躲在馬背上流淚的男子道：「你可以下來了，趙公子。」

「嗚嗚——嗚嗚——」趙公子嚶嚶哭泣起來。

嚶嚶哭泣的趙公子一邊拿手背抹眼淚，一邊小聲罵罵咧咧，下馬的時候腿腳發軟，還差點摔了一跤。

小廝連忙過去攙扶住他，道：「公子，公子你沒事吧？」

趙公子一腳踢過去，「你看我像是沒事嗎！」

「方才真是嚇死我了。」禾晏道：「都是我不好，若不是我執意與公子賽馬，公子也不會被驚嚇。」她滿懷歉意，十分誠懇地道歉，「還望公子不要計較。」

計較？他能計較什麼？對方是他的救命恩人，他能怎麼計較？趙公子勉強笑了笑，到底心中憋著一口氣，再看那還在低頭啃草皮的罪魁禍首坐騎，怒不可遏，一揮手：「這吃裡扒外的畜生，差點害本少爺受傷，拖出去砍了！我要把牠大卸八塊，做成馬肉乾！」

禾雲生眉頭微皺，禾晏的笑容也冷淡下來。

馬匹，對於一位將領來說，不僅僅是坐騎，還是同生共死的戰友。牠們不會說話，但會載著士兵衝鋒陷陣。不會交流，卻會在主人死後悲戚的嘶鳴，甚至絕食而去。

牠們忠於自己的主人，正如主人疼愛牠們。

富庶之地的公子哥兒不曾領略沙場的殘酷，因此無法明白人與戰馬之間同袍之誼。人尚且分貴賤，一個畜生，更不值得他為此猶豫，殺就殺了，還管其他做什麼。

「……這是一匹好馬，」說話的是禾綏，他勸慰道：「公子還是三思而行。」

「這是本少爺的馬。」趙公子正愁氣沒處發，禾綏就這麼撞上來，他獰笑一聲，「我想怎麼樣就怎麼樣？」他從腰中摸出一把匕首拔出，寒光閃閃，道：「我不僅要殺，還要在這裡殺！」

匕首刀柄鑲嵌著一顆鴿子蛋大的紅寶石，刀鞘亦是金子打造，華麗無比。而今這刀尖對準了正在啃草皮的駿馬，馬兒還不知道主人已經對自己起了殺心，甩著尾巴，一派悠然。

趙公子眼中殺機畢現，自覺想到了一個好辦法。既然這馬讓他受了驚，還落了面子，就在此地宰了牠，一來為自己出氣，二來也顯得自己勇武，挽回一些顏面。

他朝小廝吼道：「給我抓住牠！」

禾晏手心微動，不自覺的攀上腰間的鐵頭棍。

她不能……不能看見這馬因她而死。如若動手，也沒有理由。

馬被幾個小廝按住了，為首的小廝轉頭喊道：「公子，公子，我們按住牠了！公子現在就動手吧！」

趙公子手持匕首，走上前，對準馬脖子，刀含著冷光就要落下——

「砰——」

清脆的一聲，彷彿金石相撞，有什麼東西掉在地上，禾晏悄悄縮回伸出的手。但見趙公子手中的匕首已經落下，趙公子正握著手腕，「唉喲唉喲」的叫起來。

「誰？是誰？」他一邊疼得跳腳，一邊不忘罵人，「誰他娘的彈我！」

「是我。」

有人的聲音自身後傳來。

這個聲音……禾晏心頭微動，轉身看去。

但見身後不知何時又來了兩人，俱是騎在馬上。左邊的那個少年穿著甘草黃的圓領斜襟長袍，這般挑人的色彩竟被他穿得極其靈動，唇紅齒白，笑容奕奕，瞳仁亦是清亮，罕見的帶著孩子氣的童真，是個神采飛揚的小郎君。

而右邊的那個年輕男子……禾晏眼前一亮。

適逢春日，柳色如新，冰雪消融，一城春色裡，有人分花拂柳，踏花行來。

那黃衣少年已然生得十分俊秀，這青年眉眼竟比他還要秀麗幾分。面如美玉，目若朗星，一雙眼睛形狀溫柔，卻在眼尾微微上揚，如秋水照影，本是撩人心動好顏色，卻因目光顯得冷若冰霜。

他不如少年跳脫，頭戴銀冠，青絲順垂。穿了百草霜色的騎裝，衣襟處以金線繡著精緻朱雀，氣勢斐然。皂青長靿靴，腰間一把晶瑩佩劍。白馬金羈，英英玉立。此刻骨節分明的右手正把玩著一只暗青香袋，裡頭叮咚作響。

好一個丰姿俊秀，芳蘭竟體的五陵貴公子！

禾晏心中正低低讚嘆，忽然間覺得不對勁，電光石火間，猛地低頭，白紗微微晃動，遮住了她失措的目光。

只聽那頭趙公子諂媚而畏懼的聲音響起：「原來是肖都督……失禮了。」

禾晏的腦海中，忽然浮現起很多年前，亦是這樣一個春日，鶯啼燕舞，楊柳鞦韆院，她懵懂地抬頭，白袍錦靴的英俊少年自樹梢垂眸，縱然神情滿是不耐煩，仍擋不住滿身英姿。

春光懶睏，風日流麗，他如畫中璧人，黯淡了一城春色。

肖玨，肖懷瑾，她前生的對頭，昔日的同窗，也是聲名赫赫的右軍都督，封雲將軍。

風吹起面上的白紗，禾晏將頭趴得很低。她聽見身邊禾雲生倒抽冷氣的聲音，似乎小聲嘀咕了一句，「肖都督！」

大概是見到了心中的英雄，才會發出這般充滿嚮往的讚嘆。

「肖都督……您怎麼來了？」趙公子在禾綏幾人前趾高氣昂，在肖玨面前卻如搖尾乞憐的家犬，看得人一陣惡寒。

「你買這匹馬，花了多少銀子？」青年坐在馬上，平靜地問道。

「哎？」趙公子有些茫然，不過還是老老實實地回答道：「三十兩銀子。」

肖玨扯了下嘴角，下一刻，手上那暗青的香袋裡，便飛出兩錠銀子，落在草中。眾人這才看清楚，方才打掉趙公子手腕的，正是一粒銀裸子。

「你的馬，我買了。」他道。

趙公子抖著唇說不出話來。

他想挽回顏面殺了這匹壞事的畜生，可偏偏肖懷瑾發了話。那可是肖家的二公子！惹不起惹不起，趙公子只得生生咽下心口那團惡氣，笑道：「肖都督說的哪裡話，想要這匹馬，送您就是了。」

「不必，」他說：「無功不受祿。」

禾晏心中鬆了口氣。肖玨與她同為將領，自然看不得有人當街殺馬。這匹馬遇到肖玨，倒是躲過一劫。

正想到此處，忽然見身邊禾雲生上前一步，一臉孺慕地看著肖玨，開口道：「多謝封雲將軍，救馬一命勝造七級浮屠！了不起！」

禾晏無言以對。

禾雲生就算想和心上的英雄搭訕，也不該這麼說。虧他說的出來這般令人尷尬的話語，早說了要多念書，否則就是這個下場。沒得肖玨此刻正在怎麼嗤笑他。

不過今日肖玨並未出言諷刺，只是轉而看向禾雲生，一雙清透長眸燦如星辰，淡道：「你喜歡這匹馬？」

禾雲生瞅了一瞅，老老實實答：「喜歡。」

「送你了。」他道。

「多謝……欸？」禾雲生震驚不已，正想說話，但見肖玨已經和那黃衣少年催馬向前，不欲在此停留，只得追了幾步便停下腳步，失落地望著他們遠去的背影。

禾晏走到他身前，伸手在他面前晃了晃，「回神了？」

禾雲生收回目光，轉身「咦」了一聲，「姓趙的呢？」

「早走了。」禾綏翻了個白眼，極看不上禾雲生這般傻樣，「在你看肖二公子的時候。」

趙公子縱然再不甘願，也不敢找肖玨的麻煩，只能拿著銀子氣咻咻的走人。

禾雲生走到那匹被主人扔下的駿馬面前，摸了摸馬頭，彷彿撫摸情人留下的信物，道：「這是封雲將軍送給我的……」

「那你不如把牠牽回去供起來？立個牌位？」禾晏問。

禾雲生怒視著她，「妳懂什麼？剛才如果不是肖都督路過，這匹馬就被那個姓趙的殺了！肖都督果真是少年俠骨，路見不平拔刀相助……」

「停停停，」禾晏打斷他的話，「說點別的。」她心道禾雲生果真是小孩子不識人間險惡，那肖懷瑾可不是個路見不平的俠客，這個人，無情得很呢。

「晏晏，妳怎麼戴面紗出來？」一直沒怎麼開口的禾綏終於尋著說話的機會，「還有，妳怎麼會騎馬的？剛剛真是嚇死爹爹了，日後可不能這般莽撞。妳要是出了什麼事，日後我怎麼跟妳娘交代？」

禾綏對禾晏說的話可比對禾雲生說的話多多了。

「這是最近的妝容，京城裡近來時興覆紗出門，顯得神祕好看。」禾晏一本正經的胡說八道，「父親覺得這樣不好看嗎？」

禾綏：「好好好！好看極了！」

禾雲生翻了個白眼，這麼拙劣的藉口禾綏居然也相信。

禾綏自然相信，他對女孩子的玩意兒不瞭解，只知道禾晏一向愛穿衣打扮，追隨時興愛好也是自然，更何況他絕不會想到他驕縱柔弱的女兒會去賭館跟人打架，絕對是別人看錯了！

「至於騎馬嘛，我是和朋友一起學會的，也只會那麼幾招，日後再練練便好了。」禾晏含糊道。

另一頭，肖玨和黃衣少年正駕馬往校場外走去。

「方才可真有意思。」黃衣少年笑嘻嘻道：「舅舅，你看見了沒，那個騎馬的姑娘偷偷動了手腳，姓趙的才栽了跟頭，好玩、好玩！」

肖玨神情漠然。

他的確看到了，誰讓他們剛好從跑道周邊走過。那女子動作敏捷，甚至方才姓趙的要殺馬時，相信就算他不開口，對方也會出手，她的手都摸到腰間的鐵頭棍了。

「可惜她一直低著頭，沒看清長什麼樣子。」黃衣少年摸了摸下巴，「要不咱們現在回頭去，問清楚她姓甚名誰，或許能看看她的長相？」

「你自己去吧。」肖玨不為所動。

「那可不行，她是看了你一眼才低下頭的，定是為舅舅容色所震，才害了羞。我倒是覺得最近京城有趣的姑娘變多了不少，前幾天才看見醉玉樓下以一敵十的姑娘，今日就看見了校場騎馬的姑娘。世上這麼多好姑娘，怎麼就沒一個屬於我呢？」黃衣少年說到此處，頓時捶胸頓足，長吁短嘆起來。

肖珏平靜地看著他，「程鯉素，你如果再不閉嘴，我就把你送回程家。」

「不要！」叫程鯉素的少年立刻坐直身子，「你可是我親生的舅舅，可不能見死不救，我如今就靠著你了！」

兩人正說著，忽見前面兵器架不遠，站著幾人，為首的是個藍衣公子，身形清瘦，彷若謫仙。他含笑看向幾人，也不知在這裡站了多久，不過以此處看來，方才校場發生的一切，當是看到了。

「這不是石晉伯府上四公子？」程鯉素低聲道：「他怎麼在這裡？」

肖珏沒有回答，馬兒停下腳步，程鯉素便露出他慣來熱情的笑容，「這不是子蘭兄嗎？子蘭兄怎麼到校場來了？」

這便是當今石晉伯的四兒子楚昭。

「隨意走走，恰好走到此處，沒想到會在此遇到肖都督和程公子。」楚昭微微一笑，「也是出來踏青的嗎？」

「那是自然，這幾日春光太好，不出來遊玩豈不是辜負盛景？」程鯉素哈哈大笑，笑著笑著，又嘀咕道：「不過要是和美麗的姑娘出來就更好了。」

楚昭只當沒聽到，笑意不變。

從頭到尾，肖珏都沒有和楚昭說一句話，只是駕馬錯身而過的時候，對他微微頷首。

待他們走過，小廝不忿：「這個封雲將軍，實在太無禮了！」

楚昭不以為意，只是笑著搖頭：「誰叫他是肖懷瑾呢。」說罷，又看了空蕩的跑道一眼，似乎想到了什麼極為有趣的事情，輕笑出聲。

第七章　同窗

空著手去的校場，回來的時候，手裡牽著一匹馬。

有種空手套白狼的感覺，禾雲生想到此處，趕緊心中呸呸呸了幾聲，這怎麼能叫空手套白狼呢？這叫英雄所贈！

只是那封雲將軍竟然比傳言中生的還要俊美優雅，他什麼時候才能變成肖二公子這樣的人？

禾綏看了看禾雲生，少年一臉遐想，不知道心飛到何處，難得見到如此神采奕奕。再看禾晏，雖然蒙著臉，卻像是心事重重。

這一兒一女是怎麼了！回來路上話也不說，各自想各自的事，禾雲生就算了，還能說是肖懷瑾送了他一匹馬，怎麼禾晏也跟著沉默了？那肖懷瑾年少有為，又是大魏數一數二的英姿麗色，自家女兒該不會是看上人家了？這可如何是好？才走了一個范公子，又來一個肖都督？京城有無數個范公子，可大魏卻只有一個肖懷瑾！

思及此，禾綏頭疼起來。

三人心事重重的回到家，隔壁賣豆腐的李嬸都好奇地看著他們，還拉著禾綏走到一邊，關心地問道：「禾大哥，是不是家中出了什麼事，看晏晏和雲生好像有心事哩。」

禾綏一言難盡。

待到了屋中，青梅早已做好了晚飯，大家各自喝粥，喝著喝粥，禾綏總算想起來問一句：「晏晏，你們今日到校場來，可是有什麼事？」

禾雲生也就罷了，禾晏可是從來不來校場的。

禾晏這才收回思緒，對禾綏道：「是這樣的，本來今日是想和父親說，雲生現在的年紀，也該進學堂了。平日裡隨手學些拳腳功夫，到底不如師父指教得好。如今還算不晚，春日正是學堂進學的時候，父親覺得怎麼樣？」

禾綏張了張嘴，一時間竟不知道該欣慰女兒開始操心弟弟的事，還是犯愁禾晏說的問題令他答不上來。

「晏晏，我之前也想過此事，不過眼下……還差點銀子，」他尷尬地撓了撓後腦勺，「可能還得再等一等，等發了月祿，我再籌集一點就好了。」

若非如此，他今日也不會這般容忍趙公子的侮辱了。

禾雲生埋著頭吃飯，耳朵卻豎得老高，他知道父親賺錢不易，總覺得自己提出來就是不孝似的。這般難以啟齒的話最後卻由禾晏說了出來，他鬆了口氣。

「銀子的事不必擔心。」禾晏起身走到裡屋，片刻後端出一個妝匣，她打開妝匣，裡面的珠寶銀兩頓時晃花了禾綏和青梅的眼。

禾綏手裡的筷子「啪嗒」一聲落下來，「晏晏……這是哪裡來的銀子？」

「雲生去樂通莊贏來的。」禾晏對答如流。

禾雲生一口粥「噗」的噴出來。

「禾晏！」

禾晏對他眨了眨眼，說謊神情亦不變：「雲生運氣真的很好，第一次去樂通莊就贏了大把銀子。我數了數，這些銀子除了做束脩外，夠我們用好幾年呢。」

禾雲生動了動嘴唇，沒說話。

他能說什麼？說賭錢的人是禾晏？別說禾綏不相信了，連他自己都不相信。況且禾晏當日還穿著他的衣服，旁人只記得是個少年，真是渾身是嘴也說不清。況且……他想到今日禾晏為他挺身而出和姓趙的賽馬時的場景，不覺生出一股惺惺相惜的豪情。

就當是講義氣吧，這個黑鍋，他背定了！

禾雲生道：「對，就是我賭錢贏回來的。爹，咱們拿這個銀子去學堂吧！」

禾綏定定地看著他：「這是你去賭場贏的？」

「不錯。」

「第一次去賭場就大獲全勝？」

「確實。」

「確實……確實！」禾綏勃然大怒，一拍桌子，桌上撿了個木板就朝禾雲生拍來，「你個不孝子！你居然敢去樂通莊！」

「你爹我辛辛苦苦供你吃穿，你居然敢給我去樂通莊！你還要不要臉？你對得起你死去的娘麼？」

禾雲生被砸得抱頭鼠竄：「爹，我還不是因為咱家太窮了！你不多嘴告訴我娘，我娘怎麼會知道！」

「還狡辯！你這是從哪學來的浪蕩習慣，給我去賭場！禾雲生，我看你是要翻天！」

禾晏默默地縮到屋中一角，好險好險，好險這個鍋讓禾雲生背了。若是知道是她幹的，禾綏抽她，她不小心還手，把禾綏打傷了怎麼辦？那可真是「不孝女」了。

一陣雞飛狗跳，此事終於落下帷幕。

禾雲生到底是挨了一通揍，將這事給搪塞過去了。接下來，便是考量究竟給禾雲生選擇京城裡哪一家的學館。最好是選能兼顧武技，不能太差也不能太好，物以類聚人以群分，太好的學館都是富家子弟，難免讓禾雲生沾染些不良習氣。

禾雲生坐在禾晏的屋子裡，拿桌上的小梳子敲燈檯，道：「選來選去也沒選好，真讓人頭疼。」

「本就不是一夜間就能決定的事。」禾晏瞥他一眼，「來日方長。」

禾雲生撇了撇嘴，「如今妳見多識廣，妳不知道京城哪家學館最好嗎？」

「我又不去學館，我知道什麼。」禾晏道：「賭館我倒是知道。」

禾雲生道：「那還真是小看妳了！」

禾晏對他一笑：「多謝誇獎。」

想到今夜白白挨的那場揍，禾雲生又是一陣憋屈，扔下一句「我去餵馬」便離開了。

禾雲生離開後，青梅將梳洗的水盆端走，禾晏吹熄蠟燭，脫了鞋上床。

窗戶沒關，這樣的春夜，倒也不覺得冷，月光從窗外漫進來，溢了滿桌流光。她看著看著，便想到白日裡遇到的肖玨。

她那時慌亂之下，只怕肖玨認出自己，便低下頭。可後來才回過神，她如今已經不再是那個「禾晏」，即便是面對面，肖玨也認不出自己。何況當年，她總是戴著面具。

上一次見到肖玨時，似乎是很久之前的事了。那時候他還不如眼下這般冷冽淡漠，拒人於千里之外，是個傲氣卻散漫的慘綠少年。

京城最好的學館，叫賢昌館。如今大魏兩大名將，封雲將軍和飛鴻將軍，皆是出自於此。算起來，她和肖玨，只有一年的同窗之誼。

世人皆說飛鴻將軍和封雲將軍水火不容，明爭暗鬥。但其實禾晏總覺得，並沒有那麼誇張。

至多不過都是少年投軍，戰功赫赫，又都年紀輕輕得封御賜，大家愛把他們拿在一塊兒比較罷了。其他不過是道聽塗說，添油加醋，傳來傳去就成了陌生的本子，令人啼笑皆非。

至少在十四歲的禾晏心中，她對肖家這位小少爺，決計沒有半點敵意。

那時候她扮作男子已經多年，做「禾如非」做的得心應手。只有一樣稍有困難，便是到了這個年紀，男孩子早該去學館跟隨先生習策了。

男子和女子不同，女子可以請先生來府中教導，男子卻沒有這種說法。禾家一直請先生在府中教導，但隨著年歲漸長，傳出去不好聽。禾家到底還是要面子的。

於是拖拖拉拉，磨磨蹭蹭，最終還是在禾晏十四歲的時候，將她送進了賢昌館。

賢昌館是京城最有名的學館，學館的創始人曾是當今陛下當年為太子時的太傅。學館習六藝，先生各個都是朝中翹楚，來這裡習策的，便是勳貴中的勳貴。

禾家雖有爵位，但比起賢昌館裡的這些人家，還是稍遜一籌。誰知禾元亮不知走了什麼好運道，一日在酒樓喝酒的時候，遇到有人起爭執，順手說道了幾句，被幫的人是賢昌館的一位師保，提起近來恰好春日新招學子進學，還記得禾家大房好像有位嫡子，不如送進賢昌館一道習策。

禾元亮猶豫許久，將此事與禾元盛商量。禾元盛一向追名逐利，覺得此事可行。將禾晏送進賢昌館，指不定會認識其他勳貴子弟，同他們交好對禾家只有好處，不會有壞處。若有一日真正的禾如非歸來，「賢昌館學子」這個名頭，對禾如非來說是錦上添花。

禾晏得知了此事，非常高興。

她做男子打扮，可在禾家，卻是照著女子的規矩行事。不可蹴鞠、不可拋頭露面，連練武也要背著家人偷偷地學。可若說做女子，那也是不稱職的，禾家的女兒們學琴棋書畫，可她這個「禾如非」卻不能跟著一起。

倒像是什麼都不能做似的。

可去賢昌館不同，聽聞那裡有許多能人異士，往來皆是有才之人。同齡少年亦是很多，若是前去，不僅能習得一身技藝，還能廣交好友。

這是女子享受不到的好處，她忽然有些慶幸自己頂替了禾如非的身分了。

禾元盛的妻子，她名義上的母親，實際的大伯母將那令工匠精心打造的面具交到她手裡，憂心忡忡道：「妳此去萬事小心，千萬不可讓人發現妳的身分。」

禾晏點頭。

她其實並不喜歡戴面具，面具雖然輕薄，但密不透風，只露出下巴和眼睛。這麼多年，她面具不離身，便是睡覺的時候也戴著。工匠極有技巧，有一面是扣進髮髻中的，裝了機關，即便打鬥也掉不下來，只有她自己才能打開。

禾大夫人又嚴肅的警告：「記住，妳若是露了餡，整個禾家都會有滅頂之災！」

知道，此話已經說了千萬遍，欺君之罪，株連九族嘛。

「我記住了。」禾晏恭恭敬敬地答。

禾大夫人十分不安的將她送上馬車。

在外人看來，這一幕便是母子情深。在禾晏心中，卻是大大的鬆了口氣，胸腔中溢滿了得到自由的快樂。她總算掙脫了一舉一動都受人管束的日子，自由就在眼前了。

馬車在賢昌館門口停下來，小廝將她送下馬車，便只能在門口等待她下學。

她來的太早，先生還沒至學館，隱隱約約能聽到學子們念書談笑的聲音。禾晏一腳踏進門，滿是憧憬。

春日的太陽，清晨便出來了。學館進去，先是一處廣大場院，再是花園，最裡面才是學館。場院處有馬廄，像是小一點的校場。花園倒是修繕的十分清雅，有池塘楊柳。

還有一架鞦韆。

風吹動鞦韆微微晃動，禾晏伸手，很想坐上去，卻又不敢。男子盪鞦韆，說出去只怕會招人笑話。便只得不捨地摸了摸，才繼續往前走。

柳樹全都發了芽，一叢叢翠色倒映進湖中，越發顯得山光水色，日光曬得人犯睏。她揉了揉眼睛，便見到眼前有一株枇杷樹。

禾家不缺吃枇杷的銀子，這些年，禾晏也吃過枇杷。可是結滿果子的枇杷樹卻是頭一次見。黃澄澄的果子像是包含著蜜糖，飽滿芳香，日光照耀下十分誘人。

不過是十四歲的少女，玩心不淺，見此情景，便想起昔日院子裡丫鬟們夏天拿竹竿打李子的畫面。只是禾家大少爺自然不能親自打李子，但現在在學館裡，摘一顆枇杷應該沒什麼事吧？男孩子摘枇杷，不算丟臉。

禾晏想到此處，便挽起袖子，準備大幹一場。

可她出行匆匆，身上除了交給先生的束脩和書本紙筆，並無其他東西，這四處也沒有長竿。好在枇杷樹說高也不太高，跳一跳，應該能搆得著的。

禾晏便盯緊了面前最近的一顆果子，那果子壓在樹枝梢頭，沉甸甸，金燦燦，彷彿誘人去採摘。

她奮力一躍，撲了個空。

差一點。

禾晏沒有氣餒，再接再厲，又奮力一躍。

還是撲了個空。

她自來是個不服輸的性格，於是再來。

還是撲了個空。

屢敗屢戰，屢戰屢敗，也不知失敗了多少次，就在禾晏累得氣喘吁吁的時候，忽然間，她聽到頭上傳來一聲嗤笑。

禾晏懵懂地抬頭。

這枇杷樹枝繁葉茂，她又只盯著這果子，竟沒發現，樹上竟還坐著個人。

這人不知在此地坐了多久，大概她的舉動全都被盡收眼底了。她抬眼望去，日光灑下來，將這人的面容一寸寸映亮。

這是個白袍錦靴的美少年，神情慵懶，可見傲氣，雙手枕於腦後，一派清風倚玉樹的明麗風流。他不耐煩地垂眸看來，眸色令人心動。

禾晏看得呆住。

她沒見過這樣好看的少年，好像把整個春色都照在了身上。一時間生出自慚形穢之感，好在面具遮住她羞紅的臉，但到底年少，遮不住目光裡的驚豔之色。

那俊美少年瞥了她一眼後，便隨手扯了一個果子下來。

這……是要送給她？

禾晏生出一陣羞怯。

少年忽而翻身，翩然落地，白袍晃花了禾晏的眼睛。她看著少年拿著果子走近，一時踟躕不定，不曉得該說什麼。

是說謝謝你？還是說你長得真好看？

她緊張的簡直想要伸手去絞自己的衣服下擺。

那少年已經走到她身前，忽然勾唇一笑。

這一笑，如同千樹花開，燦若春曉。禾晏激動地道：「謝……」

第二個「謝」字還沒說完，對方就與她擦肩而過。

禾晏：？

她回頭看去，見那白袍少年上下拋著那顆黃澄澄的大枇杷往前走去，姿態悠閒，彷彿在嘲笑她的自作多情。

禾晏站在原地，平復了好一會兒心情，才循著那少年的方向往學館裡走去。

然而她才走到學館門外，就聽到裡面有人說話，熱熱鬧鬧，一個歡快的聲音問道：「聽說今日禾家大少爺也來咱們學館進學，懷瑾兄可有看到他？」

她往前一步，偷偷從窗縫裡往裡瞧，便聽見一個懶洋洋的聲音響起，「禾家大少爺沒看到，只看到了一個又笨又矮的人。」

又……又笨又矮？

禾晏此生還沒被人這般說過。笨就算了，矮……矮？

她哪裡矮了？她這個個子，在同齡的少女中，已然算很優秀的了！

禾晏想看看究竟是哪個不長眼的才會得出這樣的結論，一抬眸，就看見那被眾少年圍在中間的明麗少年，眸光若無所無的朝窗縫看來。

似乎知道她在偷窺一般。

學館裡傳來陣陣笑聲。

人間草木，無邊光景，春色葳蕤，林花似錦。

這，就是她與肖玨的初次相見。

第二日下起了雨。

禾晏讓禾雲生拿了些錢去請工匠來修繕破敗的屋頂，春日近尾聲，夏日快要來臨。雨水只會越來越多，禾家的房子，只有她這間屋子的頂是完整的。禾綏與禾雲生的屋子裡都擺了銅盆，用來接滴滴答答的水珠。一進屋，倒像是賣盆的。

屋頂很快被修好了，用的是牢實的青頭瓦。禾晏琢磨著再將屋裡的被衾枕頭給換一換，破的都能扯出棉花了。

禾雲生踏進她的屋，道：「禾晏，妳來看看！」

禾晏莫名其妙，見禾雲生從懷中掏出一張紙，對她道：「昨日我將京城裡還可以的學館都寫下來，今日要不一起去看看？」

「現在？」禾晏問：「你是要我和你一起去？」

禾雲生臉上顯出一點被戳穿的惱羞成怒，背過身去，「我只是跟妳說一聲！」

「哦，好，我陪你吧。」禾晏答。

這少年性子彆彆扭扭，不過還算可愛，沒什麼壞心腸。等禾晏走到院子裡，看見昨日肖玨送給禾雲生的那匹馬正縮在角落，禾雲生還給牠搭了一間簡易的馬棚。

禾家家貧，養不起馬，院子裡只養過雞鴨，這會兒多了一匹龐然大物，實在說不出的奇怪。那匹馬正在低頭吃草，草料被擦拭得乾乾淨淨，碼的整整齊齊，一看就是禾雲生幹的。

見禾晏打量那匹馬，禾雲生便驕傲地道：「香香很漂亮！」

禾晏險些疑心自己聽錯了，問他：「你叫牠什麼？」

「香香啊！」禾雲生答得理所當然，「我昨日看過了，她是一匹雌馬，既然跟了我，我得另外給她取個名字，香香這個名字，女孩子一定會喜歡。」

禾晏：「……你高興就好。」

早說了要禾雲生多念書，禾雲生就是不聽。肖玨那麼挑剔的一個人，要是知道自己隨手送出去的馬被禾雲生取了這麼一個名字，一定會成為他贈馬生涯中的絕世恥辱。

禾雲生不覺有異，縱然竭力掩飾，還是止不住的高興，禾晏也懶得管他。

禾家之前沒有馬，當然更不會有馬車。是以禾晏和禾雲生都是撐傘走在街上。禾綏一大早就去了校場。今日早晨起來禾晏看過，前夜裡嘴角的瘀青已經散去，幾乎看不出來，便也未戴面紗，直接出門。

直接出門的好處也不是沒有，如今她身分不同，沒什麼顧忌，便可細細觀察京城的風情。禾雲生的紙上共寫了四家學館，皆是精挑細選之後留下的，禾晏也看了看，發現都是多武學。

這也好，看禾雲生的樣子，似乎不打算從文職——當然，能給馬取出「香香」這個名字，他確實不是那塊料。

兩人走走停停，且買且吃，不過一天時間，便將四處學館都看完。禾雲生與禾晏商量了一下，決定找間離家最近的學館。這學館武學先生較多，功課也安排的很合適。禾雲生平日裡下學後，還能去校場練練兵器。學費也不算貴，一年一兩銀子，禾晏贏的那些錢，足夠他上好幾年學的。

禾雲生雖然不說，但顯然內心極為高興。回去的路上，甚至有些雀躍。禾晏路過一家裁縫鋪，想到那一日在樂通莊將禾雲生的衣裳撕碎了，便道：「之前便說好了給你做身衣服，既然路過，擇日不如撞日，就在這裡做吧。」

禾雲生的衣裳大多是撿禾綏剩下的，縫縫補補又三年，新衣服極少。更沒去過這種好點的裁縫店，聞言有些躊躇，道：「還是算了，我隨便穿就行。」

「你去學館，穿得不好會被人笑話的。」禾晏拉著他走進去，裁縫是位老者，笑容和藹，只問：「是這位姑娘做衣裳，還是這位公子做衣裳啊。」

「給他做。」禾晏一指禾雲生：「春冬兩季的，各做兩身，最好是長衣，帶領的那種。好看些，適合他這樣的少年郎。顏色麼不要太深也不要太淺，花紋可以簡單一點。」

老裁縫笑咪咪地道：「好。」

「妳不做嗎？」禾雲生一驚，站起來道：「我穿不了那麼多，太多了。」

禾晏一把把他按回椅子上，「你姐姐我的衣裳多得穿不完，你怎麼能和我比？你長得這麼俊俏，不穿好看些，豈不是白白浪費了這張臉？」

禾雲生臉漲得通紅：「妳胡說八道些什麼？」

老裁縫聞言，笑意越發親切：「小公子，令姐真是疼愛你。」

疼愛嗎？禾雲生有些發呆，他沒想到有一日會和禾晏這般插科打諢，如其他普通姐弟一般。可……她確實幫了他不少，她捨不得花銀子給自己做衣裳，卻給他做了這麼多，要知道，禾晏可是最愛打扮的一個人。

禾晏並不曉得此刻禾雲生內心的五味雜陳，她只是單純的穿不慣禾大姑娘的衣裳而已。禾大姑娘的衣裳嫵媚嬌豔，款式繁複拖遝，走兩步都要踩到裙角摔倒，一不小心就會勾到衣裳的紗邊，禾晏穿的很絕望。

便是她在許家做大奶奶的時候，衣裳也是儘量清雅簡單，因此，禾大姑娘的衣裳，萬萬不適合她。更別提穿著這些衣裳練武。她想著若是去請裁縫做兩身男子穿的勁裝才好，只是萬萬不可當著禾雲生的面，否則又要解釋個沒完。就趁哪一日禾雲生不在自己偷偷做了吧。

裁縫正在給禾雲生量體，禾晏隨意走走看看布料，打算先替禾雲生挑一兩匹料子，正在這時，忽然有人喚她的名字。

「禾晏？」

禾晏轉頭一看。

叫她的是個年輕公子，穿著極為華麗富貴，容貌也算清秀，只是眼底略有青黑，目光虛浮，顯得人有些不甚精神。他身後還跟著幾個小廝，見禾晏轉頭看來，眼前一亮，忽然上前就要來抓禾晏的手。

禾晏一側身，躲過他的爪子。

看起來禾大姑娘在京城中，頗有名氣啊。禾晏心中腹誹，怎麼走到哪都有熟人，先是王久貴，現在又來這麼個人。

那年輕公子見禾晏避開他的手，先是一頓，隨即面上立刻顯出傷心之色，捧心道：「妳……還在生我的氣？」

什麼意思？

禾晏還在疑惑，那小牛犢一般的少年已經旋風一樣衝出來，擋在禾晏身前。

「范成，你還敢來！」

范？

禾晏恍然大悟，原來這就是那位傳說中的「范公子」，禾大姑娘的負心人。

第八章　從頭來過

禾雲生擋在禾晏跟前。

范成有些詫異。

禾晏和禾雲生這對姐弟，向來感情不好，他是知道的。同禾晏認識這麼久，幾乎從沒見過她與禾雲生同時出現的場合。就算偶有一次撞見，也是在吵架。

可眼下看禾雲生這模樣，卻不像是在吵架，反而像是在護著禾晏。這其中，是否發生了什麼不為人知的事？

他又轉眼看向禾晏，少女盯著他，眼眸清亮，盡是坦蕩，並無多少情意，瞧著不像是對他餘情未了。

范成又上前一步，有些關切又焦急地問：「我聽說妳前些日子重病了一場，不知身子好了沒有……要不要我讓人買些補品送到妳家？妳喜歡什麼？我看妳好像瘦了些，我實在不放心。」

這男子，容貌還行，穿著富貴，如此殷切，若真是禾大姑娘在此，怕早已被他感動的一塌糊塗。

禾晏還沒來得及說話，禾雲生只怕她被范成三言兩語打動，飛快道：「別聽他胡說八道！妳別忘了究竟是誰害妳大病一場，在范家門口他們說的那些話！這人就是個騙子！」

這事禾晏之前就已經聽禾雲生說過了。禾大姑娘得知心上人娶妻，前去要個說法，結果被范家下人掃地出門，連范成的面都沒見到，才會萬念俱灰，一病不起。

范成聞言，心中暗恨禾雲生多事，面上卻越是哀戚，「阿禾，父母之命媒妁之言，這樁親事是我父母為我定下的，我沒有選擇的權力。只是我對妳的心意妳當知曉，何必聽外人挑撥？」

「你說誰是外人？」禾雲生大怒，「我可是她親弟弟！你跟她有什麼關係？別想著占便宜！」

禾晏拍了拍禾雲生的肩，示意禾雲生冷靜下來。她轉而看向范成，行禮道：「多謝范公子關心，小女身子已然無恙，前些日子只是偶感風寒，舍弟年幼，胡亂說道而已。」

范成沒料到她會這麼說，怔然之間一時沒有開口。

「過去種種已經化為雲煙，范公子如今已娶妻成家，小女實在不宜同公子走得太近，惹得夫人傷心。日後大家便橋歸橋，路歸路，不要再見面了吧。」

禾晏自覺這一番話說的很體貼，並未傷及這位范公子的顏面。再看禾雲生，對她的這番話似乎也很滿意，如打了勝仗的鬥雞，格外得意地看向范成。

范成細細打量禾晏。

說起來，他和禾晏遇見，純屬偶然。只是踏青時她崴了腳，范成便憐香惜玉的請人載了她一程。

平心而論，禾晏生的挺漂亮，但也不到絕色的地步。他們這種人家的公子哥兒，什麼女人沒有見過。禾晏不過是看中他的家世背景，想要過上錦衣玉食的生活。送到嘴上的肥肉，不吃白不吃，一個姿色不錯的女人，身家乾淨，范成想著，納她進來做個妾也不錯。

誰知道禾晏心高氣傲，卻是奔著他范成的正妻之位而去。他怎麼可能娶一個城門校尉的女兒？禾晏這是癡心妄想，不過為了騙她倒手，范成也是哄著，送些不值錢的脂粉首飾，便能令她心花怒放。

誰知道禾晏得知了他即將娶妻之事，居然去范府大鬧一場，他娶的正妻是承務郎的嫡長女，若是被承務郎知道了，沒準會取消這門親事。於是范成就叫自家下人轟走禾晏。聽聞禾晏當時十分傷心，幾乎要自盡於門前，范成才懶得管。再然後他成親，娶嬌妻入懷，一切順利。

新婚燕爾後，范成的老毛病就犯了。可他新娶的這位夫人性格潑辣凶悍，將他管得很緊，他上不了青樓，也逛不了窯子，連小妾都遣散了幾個，這個時候，范成就懷念起嬌滴滴的禾晏來。

禾晏的性子和他的彪悍夫人不同，嬌得能滴出水，雖然偶爾耍些小性子，瞧著也可愛。范成令人去打聽禾晏的消息，便曉得禾晏從范府離開後，大病一場，再然後醒來便不常一人出門了，和她弟弟偶爾去醉玉樓對面賣大耐糕。

沒想到今日在這裡撞見。

禾晏似乎和從前不一樣了。

她看著自己的神情沒有從前那種討好與婉媚，坦蕩得令人詫異。仍是一樣的眉眼，卻又多了幾分勃勃生機，似乎還有一點從前沒有的英氣。也就是這點英氣，令她漂亮的容顏變得格外不同，甚至唇角那抹禮貌的笑意，也讓人有些移不開眼。

倒有幾分脫胎換骨的意思。

「妳果然還在生我的氣。」范成黯然道。

他篤定禾晏還對他有意，從前那般喜歡自己，如何一朝之間放下？只要像從前一樣賠禮道歉，送她些禮物，她會原諒自己的。這樣的女人，說幾句甜言蜜語，指天發誓，就對自己死心塌地了。

禾晏不知道范成心裡在想什麼，她已經說得夠明白了，范成怎麼好似聽不懂？她便回頭問那老裁縫：「已經量好尺寸了麼？」

老裁縫點頭稱是。

「這是定金，」禾晏將銀子放到案頭，「什麼時候能做好？」

「二十日後可取春衫夏衣，冬衣時間要長一點，須得一月餘。」

「好的，」禾晏笑道：「我們二十日後來取，煩請做得漂亮一些，」她指了指禾雲生，「小孩子愛美。」

「誰愛美了？」禾雲生惱羞成怒。

老裁縫笑而不語，點頭應下。

禾晏和禾雲生走出裁縫鋪，只對范成輕輕點了點頭，就沒再說話了。

範成還想說什麼，那少女已經乾脆俐落地走掉，倒是禾雲生轉過頭，偷偷對他揮了揮拳頭，眼神盡是警告。

「呵。」範成冷笑一聲。

「公子，禾大小姐此番對您……」小廝忿忿不平。

「無礙。」範成一揮手，「女人麼，使小性子而已。」

今日的禾晏，實在和過去很不一樣，那股拒人於千里之外的樣子，著實讓人心癢癢。範成忽然想到，他在禾晏身上花費了那麼多時間，可事實上，並沒有占到什麼便宜。怎麼能讓到嘴的鴨子飛了？既然今日在這裡遇到，不妨再續前緣，共成美事？

範成露出成竹在胸的笑容。

回去的路上，禾雲生一直在觀察禾晏的臉色。

「妳不會再和姓范的來往吧？」他再三確定。

「我跟你保證，我永遠不跟他來往。」禾晏道：「可以了嗎？」

禾雲生見她態度堅定，這才稍稍放心。

禾雲生也不知道怎麼回事，絮叨了一路，比嬤嬤還像嬤嬤。

「我不是不相信妳，實在是姓范的太狡猾了，慣會說謊。」禾雲生猶自說個不停，「那樣的男人有什麼好，妳原先看上他就是瞎了眼。要我說，封雲將軍才是真正值得人仰慕的人……」

禾晏正聽禾雲生說話，左耳朵進右耳朵出，聞言頓住，打斷他的滔滔不絕，「這和肖玨有什麼關係？」

「難道肖二公子長得不好看嗎？」禾雲生問。

風儀秀整，世無其雙，實在挑不出不好的地方。

「唔……好看。」

「那他家境如何？」

肖家武將世家，肖將軍肖仲武曾陪先帝打下萬里江山，是先帝愛將，將軍夫人乃太后娘家姪女，肖大公子肖璟年紀輕輕已是奉議大夫，肖二公子肖玨更是官位見長，如今已是右軍都督，聲名赫赫的封雲將軍。

「富埒陶白。」

「本人文韜武略是什麼樣？」

「……萬裡挑一，超逸絕倫。」

「那不就得了，」禾雲生得出一個結論，「這樣長得好看，朱門繡戶，矯矯不群的男子，難道不值得人仰慕嗎？我若是個女子，我這輩子只仰慕他一個！」

禾晏：「……你可閉嘴吧。」

肖玨縱然有千好萬好，可那氣死人不償命的冷淡脾氣，實在讓人不敢恭維。更何況仰慕他的女子多了去，只怕大魏還沒有不仰慕他的女子，他多看誰一眼了嗎？沒有。這個人內心極為傲氣，眼光和他的長相一樣高，只怕沒有能入他眼的。看得上自己？才怪。

也不知他日後選擇的姑娘，是怎樣瑰姿豔逸，鶯慚燕妒的絕代佳人。

禾晏竟嚮往起來。

正在這時，禾雲生突然停下腳步，道：「前面是在做什麼？」

不遠處路邊的石壁上，貼著一張告示一樣的東西，許多人圍在前面。禾晏與禾雲生走了幾步靠近，待看清楚上面寫的是什麼，才了然道：「原來是徵兵文書。」

「不是許久未徵兵了？怎會突然徵兵？」禾雲生狐疑。

禾晏卻了然，她同肖玨花了幾年時間，將西羌和南蠻之亂安定下來，卻忽略了鄰國烏托。烏托人趁這幾年發展壯大，早已藏不住勃勃野心，她嫁入許家後，一直注意著西北要塞，此番徵兵，大約就是要去涼州駐守，磨煉新兵。

禾雲生看著看著，忽然將那一牆的徵兵告示，撕下一張揣進懷裡。

禾晏奇道：「你做什麼？」

「……不幹什麼，就是想留作個紀念。」禾雲生訥訥道：「可惜我如今還不能上陣殺敵，若我再大一點，武功再高一點，我也想投軍去。」

禾晏聞言笑了，「投軍可不是件簡單事情，要飽受風沙之苦，還要不斷看著身邊的人犧牲。在戰場上更要做好隨時倒下的準備，你連魚都不敢殺……如何殺人？」

禾雲生被堵得啞口無言，半晌道：「說得像妳去過似的。」

禾晏同他往家走，只是低頭笑笑。

她當然去過，說起來，當時的她也正是禾雲生一般大的年紀。

撫越軍那時候正在招兵，去往漠縣。她又同禾元盛大吵一架，便在夜裡偷偷捲了些銀子和衣裳，帶著隨身面具去投了軍。

用的是禾如非的名字。

誰都沒有料到禾如非會去投軍，禾家人也沒料到。一直到禾晏打了第一場勝仗，升了官職，得了賞賜，這件事才傳到禾家人耳中。

而投軍的日子，禾晏過的不如旁人想的那般順利。十幾歲大的孩子，還是個姑娘，要提防著不能被拆穿身分，還要和比自己力氣大的男子們較量比試。在戰場上更是不能哭不能吭。經常被將領罵，有時候被搶了軍功也不能說什麼，還得笑著跟上司倒茶。

禾晏覺得，在投軍之前，她還算一個寡言的、木訥的、有什麼心事都藏在心底的姑娘，在投軍之後，她才真正學會了長大。

生死之外，都是小事，能活著就已經很好了。飛鴻將軍代替了那個禾家小姐，從此後她步步堅持，苦楚無可對人言。

有時候想想，飛鴻將軍這個名字，與她的人生牽連的如此緊密。以至於看到那張被禾雲生揣進懷裡的徵兵告示時，她也不如表面上一般平靜。

禾晏的突然沉默被禾雲生看在眼裡，還以為她是突然回過味來，在想范成的事。待回到家，又細細叮囑了禾晏一番，才回了自己屋子。

青梅早已退了出去，禾雲生撕掉的告示還放在桌上，油燈下，紙張薄薄，重重的落在禾晏心頭。

忙碌了禾家的事情這麼久，如今銀子有了，禾雲生也找到了學館，她也該為自己打算打算。如何接近禾如非，這是一個問題。如今的她，無權無勢，升斗小民，說的話不會有人聽。

她上輩子做禾如非時、做許大奶奶時，只知舞刀弄棍，陰謀陽謀一概不知。如今便是重新得了一世，亦是做不來那些骯髒陰險之事。

她有什麼？她只有這條命，她會什麼？她只會上陣殺敵。

可她現在能做什麼？

禾晏的目光落在徵兵告示上，短短的幾行字，令她心潮澎湃，彷彿又回到了十五歲那年，她揣著銀子和包袱，趁著夜色，跑到了徵兵帳營中，寫下了自己的名字。從此，就開始了她的戎馬生涯。

一切都要重來呢。

這是最壞的途徑，也是最好的辦法。

她要以禾晏這個名字，從頭來過。

接下來一連十幾日，都是風平浪靜。

家裡的屋頂修好了，被衾也換了。禾晏又去給禾雲生尋了個小廝，平時幫忙禾雲生拿東西跑腿，青梅在家也能有個說話的伴。

禾雲生已經將束脩交給先生，每日開始上學，屋子裡便留下禾晏一人。禾綏不在，只有青梅陪著，禾晏便能光明正大的在院子裡練劍……咳，練撿來的樹枝。

她的身手技巧鐫刻在腦子裡，可這具身子，實在很柔弱。只要稍稍磕著絆著，瘀青痕跡就十分明顯。而且力氣也不大，雖然在禾晏的刻意練習下已經好了很多，可比起從前，還是差得太遠。

這樣子的身子上戰場，可不太行啊。禾晏心中嘆了口氣，將樹枝放下。

「姑娘、姑娘，」青梅小跑著進來，「外面又有人送東西來了。」

禾晏皺眉：「怎麼又來了？」

「奴婢也不知道，他們把東西放下就走了。」青梅為難極了，「姑娘，現在怎麼辦？少爺下學回來看到，定然又會生氣。」

來送東西的不是別人，正是范家的下人。自從那天在裁縫鋪裡看到禾晏的第二日起，范成便隔三差五的差人送東西過來。不是胭脂水粉就是綢緞首飾，要麼就是補品湯藥。

禾晏每次都讓范家下人退回去，禾雲生撞見幾次大發雷霆，在她屋子裡再三絮叨，禾晏耳朵都快起繭子了。正因如此，禾晏這段日子都沒出門，萬一再碰上范成，又來糾纏一番，禾雲生只怕能去把范家的房頂掀了。

今日他們做得更過分了，竟然把東西放下就走，這是什麼意思？篤定了她定然會收下嗎？

禾晏道：「把東西丟出去。」

「可是，」青梅為難道：「都是些貴重的綢緞首飾，扔出去……不太好吧。」

禾晏頓感頭疼。

蒼天在上，她上輩子活的像個男子，不曾遇到這樣死纏爛打的追求者。縱然後來恢復女兒身回到禾家，同許之恒訂了親，可許之恒從不逾矩，對她甚至有淡淡疏離，更別提這樣火熱的討好，姑娘家如何應付這樣的場面，她也不知道。

這麼貴重的東西給扔了，萬一范家不認帳怎麼辦？

禾晏嘆了口氣，道：「那我親自送還給他們。」

青梅瞪大眼睛：「姑娘要去范家門口麼？」

「不然還有其他的好辦法？」禾晏道：「妳也收拾收拾，一起去？」

「奴婢也要一起去？」青梅瑟縮了一下。

「當然。」禾晏奇怪地看著她，「我記不住到范家的路了。」

她不是真正的禾大姑娘，連范家門朝哪個方向都不知道，自然要找人帶路。不過看青梅心有餘悸的模樣，顯然上次去范家去，場面不大好看。

青梅確實擔憂。她還記得上回去范家時，禾晏紅著眼睛，差點一頭撞死在范家門前，當時范家那位嬤嬤吊著眼看她們，說什麼：「人要知道自己的身分，別總想著攀高枝，別總盯著不可能的東西，省的跌了跤，惹人笑話。」

話裡話外的諷刺實在刺耳，最後禾晏一口氣沒喘過來，氣得生生暈倒過去。禾綏請大夫回來看，大夫說這是急怒攻心，是心病。當時所有人都以為禾晏經此打擊，必然一蹶不振，也不知日後如何生活下去。沒想到一覺醒來，自家姑娘卻像是換了個人似的，絲毫不提范成這個人。

縱然如今提了，范成上來糾纏，也是一副要斷的清清楚楚的模樣。

青梅有點欣慰，又有點擔心，禾晏拍了拍她的肩膀，安慰她道：「放心，不會有人欺負妳的。」

青梅莫名就安心下來。

兩人便一起出了門，范家住的地方離禾家很遠，走了許久才走到。青梅指著一幢宅子朱紅色的大門道：「這就是范家了。」

禾晏想了想，「我不便過去，妳提著這些東西，交給那個守門的，就說是范公子交代送過來的，一定要交到范公子手上。」

青梅點頭：「奴婢知道了。」

禾晏便躲在臨街的柱子後，看著青梅走到守門的護衛身邊，同那護衛說了幾句話，把裝著禮品的籃子交給護衛，才回到她身邊，笑盈盈道：「奴婢都說了！」

「幹得好，」禾晏道：「回去吧。」

范家主屋裡，因著剛新婚不久，屋子裡的布置還是喜慶的紅豔豔。范大奶奶唐鶯是承務郎的嫡長女，自小嬌身慣養長大，性情驕縱跋扈，因著唐大人的關係，范家人都要寵著讓著她。如今她才嫁入范家幾個月，便已經成了范家大房管事的，裡裡外外都是她的人。
小廝在門外敲了敲門。
「進來。」唐鶯坐在軟榻上，正在欣賞剛做好的繡面。
小廝進來後，先是跪下給唐鶯磕了個頭，才道：「大奶奶，方才門外來了個丫鬟，送了個籃子進來，說要交給大少爺。」
唐鶯聞言，動作一頓，看向小廝：「丫鬟？什麼籃子，拿過來我看看。」
小廝將那籃子提上前。
唐鶯抓起來翻弄幾下，見盡是女子用的綢緞布料，胭脂水粉，頓時怒不可遏，「這是什麼？」
小廝訥訥不敢說話。
旁邊的貼身侍女道：「這都是女子用的東西，大奶奶，少爺平日裡不用這些，定然是……」
「定然是他想獻殷勤，別人給他退回來的！」唐鶯猛地起身，將桌子上的瓷杯亂拂一起，瓷器「劈里啪啦」碎了一地，不如她神情猙獰，「范成這個混蛋！」
「大奶奶，現在當務之急不是追究少爺，千萬莫打草驚蛇……」貼身侍女提醒道。
唐鶯稍稍冷靜些，才道：「說的不錯，哪有千日防賊的道理。若是良家子，如何能與范成勾搭在一起。我看那個賤人不過是欲擒故縱，可惡！」
她吩咐那個低頭不言的小廝，「這幾日，你且跟著范成，看他到底去了什麼地方，見了什麼人，我倒要看看，是什麼狐媚子迷了他的心。待我找到那個賤人……我定要這對狗男女付出代價！」

小廝點頭稱是，退了出去。

丫鬟循循善誘：「大奶奶，妳這幾日，千萬莫要表現出來，省的被少爺發現端倪，將那女人藏了起來。」

「我知道。」唐鶯暗暗握緊雙拳，「從前他那些相好侍妾，我不過是遣散而已，可如今我看他的模樣，如此有恃無恐，是不把我這個正妻放在眼中。」

「如此，就別怪我下手無情了！」

第九章　桃花債

京城說小不小，要查個人，並不是一件簡單的事情。

不過如今的范成，侍妾通房皆被遣散，又不敢去逛花樓，成日流連的也就那麼幾個地方。於是很快，同禾晏之前那點暗情，就被捅到了唐鶯面前。

「豈有此理！」唐鶯將手中的茶重重擱在桌上，「我和他議親的時候，他就和那個女人有了私情，這根本就是不把我放在眼裡！我早就跟哥哥父親說過，這個人不可靠，如今一語成讖，倒教我無地自容。」

「夫人寬心，」丫鬟道：「少爺現在還不敢將那女子帶回府上，可見還是有所顧忌。約莫是這女子迷惑人心，才使得少爺犯錯。如今夫人和少爺剛新婚，切莫再因為這些事情生出波瀾，引來旁人指責夫人善妒。」

「那妳說我該怎麼辦？」唐鶯怒氣沖沖道。

「不如從這女子處下手，不過是個城門校尉的女兒，還不是任由夫人拿捏……」

「妳說得對，」半晌，唐鶯冷靜下來，「不過是個下賤女子，還妄想嫁入范家，做正妻之位，我就親自來會會她！」

范府裡發生的這些波折，禾晏一概不知，她正在想如何去徵兵處填寫文書，好讓自己進入兵營，跟著一道去往涼州。

禾雲生與禾綏肯定無法理解，該如何尋找個好藉口。若說是自己想要建功立業，他們一定以為自己瘋了。若說是報仇……算了，還是不行。

禾晏翻了個身，要不要修書一封，就跟當年一樣，趁月黑風高無人時，直接離家出走？要知道再過兩天徵兵就要截止了，文書要是不填上去，就沒有機會了。

正想著，青梅端著糕餅進來，見禾晏在榻上翻來覆去，大吃一驚，「姑娘已經在床上翻了一晌午了，是不是吃壞了東西？奴婢找人來給姑娘看看？」

「沒事。」禾晏擺了擺手，「我就是悶得慌。」

別說，禾雲生在家裡的時候覺得他吵，他去學館後，便又覺得悶。縱然一個人在府裡練武，也提不起興趣。禾晏覺得人還真是奇怪，她在許家做孤家寡人做了整整一年，成日孤孤單單，可在禾家不過月餘，就習慣了有禾雲生在旁邊碎碎念叨的生活。

大約是禾雲生實在太能說了。

禾晏翻了個身起來，道：「我出去一會兒。」

「姑娘去哪？奴婢陪您一道。」青梅忙道。

「沒事，我去給雲生取衣服。」禾晏答。這也過了二十日了，禾雲生的春衫夏裳當做好了，禾雲生下學都很晚了，還是她去幫忙拿一下。

她臨走之前，看了桌上的徵兵告示一眼，想了想，又把那張告示揣進懷裡，自己也不明白自己為何要這樣做。

很久很久以後，當禾晏再回憶起今日時，只覺得命運玄妙，從她拿起那張告示的時候，宿命的巨掌翻雲覆雨，將她再次橫掃入局，冥冥之中自有註定。

已至下午，天氣盛好，禾晏循著記憶找到那間裁縫鋪，裁縫鋪的老裁縫見到她就笑：「姑娘總算來了，衣裳已經做好，那位小公子不在麼？」

「上學去了，」禾晏笑了笑，將剩下的銀子遞過去，「老師傅好手藝。」

春衫和夏裳都是漂亮的青衣，樣式大方簡單，料子透氣輕薄，穿起來一定很飄逸，禾晏以為，禾雲生肯定會喜歡。她將兩件衣裳疊好裝進包袱，才跨出裁縫鋪，就有個陌生婢子迎上前來。

「姑娘可是禾晏禾大小姐？」

難道又遇著個熟人？禾晏心中嘆息，這會兒可沒有禾雲生在身邊，無人跟她解釋這是誰。

「正是。」禾晏儘量讓自己瞧上去自然些。

那婢子聞言一笑，「我家夫人就在前面，恰好遇見妳，想請妳一敘。」

「妳家夫人？」禾晏思忖片刻，她並非真正的禾大小姐，若是老熟人，遇到怕是會露了餡，便謝絕道：「今日我有些不便，不如改日可好？」

婢子一臉為難，「這……奴婢做不了主，請小姐隨奴婢見一見夫人，不會耽誤小姐許多時間，而且夫人說了，有重要的事與小姐相商。」

禾晏此生，最怕姑娘家因自己犯難，這婢子面露難色，禾晏便覺得自己好似給她帶來了麻煩，心就軟了半截。再一聽到有重要的事相商，心中頓時犯了嘀咕，如果真是重要的事，因為自己而耽誤了可怎麼辦？

因此糾結片刻，她便道：「那好吧，我就去見一面。不過我還有要事在身，不可久留。」

「您就放心吧。」

婢子便在前帶路，禾晏瞧著走在前面的侍女。這女子雖然自稱奴婢，看著是下人，可衣裳料子極為講究，首飾也不凡，至少普通人家的侍女是決計沒有這等排面的。要麼是哪個大戶人家的婢子，要麼就是富貴人家夫人的大丫鬟，禾晏覺得這應該是兩者皆有。

胡思亂想著，等禾晏發覺過來時，已經走到了一處人跡罕至的小巷。

「妳們家夫人在這裡？」她問。

「我們夫人在這裡有一處宅院，平日很少住。」丫鬟笑道：「偶爾在這附近酒樓用宴乏了，就在這裡歇一歇。」

哦，果然是大戶人家，歇腳的地方都是自家產業。禾晏在心中咋舌，禾雲生聽到了，大概又要羨慕嫉妒恨好久。

「就是這裡。」丫鬟果然在一處宅院前停下腳步。

這宅院並不算大，看起來有些陳舊，四處沒什麼人，門口連個守門的都沒有。禾晏隨這丫鬟進去，先是過了花園，待進了堂廳，那丫鬟忽然一改方才溫柔和婉的語氣，冷冰冰的對另一頭道：「夫人，奴婢把人帶來了。」

禾晏抬起頭，對上的是一張怒目切齒的嬌顏。

「妳就是禾晏？」

這看上去，可不像是喝茶小敘的老友見面。

「我是，夫人是……」

「我乃當今承務郎唐家嫡長女，范成的妻子。」這位夫人冷笑一聲，惡狠狠地答道。

禾晏瞬間恍然大悟，再看周圍氣勢洶洶的丫鬟婆子，心中暗暗嘆息一聲。

這位夫人，似乎誤會了什麼。

她這是造了什麼孽，才會托生到這麼一把爛桃花的姑娘身上啊！

「夫人似乎誤會了什麼。」沉吟了一會兒，禾晏才開口。

她不開口還好，一開口，唐鶯頓時激動起來，指著她的鼻子罵道：「誤會？妳與范成在我入門之前便有了首尾，待我同他成親之後還不清不楚，做別人的外室很高興麼？我看妳是死性不改，還想著做我范家的主母吧！」

禾晏頭疼。

這位夫人實在好不講道理，看著也是花容月貌，窈窕動人，怎麼說話這般難聽。她正色道：「夫人不妨仔細打聽，我同范公子之前的確認識，不過自從夫人入門後，我便再也沒找過范公子。」

「妳胡說，妳若是沒找過他，他如何會送東西給妳？」

「我也很是為此頭疼，若是夫人能勸解范公子不要這麼做，民女真是感激不盡。」

她說完這句話，就見唐鶯身子踉蹌幾步，跌坐在椅子上，兩行清淚順著臉龐滑落下來，「混帳……真是混帳！」

禾晏有些同情地看著她，傻子都能看得出來范成並非良配。就算不找禾晏，日後還會找別的女人。禾晏是看不上這位范公子，可世上願意為了攀高枝而委身的其他人，並不在少數。這位承務郎的嫡長女，配范成綽綽有餘，如此容色家境，同范成綁餘生在一處，豈不可惜？

唐鶯身邊的丫鬟和嬤嬤連忙湊近，低聲安慰唐鶯。好一會兒，唐鶯才擦乾眼淚。

「妳這小賤人，慣會說謊，我怎能一時聽信妳的胡言亂語。」她道。

「夫人到底想要如何？」禾晏看了看天，「天色不早，我該回去了。」

「回去？」說話的是安慰唐鶯的婆子，「妳都做下這等不要臉的事情了，還想回去。在我們夫人沒好想如何處置妳之前，都得留在這！」

禾晏：「……妳們敢私自囚禁我？」

那婆子鄙夷地看了禾晏一眼，「小門小戶出來的，就是不懂事，這怎麼能算的上囚禁？妳既然是我們少爺看中的人，也就是半個范家人。大奶奶作為主母，教訓一個下人難道不應該嗎？就算告到官府裡去，我們也有理！」

禾晏都被氣笑了，哪有這樣一本正經的胡說八道。

見禾晏笑，原本有些踟躕的唐鶯怒意頓生，只道：「把她綁起來丟到裡屋去，餓她一晚，且看明日她還是否這般囂張！」

到底是大戶人家出來的小姐，又剛剛嫁入夫家，還沒來得及學那些雷霆萬鈞，心狠手辣的手段，想要出氣，就是把人綁住餓一餓，嚇一嚇而已。禾晏輕輕鬆了口氣，只要不動刀子就好，她倒是不怕，只是頂著禾大姑娘的身分，怕給禾家惹麻煩而已。

那幾個婆子衝上來，將禾晏捆小雞似的捆成一團。禾晏自始至終動也不動，乖乖的任由她們綁縛，唐鶯看著，心中又是一陣發悶。

等她們捆好後，便將禾晏丟進裡屋的床上，丫鬟問道：「大奶奶，要不要留個人在這裡守著……」

「留什麼？」唐鶯怒道：「就讓她一個人在這，待天黑了，看她怕不怕。若是被路過的賊子劫了，」她露出惡毒的笑容，「我看范成還要不要她！」

一行人浩浩蕩蕩的走遠了，院子裡再也沒了動靜。

禾晏雙手雙腳被綁著平躺在榻上，安靜地看著床帳子。

別說，這床還挺軟，瞧著帳子用的也是講究的軟羅紗，這麼看來，范大奶奶對她這個犯人還挺好的。又忽然覺得感嘆，同人不同命，范夫人隨便落腳的一個宅子，都比禾家精心打造的屋子還要華美。

並且這宅子成日空著，豈不是很浪費？

她胡思亂想著，確認外頭沒有動靜，又過了一盞茶的功夫，才動了動手腳。

手被捆得有些不舒服，不過捆人這個手法，還是胡亂捆粽子一般的。她嘗試著伸手去摸結扣，要知道當年入兵營，有整整十日的時間，都在學如何解扣、結扣。這等沒有章法的扣子，是最簡單的。

禾晏摸了摸結扣的形狀，確定能解，便伸手要解，誰知剛要動作，就聽見外頭有人的腳步聲。腳步聲極輕，她耳力超群，聽出應當是個男人，便停下手中的動作，側頭看向門外。

難道真讓唐鶯說中了，還真有採花賊？

腳步聲一步步逼近，禾晏有些緊張起來，在袖中摸了許久，摸到了一根被削的尖尖的竹枝。

去兵器坊裡打造一把暗器實在太貴了，現在的她節衣縮食，連暗器都自己撿竹子來削，禾晏想著想著，又為自己感到心酸。

那腳步聲已到跟前，門被推開，一個護衛打扮的人走了進來。

他沒料到禾晏是睜著眼的，嘴巴被一團破布堵住，正安靜地看著他，倒被嚇了一跳，隨即快步走來，在禾晏耳邊低聲道：「禾大小姐不必害怕，少爺讓我來救妳。」

原來不是來採花，是來救命的。

那護衛將禾晏嘴巴裡的破布除去，便將禾晏扛在肩上，道：「奴才先將您送出去。」

禾晏非常不習慣這個姿勢，讓她覺得自己好似成了別人的俘虜，就要被敵軍拖出去砍頭了。

不過別人一片好心，也不好說什麼。

護衛將禾晏帶上一輛馬車，馬車很快從范家宅子離開。禾晏一聲不吭，倒讓護衛有些發毛。

他還以為進來的時候會聽到禾晏大哭大叫，畢竟禾大小姐就是個膽小柔弱的女人，誰知道進來的時候禾晏什麼事都沒有。就算嘴巴被堵住了，可她臉上的神情，有好奇、有提防，唯獨沒有害怕。

護衛沒見過這樣的女人，莫名覺得心裡有些發顫。好在馬車跑得很快，大約一炷香功夫，就到了。

護衛將禾晏扶下馬車。

天色已經全黑了。

夜裡的春來江沒有了白日的熱鬧，變得靜謐而安靜。這樣的夜，本該有許多畫舫在此遊玩，笙歌燕舞，飲酒尋歡。只因今日下起茫茫細雨，風寒冷冽，只有零零散散幾隻船舫飄在江中，一點漁火幽微，顯得格外寂寥。

禾晏抬起頭，綿綿密密的雨絲落在臉上，涼而癢。她看著遠處，道：「你帶我來這裡做什麼？」

護衛不敢看她的臉，抱拳道：「少爺在前面的船上等您，奴才這就送您過去。」

小舟在江面上晃蕩，今夜無月，只有一點散星，江面映著江邊的燈火，影影綽綽能看到水面上，自己的影子。

護衛划著小舟，朝江中心那艘裝飾精美的船舫靠去。

禾晏垂著頭，一聲不吭。護衛忍不住回頭去看禾晏，見姑娘坐在船尾，坐得筆直，雙手被繩索綁在背後，亦是不動。似乎覺察到他的目光，她抬起頭看了他一眼，護衛一個哆嗦，手中的船槳差點掉進江水之中。

那一眼，實在很冷。他難以形容那種感覺，像是個死人木然地看他，江面濤聲如夢，更顯得她鬼氣森森。

實在太奇怪了。護衛心中惴惴，她不怎麼說話，也不問什麼，安靜得出奇。尋常女子，這時候總該詢問一兩句吧？可禾晏沒有，她像是一尊安靜的人偶，安靜得不像是活人。

水，在夜色下泛著粼粼波光，像是旋渦，將她的思緒帶到那一日，她被賀宛如的人按著頭，溺死在池塘裡。

從前的她是會泅水的，還算善泳，可時至今日，到了此刻，全身繃緊的神經告訴她，她怕水。

她怕從這艘小船上掉進去，怕被吸入無窮的旋渦，怕再也掙不出水面，眼見著天光離自己越來越遠卻無能為力，怕這輩子又如上輩子一般戛然而止。

她為自己此刻的懦弱和恐懼感到厭惡，又想不出別的辦法，只得端坐在船中，沉默的任由這護衛將自己帶上那艘華麗的船舫。

船舫應當是富貴人家自己的船舫，比樓船小一些，又比漁家小舟大許多。護衛將禾晏送上船，掀開船篷的簾，將禾晏帶進去，便自己划著小舟走遠了，似乎得了人的吩咐，不敢近前。

禾晏注視著眼前的人。

范成今日亦是精心打扮了一番，穿得極為花哨富貴，而船艙內，擺著薰香和彩色的燈籠，燈火濛濛，軟塌綿綿，一進去便覺出旖旎生香。

禾晏從腦中的旋渦裡掙扎出來，看向范成，道：「范公子。」

范成走過來，將她按在椅子上坐下，道：「阿禾，妳受委屈了。」

禾晏不做聲。

「我沒想到那個女人會如此惡毒，竟然將妳綁走，還關在屋子裡。若非我令人暗中保護妳的安危，得知此事立刻叫人將妳救出來，後果不堪設想。阿禾，如今妳總該明白我的一片苦心了吧？」范成痛惜道。

禾晏瞧著自己腳上的繩索，搖頭道：「我不明白。」

自始至終，范成的護衛將她從宅子裡接出來也好，上馬車也好，還是送到這艘船上也好，他都沒替禾晏解開繩索。

粗糲的繩索綁著，早已磨破了她的手腕，但並不覺得疼，只是無言。

「我怕妳對我有誤會，不肯上船，才沒有替妳解開繩子。」范成順著她的目光看過去，忙解釋道。話雖如此，卻沒有其他動作。

「這是船上，」禾晏笑起來，「我又不會跑，你可以把我解開。」

她一笑，如朝霞映雪，說不出的明媚生輝。范成看得有些發怔，心想我的乖乖，禾晏也不知如何長得，如今出落得越發動人，倒是比從前多了幾分不曾有的颯爽英姿。

這麼一想，他的心越發癢癢，就要伸手去摸禾晏的臉，禾晏一側頭，他便落了個空。笑容微頓，乾脆蹲下身來，注視著禾晏道：「不是我不放開妳，只是阿禾，妳要知道妳現在的處境。」

「我夫人生來善妒，是絕對不會放過妳的。即使今日妳回了禾家，明日她還是會想辦法找妳。我岳父乃承務郎，妳爹只是個校尉，想找麻煩，多的是機會。這且不提，最重要的是妳。」

「妳一個女兒家，又無人保護，一旦被她抓住，她定會想辦法百般折磨與妳，我……於心不忍哪。」

范成深情地看著她，「我怎麼能眼睜睜的看著妳受苦呢？」

「哦？」禾晏反綁著的雙手正悄悄解開繩扣，她不動聲色反問道：「那你打算如何？」

見她口風有所鬆動，范成頓時喜出望外，想也不想的開口：「我想將妳藏到一個安全的地方，平日裡仍舊有丫鬟奴僕伺候妳，這樣我夫人找不到妳。等時日長了，我再休了那個女人，將妳帶回范家，介時，妳就是范家的主母，無人再敢欺負妳。」

「正妻？」禾晏問。

「不錯，」范成摸著胸口，「阿禾，我對妳發誓，我的心中只有妳一個。若不是這門親事早就定了下來，我根本不會娶她！妳放心，我此生只愛妳一人，我范成的妻子只會是妳，只是妳要等一等……」

禾晏聞言，輕笑出聲。

范成一愣。

「你這是，想要我當你的外室啊。」她淡淡道。

若是真的禾大小姐在這裡，大概早就被這一番誓言感動得潸然淚下。可她不是禾大小姐，當局者迷旁觀者清，男人想要騙一名女子，真是什麼鬼話都說的出來。范成怎麼會娶她當正妻？不過是想先騙了再說。

不知她當年一心繫在許之恒身上，賀宛如看她，是不是就如她現在看禾大小姐，同樣的可笑和可悲。

「阿禾，妳……」范成皺起眉。

「范公子，我已經說的很明白了。你既然已經娶妻，我也放下過去，從此橋歸橋路歸路，各走各的道。我無意你正妻之位，還望你也不要糾纏。」

話到此處，手上結扣一鬆，打開了。

范成並未看到掉在地上的繩子，先是意外地看著她，片刻後，突然冷笑起來，「禾晏，妳還真是敬酒不吃吃罰酒，我好聲好氣地哄著妳，妳還來了勁了！糾纏？天下女人多得是，我何須糾纏妳這樣的？不過本公子在妳身上花費的時間心思，可不能白費了！」

「范公子該不會要我折成銀子給你吧？」禾晏好笑。

「本公子不缺錢，妳就拿自己來償還吧。」他露出下流的笑容，「妳要是將我伺候好了，說不定我還會賞妳點銀子。」

禾晏還未開口，突然聽到一個暴跳如雷的聲音響起，「你放什麼狗屁！」

禾晏詫然望去，見簾子一掀，一個濕淋淋的人大步走了進來，正是禾雲生。

「雲生？」禾晏險些以為自己眼花，她再看了看，的確是禾雲生。

禾雲生已經走到她面前，護在她身前，一掌把范成推出老遠。

「你、你怎麼上來的？」范成好不容易站定後，指著他叫道，眼神裡盡是不可思議。

「當然是游上來的！」禾雲生道。

他剛從水中撈起來，渾身上下濕淋淋的淌水，蹲下身就去解禾晏腳上的繩索。

「你如何知道我在這裡？」

「我就怕姓范的糾纏妳，早早的讓雙慶回去守著，誰知道正好看見妳被人叫走。」雙慶就是禾晏為禾雲生買的小廝，平日陪著他去學館。

「雙慶跟到這裡，便回頭告訴我，我一路跑過來，游過來，幸好趕上了。」他將禾晏腳上的繩子解開，正想去解禾晏手上的繩子，沒想到禾晏手上的繩子卻是鬆的。他有些奇怪，但也沒多想，隨即站起身，怒視著范成道：「要不是我及時趕到，這畜生想對妳做什麼？」

「做什麼？」范成終於回過神來，他看向禾雲生，有恃無恐地笑道：「你以為你來了，又能改變什麼？」

這船上除了他們三人，一個人也沒有，大概怕擾了范成的「興致」，連剛才送禾晏來的護衛都不知所蹤，估摸著划著小舟躲的遠遠的，只等事成之後得范成吩咐。

「你姐姐，遲早都是我的人。」范成不屑道：「我看你們是敬酒不吃吃罰酒，別給臉不要臉，當初是誰想方設法的爬我的床，現在裝什麼貞潔烈婦！」

「你！」禾雲生聞言，頓時勃然變色，直撲過去，一拳揍出，「你個混帳！」

范成被他撲得差點跌倒，船舫被他這麼一動作劇烈搖晃起來，倒讓禾雲生一個踉蹌。

禾晏皺了皺眉，正想上去幫忙，卻見范成袖中有什麼東西一閃，依稀是道銀光，她頭皮一緊，厲聲道：「雲生躲開！」

禾雲生並不知道發生何事，下意識地翻了個身，「咚」的一聲，范成掏出的刀扎到他的衣服。

禾雲生也驚出一聲冷汗，道：「你敢殺人！」

「有何不敢？」范成面色猙獰，「一個校尉的兒子，死了就死了！等你死了，我就把你姐姐奴役起來，日日供我消遣，玩膩了就賣到樓裡去。」他大笑起來。

禾晏眼中浮起一絲厲色。

她不動范成，不過是怕給禾家招來麻煩，可眼下看來，不管她動不動，范成都不會善罷甘休的。

禾雲生也怒火沖天，乾脆回頭一頭撞在范成的肚子上，范成冷不防被撞倒，這船舫又搖搖晃晃，一下子跌倒在地。他張口就要喊人，禾晏喝道：「別讓他出聲！」旋即飛身上前，將桌上的帕子塞進范成嘴裡。

范成被堵了嘴，這一愣神的功夫，禾雲生已經騎到他背上，一拳拳揍他，他本就是少年，力氣正大，范成雖然嘴巴叫囂得厲害，但哪裡又真的是他的對手，漸漸的便不再掙扎。

「雲生，夠了。」禾晏喝住他，「再打下去他就沒命了。」

「他死了才好！」禾雲生咬牙切齒道：「死了就不會惦記妳了！」

「那禾家就麻煩了。」禾晏拉開他的手，「先把他弄起來。」

禾雲生從范成背上爬起來，范成面朝地一動也不動，他伸腳踹了踹，「起來，別裝死！」

范成依舊沒動靜。

「打你兩下就死了，你還真會訛人。」禾雲生一邊嘲諷著，一邊想將范成踹起來，可才動了下，突然間，便見自己腳邊，范成趴著的地方，漸漸氤氳出一團紅色。

他道：「他、他……」

禾晏正仔細聽著外面的動靜，方才這船搖搖晃晃，不知道范成的護衛看見沒有。眼下看來沒什麼不對，可能以為這是范成的「興致」。這會兒聽禾雲生倏然變色的聲音，有些奇怪的一看，一看之下便定住了。

片刻後，她蹲下身，鎮定的將范成翻了個面。

「啊——」禾雲生短促地叫了一聲，迅速捂嘴將剩下的聲音咽進了喉嚨，不敢置信地看著眼前。

范成被翻得仰躺在地，身子軟綿綿像是沒了骨頭，腰腹處的衣衫已經被血染紅了大塊，一點刀柄落在外面，刀尖盡數沒入骨肉之中。

剛剛同禾雲生打鬥時，范成從袖中摸出一把短刀，後來船舫搖晃間刀掉在地上，又被禾雲生撞得跌倒，不偏不倚，稀裡糊塗，刀就刺進了自己的腹中。

本來不至於這般深，偏禾雲生還將他壓在地上用拳頭揍，於是整把刀都刺進了肚子，一命嗚呼。

禾雲生嚇得兩腿發軟，跌坐在地，驚恐道：「他……他不會是？」

禾晏伸出兩指探了探他的鼻息，吐出兩個字，「死了。」

禾雲生茫茫然地看著她，似乎不明白她說的是什麼意思。片刻後，他嗚咽一聲，六神無主地道：「他、他怎麼就死了？我們怎麼辦啊？」

船還在江中，搖搖晃晃的飄著，四周除了船舫之中的燈火，再無別的光輝。一片死寂中，禾雲生的哽咽格外清晰，他說：「我們怎麼辦啊？怎麼辦？」

到底是十幾歲的少年，從未殺過人，見過血，連殺魚都要繞道行走。嘴巴上說的凶巴巴，卻沒想到真的會要人性命。禾雲生已經慌了神，嘴裡重複地念叨著毫無意義的「怎麼辦」。

禾晏蹙眉看著范成的屍體。

她殺過的人太多了，不過都是戰場上的敵人，這樣的，沒殺過，雖然有些意外，卻並不慌亂。再看禾雲生，他神情恍惚，似哭似笑，搖著范成的屍體，似乎是想把他搖醒，已然失去了神智。

「啪」的一聲。

臉上傳來火辣辣的痛，猶如當頭棒喝，禾雲生從方才的混沌中清醒過來，看向面前的禾晏。

他突然發現，和他相比，禾晏冷靜得過分，她目光尖銳如劍，將他的心扎了個透涼，她的手很穩，不像他的，還在抖。

她的聲音也是冷的，帶著點恨鐵不成鋼的嚴厲，她說：「禾雲生，你清醒一點，他已經死了。」

他已經死了。

禾雲生呆呆地看著眼前。

范成的傷口還在流血，那一刀不偏不倚，正刺中他的腹中。禾雲生覺得嗓子發乾，片刻後，他終於開口，聲音仍是顫抖著，帶著一股視死如歸的決心。

他說：「我去衙門投案，人是我殺的。」

他站起身，渾渾噩噩的要往前走，才走了兩步就被人一把拉住，差點跌了一跤。

禾晏問：「你去投什麼案？」

「他死了，我償命。」禾雲生哽咽道：「天經地義。」

「為這種人償命可不值。」禾晏看了地上的范成一眼，「我本來想，今日就算過了，范成也不會善罷甘休。禾家遲早會麻煩上頭，不過眼下倒是少了個麻煩，他死了，至少禾家日後清淨了不少。」

「你可還記得他當時說的話？」

禾雲生記得，當時范成想要殺他，說「等你死了，我就把你姐姐奴役起來，日日供我消遣，等玩膩了就賣到樓裡去」。這般狂妄自大的話，他說的理所當然。

「你要知道，范成今日在這條船上殺了你我二人，不必償命，憑什麼你失手殺了他，就要搭上自己的一生？我們的命就如同草芥，他的命就格外金貴，憑什麼？」

禾雲生年紀尚輕，一腔熱血，為范成這樣的人償命，太不值得了。

「我也不願，」禾雲生聞言，一腔悲憤籠上心頭，只道：「但我們現在難道還有別的路可走？」

禾雲生想得簡單，他殺了范成，范家上門，自己一命賠一命，此事全了。禾晏卻知道這是不可能的，她前生出自高門大戶，自然知道如范成這樣的人家，就算禾雲生投案以命抵命，范家也不會善罷甘休，禾綏和她，包括青梅和雙慶，一個都不會放過。

「你過來。」禾晏拍了拍他的肩。

禾雲生疑惑地看著她。

「你方才說自己是泅水過來的，可是善泳？能憋氣麼？」禾晏問。

禾雲生點頭，「可以。」

「你換上我的衣服，等會兒聽我口信，就從船上跳下去，游到下游，再換上乾淨衣服偷偷回家，一定要快，知道嗎？」

禾雲生懵懂點頭，又搖頭，看向禾晏，「那妳呢？」

禾晏從地上撿起包袱，那包袱裡，還有她今日從裁縫鋪裡為禾雲生拿的新衣裳，她道：「我換件衣服，把他們引開。」

「他們」指的是范成的護衛。

禾雲生大驚，脫口而出，「不行！」

「妳怎麼引開？妳是女子，他們抓到妳會殺了妳的，他們會折磨妳，妳手無縛雞之力，落在他們手上會生不如死……」

他還在絮絮叨叨地說，被禾晏一把按住肩膀。

「不會，我能甩開他們。」她道。

幽暗的燈火下，少女目光清亮堅定，這個時候了，她甚至還在笑。那笑容很輕鬆，莫名的撫慰了禾雲生慌亂的心情，可又讓他想哭。

「我不能讓妳去。」禾雲生喃喃道。

「聽著，雲生，你穿著我的衣服跳船，我把他們引開，這兩日我們不要見面，我要避風頭便不能回禾家。再過五日，你去城西有一家叫柳泉居的酒館，酒館門口有一排柳樹，你找到左起第三棵柳樹，往下挖三寸，我會在那裡留下給你的信。咱們到時候再會合，知道嗎？」

禾雲生搖頭：「我不能讓妳去……」

「你不是小孩子了，你是個男人，日後要挑起禾家的重擔，你要冷靜下來，照我說的做，我不會有事，你知道的，我每次都沒事。」她說。

禾雲生說不出話來。

她的確每次都沒事，不管是王久貴也好，賭場賭錢也好，還是在校場賽馬也好，每次她都能出人意料，可這次不一樣，這次是背上了人命。

「父親那邊，你替我解釋。」禾晏道：「再過一會兒，范成的護衛會過來，我們沒有太多時間。現在快點換衣服。」她道：「你背過身，我先把外衣脫給你。」

船舫靜靜的飄在江中，禾雲生同禾晏再相對而立時，兩人已經換了裝束。禾晏穿著簇新的男裝，頭髮紮成男子髮髻，英氣逼人，果真成了翩翩少年郎。而禾雲生穿著禾晏的長裙，手腳都不知道往哪裡擺，面色尷尬。

禾晏「噗嗤」一聲笑出來。

「都什麼時候了，妳還有心情笑。」禾雲生心事重重，竟沒心思同禾晏鬥嘴。

「還沒到笑不出來的時候，」禾晏從地上撿起一塊面巾，將自己的臉蒙得嚴嚴實實，只露出一雙眼睛。然而眼裡也是帶著笑意的，「你得習慣這種。」

習慣這種？這種什麼？殺人亡命天涯？禾雲生只覺得疲憊，與之而來的，還有深刻的擔憂和恐懼。

「我數一二三，你就往下跳知道嗎？」禾晏道：「別擔心我，我們會再見面的。」

禾雲生就要往船頭走去。

走了兩步，他回過頭，看著禾晏的眼睛，道：「妳會沒事的，對嗎？」

禾晏揉了揉他的頭，少年的頭髮還帶著方才從水裡帶上來的水珠，冰涼涼，毛茸茸的。

她綻開笑容，溫柔地回答，「當然。」

第十章　投軍

雨絲似乎也是黑色的。

水天相接，沉沉天色裡，漁火明明暗暗，彷彿來自彼岸的幽魂。最後一絲琴弦聲散去，夜晚變得格外靜謐。

就在此時，一聲女子的尖叫劃破長夜。

「殺、殺人啦——」

聚集在畫舫遠處的幾艘小舟裡，護衛們正坐在一起，等待著范成的信號，乍然間聽聞淒厲慘嚎，不約而同怔了怔。

「怎麼回事？都這麼久了，怎麼還在鬧？」為首的侍衛問道。

「公子沒發手信，還是再等等吧。」有人道。

做范成的侍衛這麼多年，最重要的就是揣測主子的心思。這樣的事情習以為常，范成做范家少爺這麼多年，除了自己貼上來的女子，糟蹋的良家子也不在少數。如今夜這樣的情況，早已發生過不只一次。將那些貧苦的女子拐到船舫或外宅，任范成欺辱。事成之後給點銀子打發，那些女子家境貧寒，無處喊冤，便只能算了。

禾晏也將成為這其中的一個。

本來禾大小姐對范成一往情深，倒也不必這麼麻煩，誰知道經過范家門口那麼一鬧，真動了氣性，要同范成一刀兩斷。范成卻被勾起了心思，軟的不行就來硬的。

他們這些護衛要做的，只是將禾晏帶到范成面前，以及事後善後。

「我覺得不對。」為首的護衛站起身子，站在船頭眺望，只見范成所在的畫舫在江水中劇烈搖晃，那搖晃的幅度，看上去像是有人在裡面打鬥。

「不對，有問題！」他喝道：「都起來！趕緊過去，船上有異！」

其餘幾人皆是一驚，迅速划著小舟朝船舫靠近，還有些距離，忽然見自船舫裡奔出一名女子，那女子跌跌撞撞，動作驚惶，看穿著正是禾晏，彷彿在躲避什麼人，驚叫著一頭栽倒在江水之中。

滔滔江水將她迅速淹沒，幾乎沒有發出任何聲音，像是石頭，只在水面激起一簇水花，再也沒了動靜。

「公子！」護衛忍不住喚道。

沒有人關心禾晏的生死，小舟快要靠近船舫之時，為首的侍衛藉著輕功，掠過舟頭，攀上船舫。他幾步進入船舫之中，但見船舫之中，有人背對著他，是個男子，臉上覆著汗巾，只露出眼睛，昏暗的燈火下亦是面目模糊。而他腳下，范成仰躺著，倒在血泊中。

蒙面人的手中握著一把匕首。

護衛駭然至極，沒料到船舫之中多了這麼一個人。再看范成，只怕凶多吉少。一時又驚又怒，想也不想的就朝蒙面人撲過去：「爾敢！」

那蒙面人冷笑一聲，同護衛纏鬥在一起。

打鬥聲在船中響起，船舫搖晃越發劇烈，其餘幾名護衛也追上船，那蒙面人見對方人多勢眾，便不再戀戰，一刀劈開護衛當頭長劍，想也不想的跳江。

「抓住他！」護衛首領大喝，「他殺了公子！」

眾人紛紛跟上，卻發現蒙面人十分狡猾，護衛們都上了這艘船舫，本以為他是跳江，卻是上了他們方才來的那艘小舟。

這是江中心，雖有人會泅水，可是夜色太黑，難免遇到危險。小舟輕薄，順著水流划得很快，船舫稍重，便是幾人一起划槳，亦落於蒙面人半步。

一前一後，細雨綿綿裡，誰也沒有看見江中這一場逃殺。

待快到岸邊之時，蒙面人將手中木槳一丟，腳尖一點，躍上江岸，就此消失在岸邊，護衛首領道：「留兩個人去找城守備，其餘人跟我追！」

雖是夜，卻也不到深夜，春來江兩岸還有做生意的小販，但見一蒙面人忽的從碼頭處奔來，來的急促，衝撞小攤無數，隨之跟在後面的是一叢侍衛，殺氣騰騰，令人膽寒。

「出什麼事了？怎麼這麼急唷。」被撞翻攤位的小販不敢多言，彎腰去撿地上散落一地的瓜果。

「好似出了命案，看這後面追的人，當不是普通人家。」

「天可憐見的，最近怎麼這麼不太平。」

江邊的水帶著腥氣，水中陡然伸出一隻手，先是抓住岸邊的石頭，接著，整個人從水中拔起，帶起一身的水腥氣。

禾雲生全身都在發抖，他不敢太早動作，省的被人發現，在水底潛了許久，才悄悄的往下游游去。此刻面色發白，嘴唇烏紫，不知是江水太冷泡得久了，還是害怕。

他手裡還緊緊攥著一個籃子，裡頭是禾晏在裁縫鋪裡拿的衣裳。那是在船舫上放點心的籃子，禾晏將衣裳給他放進去蓋好，衣裳乾乾淨淨，沒有被水浸濕。他把身上女子的衣裳脫下來，團成一團扔進籃子裡，又在籃子上綁了幾塊稍重的石頭，將籃子丟進江水中。

江水瞬間吞沒了籃子。

他把那身簇新的春衫換上，衣裳做得很合身，款式也很漂亮，還有同色的襆頭，恰好可以將濕漉漉的頭髮藏起來。他穿著穿著，喉頭便哽咽起來。

然而沒有多餘的時間讓他在這裡恐懼，禾晏的話還在耳邊。

「你要換上乾淨衣服偷偷回家，一定要快。」

一定要快。

他腳步踉蹌，抄了一條小路，往回家的方向疾步走去。

城裡似乎有城守備軍在四處抓人，禾雲生走著走著，聽到街邊有人談論。

「聽說江上船舫有人殺人了，死得好慘。」

「誰啊？」

「不知道，是大戶人家的少爺。沒看見城守備到處找人嗎？」

「這麼多人，凶手肯定插翅難逃，說不定已經抓到了。哎呀，這雨下得沒完沒了，衣服都濕了。」

談論聲漸漸遠去，直到再也聽不見。

快一點，再快一點。

青衫襆頭的少年從街邊疾走而過，他春衫尚薄，這樣的雨天大約覺得冷，有些瑟瑟的緊了緊衣襟，快步回家去。

雨下得越來越大，街邊沒帶傘的行人匆匆避雨。小販躲到屋簷下，大聲吆喝著行人路過瞧上一眼，今夜和昨夜，似乎沒有任何區別。

「姐姐……」有人小聲自語，如春夜的風，落在細雨裡，了無痕跡。

少年埋著頭往前走，不回頭，眼淚撲簌簌的落下來。

「人朝這個方向去了，追！」護衛首領對趕過來的守備軍指到。

守備軍人馬充足，朝著他指的方向追去。范成的其他護衛看向首領，有人顫聲問道：「公子死了，我們該怎麼辦？」

身為范成的護衛，卻沒有保護好范成，范家一定會追究他們的責任，輕則重罰，重則……被遷怒以至於丟命。

「到底是誰殺了公子？」也有人問。

「我和那個人交過手，身手極好，」首領捏緊拳，「我不是他的對手。」

「是衝著公子來的？天啊，究竟是誰？」

誰知道呢？范成做下那麼多惡事，那人既然要他的命，顯然是仇恨已久。曾被范成糟蹋的姑娘也有父母兄弟，許是為他們的親人復仇，或是其他。人已經死了，抓到了凶手，一切都真相大白。

「禾大小姐……」有人終於記起了禾晏。

「已經沒命了吧。」

那麼深的江水，那麼冷，一個女子沒什麼力氣，掉下去凶多吉少。可那又怎麼樣，沒人在乎，禾晏活著，或許還會被范家人遷怒，死了更好，一了百了，至少禾家的事就到此為止。

「死了就死了。」首領木然道：「死了更好。」

一句話，註定了禾晏的結局。

馬蹄聲在街道深處響亮不絕，城中人心惶惶。

穿青衣的少年神態自若，從叫花子群居的破廟走過，順手將濕漉漉的舊衣扔進荒廢已久的枯井。

衣裳已經在逃跑途中換過了，春衫是穿在裡面的，只要將外面的舊衣扔掉即可。頭巾倒是不必戴，省的引人注目。她在牆面摸了一把，手上便沾了一層灰，將沾滿黑灰的手往臉上拍拍，塗塗抹抹，方才過分白淨的臉立刻變的黑了些，像是……家境普通常在外勞作的少年郎。

還是個清秀的少年郎。

少年郎不慌不忙的往前走，身後城守備軍四處抓人，禾晏的心裡並不如表面輕鬆。范成的護衛同她交過手，只要認真辨認，就會認出她的身形。外貌可以偽裝，身量卻不能騙人。京城的城守備軍並非吃白飯的廢物，並不好躲。縱然是跑到破廟裡，只要對叫花子稍作盤問便知道自己是個生面孔。還有出城，城門想必此刻已經被封，未來一個月進城出城都會嚴加盤查。這樣一戶一戶搜下來，遲早會被發現。

令人頭疼。

范家比她想像的還要家大業大，竟叫了這麼多人來追她一個人。好不容易撿回來的一條命，禾晏可不願意白白交代在這裡。

守備軍從每個方向過來，禾晏岌岌可危。

陡然間，她想起了什麼，伸手從袖中掏出一物。

紙張已經被揉得皺巴巴的，加之被雨淋濕，幾乎看不出來上面寫的字跡。這是那一日禾雲生從牆上撕下來的徵兵告示。

徵兵……

徵兵處就在城西頭的馬場外空地，那裡搭起了帳篷，許多人在此填好文書，接受簡單的檢查，等時日一到便一起出發。這次去涼州招兵招的匆忙，想必不會很嚴格，連年齡都並非只是壯年，願意去的人除非是家境貧寒至極，否則太平盛世，誰願意去白白受苦。

這徵兵文書，來得恰恰好。

如今她成了通緝犯，待在京城反而不好，若是被查出來，連累了禾家更糟糕。況且一味待在京城，似乎也沒什麼好處。禾家離她太遙遠，許家更是她接觸不到的高門，她還沒辦法和他們站在同樣高度，去索要自己的東西。

倒不如去兵營。從徵兵的隊伍一道出城，在那裡，才是她該待的地方。

天無絕人之路，冥冥之中自有安排，她本來還想著，要如何才能尋個合理的理由，同禾家父子解釋她離開的事，如今倒是不必想其他理由，因為只有這條路可走。徵兵明日就截止了，截止的前一晚，她剛好趕上。

禾晏笑了笑，心情竟異常輕鬆起來，她不再猶豫，朝著城西馬場的方向，大步走去。

城西馬場原本是一處養馬場，不過自從徵兵帳篷搭在這裡以來，馬匹都被疏散了。前面長帳坐著個紅臉大漢，腰間一把長刀，因著下雨，頭上戴著氈笠，眼似銅鈴，不怒自威。正有一搭沒一搭的打瞌睡。

徵兵已近尾聲，明日一過，新招的新兵便要跟著一起去往涼州，這個時間，願意去的早已來投名，當是沒有新人了。

禾晏走上前時，那大漢眼皮子都沒抬一下，禾晏只得道：「這位大哥，徵兵是結束了？」

那大漢上下打量她一番，慢吞吞地道：「沒有。」

「那就好。」禾晏喜上眉梢，「我來投軍。」

「你？」紅臉大漢露出挑剔的表情，道：「兄弟，你今年幾歲了？」

「十六。」

「十六，」漢子沉吟道：「你這身板，看上去可不像是十六。平日裡在家沒幹過什麼重活吧，投軍可不是開玩笑，你要是鬧著玩，趁早回去，別耽誤我時間。」

「這位大哥，我是真的想投軍。」禾晏想了想從前兵營裡出來的兄弟，學著他們神情悲慟，「家裡沒人了，活不下去，不投軍就只有賣身為僕。倒不如上戰場，要麼死在沙場，要麼領了功勳，還能換種活法。再說了，大哥，」她湊近一點，低聲道：「如今乍然徵兵，怕是人手不夠，少一人不如多一人，也能湊個整數唄。」

那大漢被她一番話說的心動，想著也是，只想趕快將人湊夠交差，便道：「行吧行吧，你要去送死，我也不攔著你，醜話說在前頭，軍營可不是享樂的地方，你若是混不下去，想當逃兵，那就是軍法處置。」

「我不會當逃兵。」禾晏信誓旦旦。

紅臉漢子嗤笑一聲，這樣的少年他見多了，來的時候都是信心滿滿，真要打仗了，嚇得尿褲子的也是他們。

「那你來填這份文書。」他把文書遞到禾晏跟前。

城西馬場周邊，城守備軍走到此處便調轉馬頭，前面是涼州徵兵的帳篷，不必繼續往前。

禾晏唰唰的寫下兩個字。

這一次，用的是她自己的名字。

禾晏。

徵兵文書填起來很快，禾晏的字寫的不錯，那紅臉大漢看了，道：「你識字？」

「學過一點。」禾晏謙虛回答。

投軍的多是賣力氣的壯年男子，少有識字的人，紅臉漢子待她的表情便柔和了些，道：「你先去後面帳子擇閱，通過了領份文書，畫個押，就給你上軍籍冊。」

禾晏道過謝，便去了後面帳子。

這帳子靠近馬場裡面一些，帳子也大，禾晏掀開簾子進去，裡面站著一人、坐著一人，一個胖乎乎的赤膊男人坐在馬紮上穿鞋，一邊笑咪咪地問站著的人，道：「怎麼樣，我身體還壯實吧？」

禾晏只當沒看見，目不斜視地走進去，那胖子看到她，訝異道：「這等孱弱之人也能來投軍？」

負責擇閱的大夫催促他：「你趕緊穿鞋出去，我要檢查下一個人。」

那胖子便走了，邊走還邊回頭看禾晏，一副百思不得其解的模樣。

「你過來，」大夫道：「把衣服都脫了，站在這裡。」

禾晏：「……」

投軍入兵營，都要擇閱身體，看身體是否殘缺，或是有傳染疾病，禾晏上輩子投撫越軍時，差點就露餡，這輩子早已有了準備，便從袖中摸出一粒銀子，握著大夫的手，將銀子塞到大夫手裡。

擇閱大夫一怔，蹙眉看向她：「這……」

「大夫，不瞞您說，我身有隱疾，」禾晏低下頭，難以啟齒的模樣，「正是因此，不得人待見，常受人欺凌，我在家中實在待不下去才出來投軍。眼下實在不願意自己的缺陷被人瞧見，還望大夫行個方便，日後就算我死在戰場上，也會記得您的好，下輩子做牛做馬也要報答。」

擇閱大夫本以為他要說什麼疾病之類，卻沒想到是隱疾，這還是他第一次遇到這種情況，呆了半晌，再看向禾晏時，便帶了幾分同情之色。看著年紀輕輕也眉清目秀，竟然是個廢人？可惜了，難怪會來投軍，怕是做其他的，這輩子也做不成什麼。

捏了捏手中的銀子，沉甸甸的，再看禾晏神氣十足，不像是有病的模樣，擇閱大夫便道：「既然如此，我也不強人所難，你走吧，平日裡和人住一起的時候注意些，別被人看到。你要是自己被人發現，可就怪不得我了。」

「多謝大夫。」禾晏感激涕零的朝他抱拳。

如此順利的通過，禾晏心裡也鬆了口氣。等她出了帳子，發現外面馬場草地邊的石頭上，方才那胖子正坐著往嘴裡塞燒餅，看見她，便同她招了招手，似是打招呼。

禾晏想了想，走了過去。

「小兄弟，剛就在裡面看見你了。」胖子三兩口吃完手上的燒餅，嘴角還沾著芝麻，他問：「你這是來投軍啊？」

禾晏點頭，看見他手裡剩下的的燒餅，倒是覺出幾分餓來，從下午到現在，她還沒吃過東西，又這麼一番追逃，早已饑腸轆轆。

「你是不是餓了？」胖子見她直勾勾地盯著自己手裡，伸手過去，「喏，拿去吃！我剛吃了五個，吃飽了！」

實在是很餓，禾晏沒有推辭，接過來道了一聲謝，便大口大口的吃起來。

「你這麼瘦弱，也來投軍，家裡人放心的下嘛？」胖子嘀咕道：「你還沒我十歲的弟弟看起來勇武。」

禾晏咽了一口燒餅，忙中偷閒的回答，「唔，我只是看著瘦弱，力氣很大。我今年十六了。」

「怎麼會來投軍？」胖子問，「看你的樣子不像粗人。」

「家道中落，走投無路。」禾晏只說了八個字。

胖子便一副了然的神情，同情地開口，「世事無常，小兄弟，你也不要太過在意，日後你就跟著我，當我的小弟，我會保護你的。」

「謝謝大哥。」禾晏從善如流地回答。

這聲「大哥」取悅了胖子，他笑道：「我姓洪，叫洪山，你日後可以叫我山哥。小兄弟貴姓？」

「我姓禾，禾晏。柴禾的禾。」

「禾？這個姓倒是少見，日後我就叫你阿禾。」

「嗯！」禾晏點頭，說話的功夫，已經將這燒餅吃完了，她抹了抹嘴巴，尋了個馬棚，靠著欄桿坐下來。洪山見狀，奇道：「小兄弟，你不回家？」

「不回去了。」禾晏雙手支在腦後，「我就住在這裡。」

洪山眼中的同情之色更濃，挨著坐過來，道：「我也沒地方去，那咱就在這將就一晚，明日過了跟著一道啟程吧。」

「再好不過。」

遠處營帳外亮著火把，在雨絲下搖搖欲墜，像是下一刻就要熄滅，兩人沉默地坐在黑暗裡，各自想著心事。

不知道禾雲生那邊怎樣了，有沒有安全到家。禾晏心裡想著，不知不覺睡著了。

京城每日要發生無數的事，窮人的事無人關注，若是同高門大戶扯上關係，便人盡皆知。昨日夜裡春來江上發生一起命案，京城范家少爺被人在船中殺害，凶手逃跑不知所蹤，到現在都還沒抓到人，當時船上還有城門校尉的女兒，亦被凶手所害，溺死在江水中，死不見屍。

城裡有這麼個凶殘的殺人者，一時間人心惶惶。不過也有百姓拍手稱快，范家少爺從來仗著家勢欺騙糟蹋平民少女，少女們吃了虧也不敢聲張，如今有人替天行道，或許是蒼天開眼。

禾家一片慘澹。

禾綏一夜間像是老了十歲，呆呆地坐在堂廳裡，彷彿一尊泥塑。青梅和雙慶躲在院子裡，雙慶神情苦澀，青梅抹著眼淚低聲道：「怎麼會突然沒了……」

簡陋的馬棚裡，禾雲生挨著香香坐著。

草料還是昨日的草料，他沒心思去添，馬兒有些煩躁地走來走去，禾雲生不為所動。

沒有消息就是好消息，至少到現在，禾晏還沒被抓住。他想起那艘船上，夜雨掩蓋了血腥氣，他惶惑而無助，身著長裙的少女瞳色清亮，摸了摸他的頭，對他說「你知道，我每次都沒事」。

這次也會沒事的，一定。

第十一章　肖家公子

春已近尾聲，連雨都開始有了夏日的暑氣。

徵兵最後一日結束，跑馬場填寫文書的長帳已經收起，取而代之的，是無數小帳。同家人道別別的新徵兵丁已經集合，只待今夜一過，第二日一早便啟程趕往涼州。

帳篷十分窄小，幾個人擠進去，勉強還行。禾晏和洪山挨著坐著，洪山領了個稍大的帳篷，因他二人都沒什麼行李，坐起來還算寬敞。從昨夜到今夜，禾晏已經在這裡待了整整一天。

這裡會給饅頭吃，一頓發兩個，等到了涼州安頓下來，會發更多些。其餘都沒什麼，只是上茅房比較不便，禾晏只得等到夜深人靜無人去的時候才能偷偷去一趟。

她剛從茅房出來，走到自己的帳篷前，將帳篷一掀，裡頭多了兩個人。洪山正在同他們說話，聽到動靜，這兩個人便回頭看來。

大概是一對兄弟，模樣生的有些相似，黑黑瘦瘦，有種蠻實的俊氣，年紀並不大，大的那個大概十六七歲，小的那個和禾雲生看起來差不多大。年長的應當是哥哥，沉默寡言，小點的大概是弟弟，看見禾晏便露出笑容，自來熟地問道：「這位哥哥是……」

「這是你阿禾哥哥，」洪山自顧自的就幫禾晏認了個弟弟，又對禾晏道：「這是今日新來的兩位兄弟，外頭沒帳子了，就在這裡和咱們擠一擠。」他指了指那個寡言的少年，「這是石頭。」又指了指那個笑起來有些憨厚天真的少年，「這是小麥。」

石頭、小麥，這大概是一雙家境貧寒的兄弟倆，否則好一點的人家，也該取個好名字。

禾晏找了個地方坐了下來，多了兩個人，帳篷頓時顯得有些擁擠。

「你們是京城人麼？」禾晏邊問，覺得有些渴，擰開腰間的水壺喝了一口。

石頭不愛說話，倒是他弟弟小麥很活潑，他道：「我們就住在象淮山上，平時打獵生活，上次下山的時候看到在徵兵，哥哥同我商量了一下，就來投軍了。」

原是山上的獵戶人家。

「你爹娘許你們來投軍？」洪山問。一般來講，便是家中貧寒來投軍的，也不會讓兩個兒子一起來投，總要給家中留條退路。

「爹娘早就不在啦，我和哥哥一起長大的。」

洪山嘆了口氣，「那你們更應當好好惜命，沒事跑來投什麼軍，投軍可不是好玩的。你們該不會是……」他朝禾晏的方向努了努嘴，「也和他一樣想建功立業吧？」

「大丈夫當建功立業，」小麥一派天真，又道：「再說了，這次帶兵去涼州，做指揮使的是右軍都督肖都督，我和哥哥早就對他仰慕已久，能跟著他做事，是我們的榮幸！」

禾晏正一邊喝水一邊聽他們說話，聞言「噗」的一口水噴出來，險些被自己嗆住。

帳篷裡的幾人都看向她。

「你說，去涼州做指揮使的是誰？」她問。

小麥以為她不認識「肖都督」，特意解釋一番，「就是如今的封雲將軍，肖家的二公子肖懷瑾啊。」

禾晏心頭震動。

肖珏怎麼可能去涼州做指揮使？他的官位完全不必如此，況且他自己有兵馬，何必帶一支新兵去涼州。除非他被貶職。

肖珏被貶職了？

京城肖家。

肖家的宅子，是肖老將軍在世的時候，特意按照妻子的喜好修繕的。肖家後來幾代，不曾動過院中布局，因此雖是武將世家，院子卻修繕的如蘇州小院一般清雅別致。

穿過花牆便是正房，正房旁邊有一株石榴樹，還沒到結果子的時候，從窗戶看進去，可見黃松木架上擺滿了書籍。有人坐在桌前看書。

青年生的白皙秀麗，只神情淡漠，帶著幾分懶倦，因在自家府上，穿著隨意，雲紋錦衣青玉帶，越發顯得英姿楚楚。牆上掛著一把佩劍，顏色如霜雪，晶瑩透亮，雖未出鞘，可見凜凜。

門被推開，有人走了進來。

來人是一男一女，男子生的和肖玨有七分相似，只是不如肖玨冰冷，多了幾分柔和清朗之氣，一派風華月貌，此人便是肖玨一母同胞的大哥肖璟。跟在肖璟身邊的，是他的妻子白容微，雖不至絕色傾城，也是位皓齒內鮮，秀麗端莊的美嬌娘。

這夫妻二人站在一起，形如一對璧人，賞心悅目。

「懷瑾，」開口的是白容微，她將肖璟手上的包裹放到桌上，道：「這是你此去涼州備好的鞋子和衣裳，晚些試試看。」

自從肖將軍夫婦去世後，肖家便只有肖璟和肖玨兩兄弟，長嫂如母，從前將軍夫人給肖玨縫補衣裳，如今便成了白容微。

「多謝大嫂。」肖玨頷首。

白容微笑道：「你們兄弟說話，我去看看湯羹好了沒有。」說罷便退了出去。

白容微離開後，肖璟定定地看了肖玨片刻，終是嘆了口氣，道：「懷瑾，你實在沒必要去涼州。」

「徐敬甫近來在朝中頻繁針對你，是在找肖家的麻煩。」肖玨神情無波，只道：「皇上聽信徐敬甫的話，我在京城反倒惹人生事。去涼州暫避鋒芒也好，況且，父親當年之死疑點重重，此次有了線索，也許會有新發現。」

說到肖將軍的死，屋子裡的氣氛頓時沉悶了下來。

沉默半晌，肖璟才伸手拍了拍肖玨的肩，「你想的總是比我多，我卻不能為你做什麼。」

「大哥在朝中面對的情況複雜的多，我不在的時候，肖家就靠大哥了。」肖玨笑了一下，看向肖璟道，「大哥保重。」

「你也保重。」肖璟感慨良多，許是為了輕鬆一下這苦澀的氣氛，故意打趣道：「我也不是不讓你去涼州，只是你如今已及冠，也該到了定親的時候。你嫂嫂幫你相看的那些姑娘，你可有中意的？」

肖珏聞言，笑容收起，神情越發平淡，淡到有些漠然。

「不必，我不打算娶妻。」

京城這幾日一派平靜，朝中卻有暗流湧動。春終於走到了盡頭，立夏後，綿綿雨水似乎無窮無盡，整座城都籠在煙雨中。

右軍都督肖懷瑾自請為指揮使，帶領新兵去往涼州衛。肖懷瑾一走，朝中局勢又有變化，太子一黨揚眉吐氣，喜氣兩個字，只差沒直接寫在臉上了。

朝中之事，普通百姓尚且接觸不到，依舊是柴米油鹽的繼續生活。前些日子京城范家少爺命案，到如今還沒找到凶手。范家四處尋凶不成，便將一腔怒火發洩在范夫人身上。誰知范夫人娘家承務郎府上也並非等閒之輩，左等右等，范成頭七一過，便逼著范老爺寫了放妻書，將女兒重新接回府上。唐鶯如今芳華正茂，剛過門便死了丈夫，唐家豈能讓她年紀輕輕便守寡，自然要為她以後打算。她和范成又無兒女，范家也無可奈何。

相比之下，同范成一道遇害，淹死在春來江到現在都死不見屍的禾晏，彷彿成了這場事故中無足輕重的一個配角，連被人談論的資格都沒有。除了禾家人以外，沒有人提起她，就如同禾晏從來不曾存在過這世上一般。

雨下大了，禾雲生戴著斗笠出了門。禾晏出事後，他便暫且停下去學館，禾晏交代他五日後去柳泉居取信，今日已經是第十日了，禾雲生才瞅得空隙出門。他怕范家人守在外面觀察他的動靜，禾晏好不容易為他們禾家爭取來的機會，不能毀在他手中。

這些日子，他已經在家中四處查探過，監視禾家的范家人已經全部撤走，才敢安心出門。他換了件舊衣，不惹人注意，低著頭戴著斗笠從後門出去，冒雨走進了雨幕中。

這十日，禾雲生過得生不如死，每天夜裡都無法入睡。他想聽到禾晏的消息，又怕聽到禾晏的消息。好險已經過了十日，官府還沒抓到禾晏，這或許從另一方面來說，禾晏安全了。

可他又忍不住想，禾晏如今還在京城中，她能去哪兒？除了禾家她沒有認識的朋友，她勢必在外流離。也不知吃的好不好，睡得好不好，有沒有受欺負？想到這裡，禾雲生的腳步不覺更快了些。

柳泉居之所以叫柳泉居，便是因為酒館後門有一處泉眼，泉水邊上便是一排柳樹。這個雨天酒館沒什麼人，禾雲生進去的時候，都沒人注意。

他還記得禾晏當時說的話。

——「你去城西有一家叫柳泉居的酒館，酒館門口有一排柳樹，你找到左起第三棵柳樹，往下挖三寸，我會在那裡留下給你的信。」

禾雲生蹲下身去。

左起第三棵，往下挖三寸。

翻出來的泥土還帶著雨水的濕潤，他挖著挖著，手指觸到一個有些堅硬的東西。禾雲生心中一動，手上動作更快，片刻後，挖出一個油紙包來。他沒有立刻打開來看，只將油紙包裝進懷裡，飛快的將刨出來的泥土填回去，這才轉身離開酒館。

待離開後，便小跑著回家。一直到了家中，禾綏不在，禾雲生回到自己屋子，將門鎖上，才將紙包掏出來。

他一直放在懷中，是以紙包也沒有打濕，被保護的乾乾淨淨，禾雲生抖著手將紙包拆開，看見裡面的東西。

有一件衣服，還有一封信。

禾雲生先打開信，信大概是匆匆忙忙寫的，隨手撿的紙，皺皺巴巴，筆跡潦草，應當為旁人包點心的花紙，上面還有油漬，沒有花紋的一面用草木灰筆寫著幾行龍飛鳳舞的大字。

——「我已投軍，去往涼州，山長水闊，恕不一一。春寒過後，繼以炎暑，務望尚自珍為盼。他日重逢，千萬珍重。」

禾雲生先是呆呆地看著那幾行字，彷彿不認識一般，片刻後，他終於明白過來。咬著牙去拿那件衣服。

衣服是在老裁縫處做的夏衫，當日禾晏同他分別之時，為了喬裝，他們二人一人穿了一件，這一件被禾晏疊得整整齊齊，送了回來。

料子很涼，摸上去，似乎又看到那一日女孩子臉上涼颯的笑意，和她安撫的話語。

——「別擔心，我們會再見面的。」

屋子裡一片寂靜。

片刻後，有人哽咽出聲。

「騙子……」

被稱作騙子的禾晏，此刻並不知曉自己在背後被人罵了。

說起來，從京城出發到涼州，如今已經在路上。此次招兵不到兩萬，沿途還有新人加入，眼下夏日已至，趕路變得艱難，早起出發還好，到了晌午，簡直是汗流浹背。

洪山坐在草地上，一邊啃乾糧，一邊隨手撿了片樹葉子搧風，熱得齜牙咧嘴：「奶奶的，這天太熱了，什麼時候才能走到頭。」

「從這裡到涼州，還要兩月餘，」禾晏往嘴裡灌水，「慢慢來。」

「我想念京城的綠豆湯了，」小麥砸吧砸吧嘴，「做好了盛在碗裡，放在井裡浸幾個鐘頭，端出來撒點糖，又甜又涼，真解渴！」

他描述的太過詳盡，以至於聽的人都吞了吞口水。

「別說了，來當兵，別說什麼綠豆湯，不餓著就算好的。」洪山嘆了口氣，「想吃，可能要等咱們得了封賞升了官兒，就能吃了，就像肖都督那樣。」

說到肖玨，禾晏心中失笑。

她投軍跟著大夥兒一塊兒去涼州，日夜兼程的趕路，晚上就宿在野地的帳篷裡，就這樣，連肖玨一面都沒看到。他同手下是騎馬走在最前面的，夜裡想必住的帳篷也和小兵的不同。加之從前在賢昌館的時候，禾晏就知道肖玨此人最為講究，肖家含著金湯匙出生的二公子，吃穿用度，公主也不見得那麼精細。

想來即便如今是在趕路，他的日子，過得也比他們滋潤多了。

同樣都是少年封將，還真是同人不同命，重來一回，她居然成了他手下的兵。禾晏嘆了口氣，這要說出來誰信。她還想掙個軍功速速升職，可肖玨這人十分挑剔，在他手下當兵，要混出頭可沒那麼簡單。

還能跑怎麼的？軍籍都已經上冊，只能且走且看了。

從京城到涼州兩月餘的路程，並不好走，逢山開路遇水填橋，等真到了涼州時，大家已經精疲力竭，人人都清瘦許多。禾晏坐在湖邊舀水喝的時候，從湖水中瞅自己，原本禾大小姐皮膚白皙，經過兩個月的暴曬趕路，連灰粉都不必往臉上擦了，和小麥一個色。

如果這時候真正的禾大小姐歸來了，一定恨不得掐死自己，她莫名冒出這麼個念頭，覺得好笑，就笑起來。

「阿禾哥什麼事笑的這樣高興？」小麥問。

洪山瞅了湖邊的禾晏一眼，了然道：「再走半天，天黑之前我們就能到涼州，苦日子就快到頭，能不高興麼？」

「也是。」小麥深以為然，對石頭道：「大哥，你高興吧？」

寡言的石頭也點了點頭。

這兩個月的行路的確不是人幹的事，縱然來投軍的多是貧苦人家吃得了苦，可這也比他們想像中的難多了。一些身體不好的，在趕路途中就已經喪生。他們還沒來得及抵達涼州，也再也回不去京城。

這是一條無法回頭的路。

傍晚的時候，大部隊終於到達涼州。涼州位於西北，本以為荒涼貧瘠，誰知道到了之後竟發現還算繁華，雖比不得京城，但也是熱鬧豐富。禾晏隨著大家往前走，一邊心想著肖玨果真會挑地方，涼州可比當初她投軍的漠縣好多了。當初她去漠縣的時候，漠縣什麼都沒有，百姓連飯都吃不起，他們那些兵過的日子才是真的艱難。

到了涼州得先去涼州衛，涼州衛就駐紮在白月山腳下，白月山下有大片空地，足以做演武場，平日裡小兵們就在此演習練兵。夜裡可住帳篷，不過如今都住在涼州衛的衛所裡。

這麼多人，衛所的房間沒有這麼多，便只能十幾人擠在一間小屋裡，睡的是大通鋪。禾晏自然還是同洪山石頭兄弟一起，他們幾人都沒什麼包袱行囊，找了個通鋪的位置便鬆懈下來。

「我瞧了瞧這附近有條河，」小麥興沖沖的回來道，「好多人在河裡洗澡，咱們也去吧。」

「好啊，我早就熱得流了一身汗！」洪山三兩下除去外衣，就要往外跑。

小麥看向禾晏：「阿禾哥不去？」

「他不去，他怕水，咱仨就行了！」洪山推搡著小麥和石頭出去了。

禾晏早在第一次洪山邀她一起下河洗澡的時候就解釋過，說她小時候曾溺水，從此後只要下水就會頭腦眩暈，呼吸急促。洪山不疑有他，老實說禾晏也沒說謊，她如今是真的怕水。

只是……禾晏在大通鋪上躺了下來，「咯吱」一聲，她忍不住蹙了蹙眉，一時間竟不知是因為她太瘦骨頭磕的慌還是這床板硬的令人髮指。片刻後只得在心中感嘆「由儉入奢易，由奢入儉難」。她在兵營裡住了三年，才當了一年許大奶奶，便習慣了柔軟的床鋪被褥，覺得這床板讓人生氣。

還是肖玨好，想來他的床應當是軟的。禾晏覺得頗不公平。

她在房間裡休息了一會兒，直到洪山他們回來，便跟著一起到衛所吃飯。

今日是第一日，這兩個月日日都在路上啃乾糧就清水，來到涼州第一頓，總算吃上了熱飯。即便是簡單的清粥包子，也是熱氣騰騰，只見新兵們都坐在地上大快朵頤，不知道的，還以為吃的是什麼珍饈美味。

「這包子肉餡只有丁點大。」洪山一邊抱怨，一邊舔了舔手指，「太不過癮了。」

「有熱飯吃不錯了。」禾晏開口，「比乾糧強。」

「沒關係，我剛才打聽過，這裡的白月山上有很多野獸兔子，」小麥笑咪咪道：「我和哥哥到時候可以去打獵，獵到兔子野豬什麼的，淘洗乾淨串在樹枝上，或者拿片葉子裹了，隨便撒點鹽，拿去烤了，吱吱冒油，可好吃了！」

小麥是個吃貨，三句不離吃的，洪山被他說得越發的餓，一口將眼前的粥喝了個底朝天，重重往桌上一擱，「奶奶的，說的我現在就迫不及待想上山了。」

「軍令有不得私自上山這條。」禾晏潑他們涼水。

「總有上山的時候。」洪山不以為然。

待吃飽喝足，大家簡單的收拾了一下，練兵的指揮已經提前告知他們，明日早上卯時在演武場集合，今日早些歇下。

禾晏隨著洪山回到衛所的房間，房間裡已經來了不少人，一些人已經睡了，一些人還在閒談，止不住的興奮。

禾晏睡在通鋪最裡面，一面挨著小麥，一面靠著牆。聽洪山在那頭樂呵呵的開口，「比起前段時間趕路，這才是神仙日子嘛。」

有吃有喝有澡洗有床睡，不必在外暴曬淋雨，也不必夜裡被蚊蟲煩的睡也睡不著，看上去的確比從前好太多了。

小麥小聲道：「在這裡練兵的話，我覺得比在山裡打獵輕鬆。而且還有這麼多人，可以一起玩。」

禾晏：「……」

傻孩子，怎麼會有人說得出練兵比在京城打獵輕鬆的話。這些人都是第一次投軍，只當日後都如今夜一般輕鬆。可這就像是死刑犯行刑之前要吃頓上路飯一般，吃完這頓好的，也就是最後一頓了。

今夜將成為他們在涼州待的最輕鬆的一夜，明天開始，才是真正的酷刑。

禾晏閉上眼，就讓這些傻孩子先做一會兒美夢吧！

果然，第二天一早，天還不亮，衛所外頭的空地上便傳來嘹亮的號角聲。

「唔，這麼早，不能再睡一會兒嗎？」小麥翻了個身，揉了揉眼睛。發現禾晏已經穿戴完畢，站在床前了。

「阿禾哥，你怎麼這麼早？」他迷迷瞪瞪地問。

「呼名不應，點時不到，違期不至，此謂慢軍，軍棍處置。」她笑咪咪開口，神情不見惺忪，彷彿一點都不睏倦。

「不想挨板子，就快點起床。」

第十二章　下馬威

夏日，卯時天光已亮。這比之前趕路起的還要早，昨夜第一次到達涼州，大夥兒興奮激動，難免歇得晚了些，等到了演武場，人人皆是睡眼惺忪，有人鞋子都穿反了。

石頭還好，小麥和洪山二人邊走邊繫腰帶。二人見禾晏神采奕奕，十分精神，皆是困惑地問道：「阿禾，你不睏嗎？」

「我昨夜歇得早，睡飽了。」禾晏答。

小麥贊道：「你好厲害！」

說話的功夫，已經走到了演武場。因著今日是第一日，還是按照之前趕路的隊伍來排。但見高臺上站著一名身著赤色勁裝的壯漢，生的濃眉大眼，魁梧黧黑，身姿高大如樹，手持一桿長槍，十分威風。

「那是誰？」禾晏問。

「負責監督操練我們的教頭，沈教頭。」小麥是個包打聽，早早的就打聽好了。

禾晏點頭，心中卻想，她原本還以為會是肖玨親自來練兵，沒想到今日還是連人也沒見著。說起來，雖然他們同是少年投軍封將，但每個將官都有自己的練兵方式，禾晏還想見識下肖玨的手段，權當偷師，眼下看來，暫時是沒這個可能。

「我是你們的總教頭沈瀚，」沈教頭聲如洪鐘，白月山下演武場四面環山，聽他說話聲音往耳朵中鑽，震得人頭皮發麻，「從今以後，由我來帶你們。」他一抖軍籍冊，「現在點兵！」

點兵要快，今日是第一次，等再過些日子，分成伍、佰、旅、師，便能由任出的伍長、佰長、旅長、千夫長來點兵，省去許多時間。

這一幫人都是從京城招來的散兵，過去從未受過訓練，聽得人點兵便是個把時辰，只能乾乾立在演武場。只覺得渾身上下皆是不舒服，不時動動身子。小麥偷偷跟自己大哥嘀咕，「大哥，阿禾哥動也不動，好像塊石頭啊。」

石頭看向禾晏。

比起他來，禾晏似乎更應該叫這個名字。她站得筆直，身姿筆挺如松，雙臂好好地放在身側，目光明亮地瞧著高臺之上，似乎不會疲倦也不會無聊，竟讓人產生一種錯覺，就算再過兩個時辰，她還是能堅持這麼站著。

石頭想到和小麥在山裡打獵的時候，山裡有野獸，野獸逮捕野兔時，也是這樣藏在草叢中靜靜的潛伏，一動也不動，一眼看過去，活像塊沒有生命的石頭。他同小麥打了這麼多年獵，他還好，小麥是決計忍不住下來的。為何禾晏可以？聽洪山說禾晏是家道中落走投無路才投的軍，看他的模樣似乎從前家境也不錯，這樣的人，為何會像野獸擁有長久的耐心和毅力。

畢竟禾晏並不需要捕獵。

他的沉思並沒有得到答案，點兵點完了。

沈教頭合上軍籍冊，道：「從今日起，百人為一隊，一隊一教頭。在這裡練兵布陣，演武衝鋒！今日要教你們的，是軍令！」說到此處，沈瀚臉上露出微笑，不知為何，這笑容落在眾人眼中，只覺得心中一寒。

果然，只聽沈瀚喝道：「呼名不應，點時不到，違期不至，此謂慢軍，犯者笞之！今日你們遲到一刻，本該軍法處置，蓋因初犯，網開一面。」

眾人被他一番話說得心頭上上下下，這會兒剛落下來，就聽見那鐵面教頭毫無感情的聲音響起。

「人人負沙袋繞軍營跑圈，十圈！一圈也不能少，各隊教頭守著你們，誰敢怠懶，軍法處置！」

在場眾人皆是倒吸一口涼氣。

白月山下演武場便是軍營，一圈少說一里多，十圈便是十里多。還要背著沙袋，早起來的時候時間還早不覺得熱，這會兒一番點兵下來，日頭正高，熱辣辣的懸在人頭頂，光是站著已經流汗不止。

要頂著日頭跑圈哪，周圍頓時哀鴻遍野。

小麥道：「阿禾哥，沈教頭說的話跟你說的一模一樣欸，你怎麼知道他會這麼說？」

怎麼知道？自然是因為當年她入兵營的時候，也是同樣的狀況。就如殺威棍一般，先給新兵一個下馬威，讓他們知道投軍不是來享福的。就算不是這個，沈瀚也會尋個別的理由罰他們。

「多背背軍令，」禾晏拍了拍少年的肩，「對你有好處。」

小麥似懂非懂地點頭。

果然按照沈瀚所說，這麼多兵，分成百人一隊。眾人去領沙包，禾晏起先以為沙包就如她當時同禾雲生上山砍柴的那般，手掌大小，綁在腿上就行。可到了這頭，眼皮子跳了跳。那沙包如一個包袱大小，並非是綁在腿上的，而是背在身上的。提起來沉甸甸，絕非她的沙袋可以比較。

「奶奶的，背著這玩意兒跑十圈，太過分了吧！」洪山嚷嚷道。

小麥偷偷看禾晏的臉色，禾晏至始自終都表現得很平靜的臉，在拎起那袋沙包的時候，也終於有了裂縫。小麥暗暗鬆了口氣，看來阿禾哥也是個普通人，並非無所不能。

禾晏無言以對。

當年她訓新兵時，為了增強這些新兵的體力，必要的負重跑是應該的，但都是循序漸進，大多時候便是用她之前在禾家做的沙袋。一點點增加重量。

她從前不知道肖玨的練兵方法，現在總算知道了，一上來就來的這麼凶猛，肖玨長了一張漂亮的臉蛋，沒想到心這麼狠，她還是低估了肖玨的無情。

是個狠人。

「阿禾，你……」洪山正想說要不要我來幫你拎到背上，就看到禾晏一把扛起沙包，乾脆俐落地綁在身上。

她身材瘦小得過分，在滿是男子的兵營裡，就如一個還沒長成的少年，沙包又大又沉，壓在她的背上，好像把這少年壓得更矮了一些。看起來顫巍巍，十分可憐。

石頭這麼寡言的人都看不下去了，對她道：「你還行嗎？」

「還行。」禾晏對他露出笑容。

幾人見她笑嘻嘻的樣子，稍微放下心來，想著到底是年輕氣壯的兒郎，雖是看著瘦弱了些，力氣還是有的。

禾晏在心裡把肖玨罵了一萬遍。

這樣的承重，過去自然沒有問題。可禾大小姐身材嬌弱，即使她再怎麼努力，一朝一夕也不能把禾大小姐變成大力士。

所以，真的很沉。

百人為一隊，依次出發。

浩浩蕩蕩的隊伍在山腳下繞著兵營跑，當是一件很壯觀的事。雖然大夥兒嘴上抱怨吆喝著，倒也沒有耽誤事。負責禾晏他們這一隊的教頭姓梁，叫梁平，同沈總教頭如出一轍的凶狠無情。只見他道：「速速列隊，出發！」

一聲令下，大家便跟著隊伍一道開始負重長跑。

禾晏背上背著這麼個大沙袋，只覺得像是扛了塊石頭，把她身子往下壓得都不太穩。她成為禾大小姐以來，日日陪著禾雲生上山砍柴，但也只能讓大小姐羸弱的身體變得康健，或者是比起同齡的姑娘們更結實一些。可肖玨這樣鐵血的練兵方法，實在有些吃不消。

過去的禾晏可以，現在的禾晏，很難。

周圍不斷有人超過禾晏，來投軍的大多是身材健碩，高大威武之人，便是不那麼高大的，也多是貧苦人家出身，做慣了重活。雖然背著沙袋跑圈很累，但也還好。如禾晏這般孱弱的實在很少，鮮有的幾個都死在了到涼州的路上，可以說，白月山下，涼州衛所，就身體資質而言，禾晏是最柔弱的一個。

石頭和小麥兩兄弟跑的很快，他們在山上打獵，經常追趕獵物，打中的獵物便繫在身上，帶著獵物到處跑習以為常，因此還算輕鬆。洪山大概是年紀稍大些，跑了一圈就有些氣喘吁吁，抹了把額上的汗，道：「哎，真不是人幹事兒。」

他沒聽到禾晏的回答，回頭一看，禾晏已經落後他十多步了，他便稍微放慢腳步，等著禾晏上前後問：「阿禾，你還能挺住不？我看你有點難受。」

禾晏臉色蒼白，豆大的汗珠順著額髮滾落到下巴，又沒入衣衫中去。背個沙袋，活像京城碼頭上那些被父母賣給幫主做苦力的孩子，看的令人不忍。

「我沒事，山哥你不用管我，你先跑，我跑不快，就讓我在後面慢慢跑。」禾晏笑道：「你早點跑完可以去棚裡休息，別等我了。」

「你要不跟教頭說一聲，」洪山遲疑地開口，見周圍的人沒人注意他倆，湊近低聲道：「要麼偷偷少跑幾圈，反正沒人看到。」

「我心裡有數。」禾晏失笑，「山哥你先走吧，咱們等下會合。」

洪山再三確認禾晏不需要幫忙，才背著沙袋跑了。禾晏撓了撓頭，露出無奈的笑容。

同教頭說自己不行？怎麼可能，進了軍營，不行也得行。偷偷少跑兩圈？怎麼可能，現在看著周圍沒有看見的人，可這些教頭精得很，路邊還有隱藏的監員，真要偷偷少跑幾圈，那是犯了軍紀，要拖出去挨棍的。這玩意兒她做將軍的時候自己知道，做小兵的時候，沒得自個兒往裡鑽的道理。

只是……她抹了把滾到眼皮上的汗水，看向懸在腦袋上那輪金色的太陽。

真是好熱啊！

衛所裡，有人走了出來。

程鯉素拿摺扇搧了搧風，看向遠處被雲霧遮蓋的山峰，歡歡喜喜地開口：「這裡的風景太好了，比京城美一萬倍！舅舅真是好眼光！」

肖玨跟在他身後，一身繡雲紋烏金長袍，腰間斜佩一把長劍，目似星辰，唇若點朱，資質風流，儀容秀麗，彷彿偶然路過的貴族子弟，便將這苦寒之地也增加了一份亮色。

「他們在跑步，嘖嘖嘖，」程鯉素搖了搖頭，「若要我去做這件事，我定然撐不到一刻鐘。」

「那你就回去。」回答他的是冷冰冰的嘲諷。

「啊你說什麼，風好大，我聽不見……舅舅，你看誰來了？」程鯉素生硬的岔開話頭。

來人是沈瀚沈教頭，他在二人面前停步，對肖玨行了個禮，道：「都督。」

「新兵如何？」肖玨問。

「看樣子還不錯，偶有幾個不行的，可能練著練著就好了。」沈瀚回答。

「那個人是怎麼回事？」程鯉素指了指遠處，「好像都要跑跪下了。」

但見長道之上，有個身材矮小的少年郎正在跑步，說是跑，實在是跑得太慢了。他和前面的隊伍已經拉開了大段距離，事實上，他孱弱得看上去背上的沙袋都比他本人重。

「那是梁平手下的兵，跑第四圈了。」

「第四圈？」肖玨挑眉。

其餘人都已經開始跑第七圈了，這人才剛開始跑第四圈，落下這麼多，他淡道：「資質太差。」

程鯉素和沈瀚對視一眼，都沒說話，被肖玨蓋章「資質太差」，那就是真的很差，上不了戰場那種。

「資質太差也沒什麼，」程鯉素想到了什麼，眉開眼笑，「做個伙頭兵也不錯，萬一他手藝好呢。」

被寄予希望「手藝好」的禾晏本人，此刻已經跑得不知道自己該說什麼話了。身上的沙袋實在很沉，可又不得不繼續。因她明白，如今的體力訓練只是開始，過段時間後，還會逐漸增加技能訓練，譬如弓弩刀箭一類。

可如果連體力訓練都無法承受的話，是沒有資格繼續技能訓練的，會直接被扔去做伙頭兵。

她可不想做伙頭兵。

涼棚附近，洪山跑完最後一圈，找到正在棚裡歇息的小麥和石頭，過去挨著他們坐下。

小麥四下裡看了看，問：「阿禾哥呢？還沒出來嗎？」

「不知道，沒看見他，」洪山也有些擔憂，「這小子不會跑不動不出來了吧？」

「你沒告訴阿禾哥偷偷少跑兩圈嗎？」小麥低聲道：「反正又沒有人看見。」

「我早就跟他說了！這小子是頭倔驢，不聽我的，我有什麼辦法？」洪山兩手一攤。

兩人正說著，石頭突然開口，「來了。」

幾人順著他的目光一看，見林間長道盡頭，慢慢跑來一名少年。他身上背著的沙袋相比他的身材大的過分，頭髮已經濕成一綹一綹的，汗珠順著額上慢慢滴落到下巴，沒入腳下的泥土裡。他跑過涼棚附近，並沒有朝這邊看一眼，而是繼續往前，開始新的一圈。

「他還要跑啊……」小麥喃喃道。

禾晏沒有停下來。

第六圈、第七圈……

等禾晏跑完最後一圈的時候，整個人像是從水裡撈出來似的。

小麥小跑過去，把手中的水壺遞給他，「阿禾哥，你快點喝。」

禾晏仰頭把水灌了下去。

喝水的功夫，梁教頭從旁走過，上下看了她兩眼，搖了搖頭走了。那眼神，明明白白寫著禾晏只能做個伙頭兵。

「你怎麼跑完了？」洪山道：「真是死腦筋，我看旁邊也有人少跑的，人家比你聰明！」

禾晏已經累得不想說話，只道：「我可不想做伙頭兵。」

「做伙頭兵怎麼了，你可別小看伙頭兵，人家說不準活得比咱們都長。」洪山不以為然。

「我也覺得，」小麥一臉憧憬，「如果做伙頭兵的話，就能給大夥兒做飯，多做好吃的！」

禾晏：「……你想做飯該去做廚子，不是來投軍。」

小麥委委屈屈地看向石頭，「大哥要我來的。」

這都是什麼人啊，禾晏在心中仰天長嘆。

她實在累得要命，兩條腿有些發軟。洪山和小麥一人一邊扶著她往前走，一邊感嘆，「這才第一天，你能堅持得了多久？」

能堅持多久就堅持多久，禾晏心道。

這一日，就在疲累中度過了。沈總教頭冷面無情，晌午那幾個少跑圈偷懶的小兵被抓了出來，當著所有人的面挨了軍棍，叫得比雞都慘，這就算殺雞儆猴，至少在下午做訓練的時候，沒人敢再偷懶躲清閒。

果如禾晏所想，前半月都是做體力訓練，無非就是負重跑步，在日頭下站著，列隊一類的事。半月後才開始做技能訓練，等技能訓練到一定時間，便要開始分營。

禾晏上輩子是在前鋒營，如今她仍然想進前鋒營。但問題在於，如果以肖玨這種訓練方式，不到前鋒營她就會被出局。畢竟如今體力是她的弱點。

她一邊喝著碗裡的粥一邊想。

粥是稠米粥，裡頭放了各種野菜野果、豆子之類。早上半斗米，晚飯三分之一斗小米，間或有些面疙瘩。好的話也會有湯餅、肉之類的。

不過才剛開始，只有粥。

本是寡淡滋味，但因為今天實在太累，早已覺得饑腸轆轆。吃飯的地方幾乎沒有人說話，都在埋頭苦吃。

「要是有酒就好了。」洪山砸了咂嘴，「我現在總算是明白了，為什麼不到走投無路別來投軍，這哪是人幹的事？」

「我想打獵了，」小麥苦兮兮地朝著石頭撇嘴，「大哥，我想吃烤兔子。」

石頭：「……等幾天。」

禾晏看得好笑，等幾天，就算再等一個月，也沒有打獵的機會。進了軍營想跑，那就是逃兵，逃兵是要被斬殺的。

吃過晚飯，大家紛紛去洗澡。洪山遲疑了一下，問：「阿禾，你真不去？」

曬了一天，流了一身汗，全身上下都是汗味，黏黏糊糊的，河裡早就跟下餃子一樣的擠滿了人。洪山道：「你別怕，我拉著你，保管掉不下去。」

禾晏面露難色，「算了山哥，等夜深了，我到河邊打幾桶水，在淺灘上沖沖就行。」

「那好吧。」洪山也不勉強，「你自己先休息。」

洪山幾人走掉，禾晏這才鬆了口氣。

入軍營大約就是這點實在不方便，做小兵的在衛所沒有單獨的房間，在野外也沒有單獨的帳子，沐浴便成了大問題。她也曾因此過了一段束手束腳的生活，每晚睡覺都隨時提防著不要露餡，可後來漸漸升了官，做了副將，做了主將，有了自己單獨的帳子房間，這些便不成問題。

沒想到重來一次，又要走自己的老路。

禾晏在床上躺著先休息了一會兒，等到去河邊洗澡的人陸陸續續回來了，大家都歇下了，旁邊響起洪山的鼾聲，禾晏才醒來。她看了窗外的月亮一眼，估摸著時間已經到了子時，這才從床上爬起，越過小麥，捲起乾淨的衣裳，偷偷溜出門。

涼州衛所外，野地空曠，一輪明月皎皎。許是邊關，月色同京城的又是不同。禾晏躡手躡腳地跑到河邊。

繞著衛所的這條河就在白月山下，名字亦是很有意思，叫五鹿河。傳言有一日住在河邊的漁夫深夜乘舟歸來，見河面有一淡妝素服仙子騎五色鹿至此，遂得此名字。

河邊有不少巨石，禾晏尋了塊石頭，將乾淨衣裳放在石頭後，省得被水打濕，這才脫下外裳，往裡走去。

她同洪山說的沒有錯，經過在許家被溺死在池塘一事之後，她不敢多靠近水，若非情非得已，她也不願意來河邊。因此便是下水，也只敢在淺水處。

河水冰涼，炎炎夏季正是舒服，河風亦是清爽，禾晏抹了把臉，只覺得晌午背著沙袋跋涉的疲倦被一掃而光，身體的每個地方都感到舒服和熨帖。這裡明月冷如霜雪，照在無邊曠野，闊達河流，自有壯觀與雅麗。

「白月山，五鹿河……」禾晏小聲嘀咕，名字風雅至極，也確實如此。她看著那輪銀白的月亮，心想著，就差一個淡妝素服的美人仙子了，如果說此刻有漁人路過此地，說不準她就是那個傳言中的「美人仙子」。

想著想著，似覺好笑，便兀自笑出聲來。

「誰？」寂靜裡響起一個聲音，陌生又熟悉。

禾晏差點一口河水吞進肚裡。

不是吧？都這個時間了，還有人來？

那人的腳步聲先是頓了頓，隨即便朝著禾晏的方向前來。禾晏先是一懵，趕緊藏到面前一塊巨石後，因她本就處在淺水，與河邊距離不遠，因此，也就將來人看得一清二楚。是個年輕男子，穿著藍暗花紗綴繡仙鶴深衣，衣裳上的仙鶴刺繡彷彿要乘風歸去，他亦生的很出色，雋爽有風姿，眉眼俊美如畫。腰間配著的那把長劍在月色下，彷彿冰雪，將他的神情襯得更冰冷了些。

這個秀麗姿容的青年，正是右軍都督肖玨。

禾晏看清楚了那人長相，心中哀號一聲。

真是冤家路窄。

第十三章　弱肉強食

「喂，你、你不要再往前了。」禾晏生怕這人走到眼前，連忙從石頭後伸出腦袋，「我光著身子！你幹嘛？」

對方的腳步果然頓住了。

禾晏心裡輕輕鬆了口氣，以她過去對肖玨的瞭解，肖玨這人挑剔的要命，光著身子在他面前屬於失儀，他不會願意髒了自己的眼睛。

「你是什麼人，在這裡做什麼？」肖玨盯著她，冷冷地開口問。

「我是衛所的新兵，來這裡洗澡。」禾晏答道。

肖玨聞言，眼中掠過一絲嘲諷，擺明了不信，反問：「這個時間來洗澡？」

「晚上的時候人太多，我在房裡睡著了。」禾晏看著他，「我又不是這裡的大人，有自己的房間，可以在房間裡沐浴。要是有，誰願意大晚上的跑河裡洗澡，我還嫌冷呢！」

這個「大人」，禾晏指的就是肖玨本人，希望肖玨能聽懂她的諷刺。

可惜的是，肖玨並未因為她的話顯出慚愧的神色，只是平靜地看著她。

禾晏把身子往河裡沉了沉，問：「你又是誰？」

唔，就裝作一個不諳世事的新兵吧，這樣顯得更有說服力。

肖珏沒回答她的話，反而道：「嫌冷，就別來投軍。」

是在反駁她剛才的說法？禾晏看了看巨石後面自己的衣服，如果肖珏一直不走的話，她就得一直在水裡泡著，但泡久了必然引來肖珏懷疑。

「我來投軍是有目的的。」禾晏說。

肖珏看向她，挑眉問道：「什麼目的？」

「當然是建功立業，升官發財，做像封雲將軍那樣少年得志的人。然後回家蓋房子娶媳婦，娶最貌美賢良的小姐，生最可愛的娃，兒孫滿堂，紅紅火火，日子多好呀。」禾晏露出嚮往的神情。

此話一出，肖珏眼裡驟寒，冷聲斥道：「惡俗！」

禾晏在心裡樂不可支，她特意把封雲將軍這個名號同普天之下尋常男子的願望丟在一起，故意噁心他，肖珏內心這麼高傲的人，一定覺得自己被羞辱了。

「有什麼不對？」禾晏一臉認真，「投軍當如此，做最幸福的大丈夫。」

似是聽不下去她這般狂言浪語，肖珏瞥了她一眼，拂袖而去，看樣子不欲與她多說。

禾晏在他身後道：「喂，這位兄臺，麻煩幫我把石頭後面的衣服丟過來，順個手，幫幫忙呀！」

肖珏自然不會為她取衣服的，禾晏等他走遠了，澈底看不到了，才飛快的洗了洗，跑到石頭後換好了衣服。

月色沉默，彷彿沒有看到發生的一切，禾晏抱著髒衣服往回走，卻想著方才看到肖珏的場景。

這個時間點，肖珏應當不是來做什麼，可能就是隨意出來走走，畢竟夜色這麼好。說起來，禾晏同肖珏，有多年未見了。上次在馬場遇到他，因怕被他發現端倪，匆忙低頭，便沒看清楚肖珏如今的不同。方才看他倒是難得的看了個分明，似乎比起記憶中的，又有不同。

她知道肖珏當年便生的英姿麗色無雙，多少小姑娘巴巴的往前湊，只為他一個眼神停留。可人竟然會越長越好看，此人不知道是吃什麼長大的，如今看來，風姿比起當年只多不減。如果說當年的肖珏還帶一點少年特有的風流佻達，如今的那點風流全然不見，如上好的美玉，似匣中寶劍，隱有光華流轉。

就是性子，比從前冷漠多了。

禾晏慢慢地走著。

當年她同禾家人大吵一架，之後投軍，並不知曉賢昌館裡發生了什麼，那時肖珏還是肖家的小少爺，一切如常。等她投軍後，過了幾年，才從周圍人的談論中知道了肖家二公子的境況。

肖珏的父親肖仲武乃大魏勇將，最擅長以少勝多，如魏國鐵板一塊，卻在攻打南蠻之時，鳴水一戰中身中敵軍埋伏，死在對方首領手中。肖將軍死後，肖珏接過兵馬，繼續帶兵攻打南蠻。

禾晏投軍的時候十五歲，肖珏投軍的時候，只比她年長一歲。她不知道具體發生了什麼，但也知道，當時肖玨作為一個十六歲的少年，接過父親手中的兵馬這件事，勢必不簡單。且不說皇室如何，光是肖家的政敵也不會放過這個落井下石的機會。

如果肖玨敗了，整個肖家就敗了，作為武將世家的肖家，單憑一個文官奉議大夫的肖大公子，是決計撐不下去的。

所幸的是上天眷顧，肖玨不僅贏了，還贏得漂亮，將南蠻打的落花流水，帶著對方將領的人頭回了京城。至此，便奠定了他「少年殺將，玉面都督」的名頭。

戰爭是最快磨礪一個人心性的辦法，所有的稜角、鋒芒在生死面前都要收起。或許肖玨從前還保留著京城勳貴子弟的矯矯輕狂，如今的他，這些全然看不到了。

一個更出色，更冷漠，更深不可測，更難以對付的肖玨。

禾晏走到房門前，屋子裡眾人睡得很香，誰也沒有發現她。她將衣裳放到床腳，躺平上去，閉上雙眼，內心一片寧靜。

好在，這些年，不只是肖玨一個人在成長，她也同肖玨一樣。

並不差多少。

第二日，依舊雷打不動的卯時起，負重長跑。

新兵們苦不堪言，因著在昨日之上，如今還得查些別的。新兵們全都一統穿著赤色勁裝，早晨起來點兵時，不可儀容不整。包括夜裡睡亂的床鋪，第二日早上出發前還得鋪疊整齊，若是有凌亂不堪的，多加一圈。

一圈一圈加上去，誰受得了。一片哭爹喊娘中，新兵的儀容軍紀便迅速整頓好了。不過半月餘，一支新兵，雖說還不會刀箭布陣，光是儀隊軍容，已經像模像樣。

禾晏看著也在心頭感嘆，別說肖玨雖然心黑了些，手段倒挺厲害。和肖都督相比，禾晏只覺得自己從前練兵的法子簡直太仁慈了。

所謂慈不帶兵義不守財，看來她還得多和肖玨學學。

新兵們一圈一圈的跑，教頭們趁著空隙在一起說話。

總教頭沈瀚看向梁平，問：「怎麼不見你們隊裡那個……欸，就那個最弱的那個小子？」

這些日子下來，眾人都曉得這次來涼州衛裡的新兵，有個最弱的小子，是梁教頭手下的一個新兵。身材瘦小，體力奇差，每每早上跟著晨跑之時，要落於人後一大半。一天兩天還好，三天以上，幾乎所有人都曉得有這麼個人。

可以說，是弱的出了名。

「你說禾晏？」梁平朝遠處的山道努了努嘴，道：「在前頭，喏，跟著中間人跑的那個就是。」

沈瀚看過去，但見長道上，少年背著沙袋正往前奔跑。雖然大夥兒都著統一的赤色勁裝，不過因為這少年異常瘦弱矮小，還是能一眼看出來。

沈瀚有些意外，「竟然沒被落下？」

「哪能呢。」梁平的臉上顯出一點複雜的情緒，「這小子心志硬的很。」

說起來，梁平一開始也不看好禾晏。說實話，他做教頭這麼多年，見過的新兵不少，能不能做一員猛兵，光是看一看就能判斷。禾晏的身體資質，實在太差。可能從小養尊處優長大的，一看就沒什麼力氣。第一日晨跑就跑得稀里嘩啦，當時梁平在心裡下了決斷：只能做個伙頭兵。

沒想到，這小子身體差，性子卻很要強。即便每日都在拖尾巴，還是跟著隊伍一起跑。梁平也注意到，從第一日到現在，他從來沒有試圖偷過懶，就這麼認認真真的跑。

若是家道中落的富家公子來做小兵，能有此意志並且堅持，已經很了不起。更何況，禾晏並不是在做無用功。

她好像掌握了某種訣竅，又或者是漸漸的適應了負重長跑，從一開始落於眾人多圈，到漸漸的落得少了些，再到現在能勉強跟得上隊伍。梁平甚至有種錯覺，若是再這麼下去，再跑些日子，說不準他還能做跑在最前面那個。

他正想著，聽見身邊沈瀚的聲音傳來。

「心志硬又有什麼用，資質就是資質，就算跑步能勉強跟上，日後技能訓練對他來說還是太過吃力……也不知他能不能過技能訓練。」

在技能訓練之前，最後一次晨跑，是要評價各隊新兵中新兵們的體質和潛力。有落下太多的，是連技能訓練的可能都沒有，人力有限，不可能分出那麼多兵力投入在不值得的人身上。

戰爭是殘酷的，在殘酷的戰爭之前，只能先選擇能夠擔得起這些殘酷的人。

「我覺得他可以。」梁平道。

沈瀚看向他，身邊幾個教頭也看向他，有人道：「梁教頭，你確定，可別看走眼了。你要知道，這麼多年了，這種羸弱的人……都活不到戰場上。」

話雖如此……梁平笑道：「你們也知，精神經百煉，鋒銳堅不挫。這種事，誰能說得準？」

他看向禾晏。那少年額上滿是汗珠，夏日炎炎，同他一同奔跑的同伴咬牙切齒，多是不耐厭煩之色，唯有他，笑意盈盈，不見半分怨言。

這份心志，實在是很難得。

禾晏並不知道自己小小的成為了諸位教頭談論的中心，她跑完最後一圈，將沙袋放好。迎面被洪山搥了一拳肩膀。

「嘿，好小子，真有你的。」洪山摸著下巴打量他，「現在都能跟上我們了，這下你高興了，不必去做伙頭兵？」

禾晏大笑，「那可真是太好不過。」

見她比起前幾天跑完一副虛脫的模樣，現在已經好了許多，洪山也替她高興。這時小麥遠遠地對他們揮手，「阿禾哥、山哥，你們快點，今日有肉饃！」

來這裡這麼久，總算來了頓肉。禾晏聞言，頓覺口舌生津，洪山也舔了舔嘴唇，道：「總算是吃了頓好的，走，咱們快去！」

鐵鍋裡有稀粥，每人一碗，旁邊的大木桶裡便是熱氣騰騰的肉饃，老遠就聞到了香味。

負責分發的兵頭站在木桶前，每人可領一只。

禾晏也領到一只。

她捧著粥碗，四處都沒有位置，便想著找個陰涼的地方坐下來喝粥吃東西。遠遠地看見小麥這小機靈鬼在樹下對她招手，看來是尋了個好位置納涼。

禾晏便打算走。

她才走到一半，忽然間，有人從她身邊經過，重重地碰了她的肩膀，將她碰得一個踉蹌，手中的半碗粥灑了出來。

她的肉饃也沒拿穩，一下子滾落，禾晏正要伸手去接，橫空伸出一隻手，將肉饃給搶了去。

她站定，面前站著一個留小鬍子的高大男人，左額至臉頰有一道陳年刀疤，一看便生的孔武有力，匪氣縱橫。他拿到了肉饃，彷彿理所當然似的，看也不看禾晏，繼續往前走去。

一隻腳橫在男子跟前。

男子頓了頓，看向眼前人。

少年收回腳，臉上還掛著客氣的微笑，彷彿不懂剛才發生了什麼。她道：「這位兄臺，你好像拿錯了東西。」

「你手裡的那只饃，是我的。」

刀疤臉古怪地看了他一眼，片刻後，突然笑出聲來，彷彿聽到什麼好笑的笑話，他開口，聲音嘶啞難聽，「你知不知道自己在說什麼？」

「我說，」少年神情平靜，「你手裡的那只饃，是我的。」

話音未落，那人便笑起來，笑得陰森森的，他道：「小子，別找事。」

「我只是想拿回我的東西。」

對方看向她，少年生得十分孱弱，軍裡統一的赤色勁裝穿在他身上，顯得寬大略長，他的身量也比尋常男孩子矮小，站在這裡，像個沒長成的孩子。

一個孩子朝他叫囂，就像不知天高地厚的狗崽對著狼狂吠，除了可笑，沒有別的。

「你的東西？」刀疤臉不屑地抓起那只肉饃，還沒等禾晏反應，就飛快的扔進嘴裡。本就不怎麼大的肉饃，被他三兩口吞吃進肚，彷彿野獸抓到獵物迫不及待的進食。吃完了，他挑釁地看向禾晏，怪笑道：「你的？誰能作證？你奈我何？」

吃的東西已經進了肚子，禾晏也不能把他的肚子剖開把裡面的肉饃抓出來。對方說完這句話後，十分愉悅地看禾晏無可奈何的模樣，端著他手裡的粥碗不緊不慢的往前走去。

「我奈你何？」禾晏自言自語道，須臾，她露出一點笑容，轉過身，三兩步走向方才的刀疤臉，對方正俯首去喝碗裡的粥，禾晏一腳踢過去，正對他的膝蓋彎，那人雙腿一軟，險些跪下，踉蹌幾步站定身子。可手上的粥卻盡數潑灑在地，一點也沒留下。他見此情景，怒不可遏地轉過頭，看到是禾晏，切齒道：「你！」

「我？」禾晏笑道：「我做的，誰能作證？你奈我何？」

少年的眼中盡是狡黠，還帶著一絲隱晦的挑釁，令人肝火大動。刀疤臉揚起拳頭就要上前。

「喂，你想幹嘛？」

就在這時，斜刺裡衝出一個聲音，是洪山走了過來，還有石頭。小麥在那頭看到禾晏同這刀疤臉交談久久不動，猜到可能出事了，便將自家大哥和洪山支過來。

洪山和石頭可不如禾晏看起來好欺負，二人看上去身強體壯，那刀疤臉倒沒有衝動，只冷哼了一聲，瞪了禾晏一眼，道：「你給我等著！」轉身走了。

語氣無比苛毒，滿滿威脅之意。

「你怎麼了？」洪山問：「發生什麼事了？」

「他搶我肉饃，我倒他菜粥，很公平。」禾晏儘量說得簡單。洪山一聽就明白了，看了看禾晏，「唉」了一聲，嘆道：「你和他置什麼氣，你剛才該忍一忍。」

「我為何要忍？」禾晏問。

她過去從軍時，也時常遇到這種事。兵營裡常有以大欺小，恃強凌弱之事發生。她當年入兵營時，被搶食物是家常便飯。若不是同帳的兄弟看她可憐，將自己的食物勻給她一份，說不定早就餓死了。

兵營裡的教頭能阻止明面上的衝突，這種暗中的搶奪卻不可能阻止。況且她那時候太弱了，弱到連教頭都懶得理她，更不會為她伸張正義。直到後來她變強，沒人敢搶她的食物。再後來，她自己做了主將，更是下令自己手下的新兵，決不可出現這種奪人食物，欺凌弱小之事，一旦發現，軍令處罰。

誰知道她重生一回，竟又遇到一模一樣的事情發生。可這一次，她不再是那個初入軍營，戰戰兢兢，受了委屈不敢說的可憐新兵。就算剛才洪山和石頭不出現，她想教訓這個刀疤臉，也綽綽有餘。

「那人叫王霸，」洪山道：「原本是個山匪，不知道最後怎麼來投了軍。梁教頭手下他最凶，我也是聽人說的，這種人殺人如麻，今日你惹了他，他懷恨在心，日後必然給你下絆子。我和石頭兄弟不可能日日跟在你身邊，萬一被他鑽了空子……你的日子會很難。」

「總不能他搶了我的東西，我就這麼認了。山哥，你要相信，他搶了第一次就會有第二次，日日來搶一回，我還活不活了？」禾晏道：「世上沒有這麼不公平的事。」

「世上之事本就不是公平的。」說話的是一向寡言的石頭，他看著禾晏，輕輕搖了搖頭，似乎也不贊同她剛才的做法，「你太衝動了。」

「沒有公平就自己去爭取，如果因為太弱而爭取不到公平就努力變強。」禾晏微微一笑，「在這裡拳頭才是道理的話，那就讓他來找我，我保證……讓他知道什麼叫公平。」

少年話說的輕鬆，神情亦是平靜，清亮的瞳仁裡，似乎還有淺淡笑意。風吹過，吹得他髮帶有些飄逸，不像是個小兵，倒像是京城裡走馬遊街的小公子。本該說句真是「初生牛犢不怕虎」的調笑，可對上那雙眼眸，竟然說不出來。

果真是初生牛犢不怕虎麼？

他自信的，不像是莽撞。

石頭和洪山沒再說什麼了。二人陪著禾晏到了樹下，小麥知道禾晏的肉饃被搶了，很是可惜了一陣，最後笨拙的寬慰道：「沒事的，阿禾哥，再過些日子我們能上山了，我做幾個彈弓打鳥，或者弄幾個陷阱逮兔子，咱們到時候吃野味，比那肉饃裡的肉星子好吃多了！」

禾晏失笑，欣然應下，待喝完碗裡的粥，雙手枕於腦後，靠在樹幹上假寐。

太陽懶懶的照下來，樹下難得有片刻的清涼。她閉上眼睛，心裡百轉千迴。

一只肉饃雖然有點可惜，卻不至於一直放在心上斤斤計較。真正行軍打仗的時候，有時候軍餉跟不上，被迫守城，別說肉饃，更別提菜粥，還可能要啃樹皮草根，最過分的時候，她還吃過觀音土，吃得肚子脹得難受，拼死也要把城守下來。

相比當時而言，這已經很幸福了。

只是……風吹過她的面頰，禾晏勾起嘴角，如果她猜得沒錯，至多五日，五日過後，應當就要開始技能訓練。一些人會被分去做伙頭兵，以她現在的體力，大概能有資格參與技能訓練，但是，如何能在最短的時間裡表現自己的價值，證明自己能去前鋒營呢？

這是個問題。

第十四章　全軍最弱

禾晏猜得不錯，三日後，背著沙袋長跑之時，梁教頭在前面喝道：「明日起，繞軍營跑改成五圈。其餘時間做兵器操練！所以今日，都給我好好跑！跑不好的，中午沒飯吃！」

大夥兒一聽，頓時興高采烈。比起炎炎夏日背著袋沙子不歇的跑，兵器操練聽起來要輕鬆許多，也更像是新兵該做的事。能結束這個煉獄，進入新的階段，或許正是說明，他們已經漸漸成為一名像樣的大魏兵士。

禾晏卻明白梁教頭話裡的言外之意，今日就是最後一次「檢驗」，若是跑得不好的，明顯體力跟不上的，就再也沒有資格做後面的兵器操練了。

禾晏彎腰去背沙袋，這時候，有人從她身後經過，突然重重地撞了她的身體一下，她站直身子看去，竟是前幾日搶她肉饃的刀疤臉王霸。王霸看著他，露出陰陰的笑容，「小子，今天一過，你就去做伙頭兵了，你的好日子也到頭了。」

禾晏聳了聳肩：「不明白。」

「你那兩個兄弟不會一直跟著你，一個伙頭兵……」他壓低聲音，眼中閃過一絲暴虐，「我弄死也不會有人管！」

「那你就試試。」禾晏將沙袋往背上一甩，對他露出笑容，道：「順便告訴你，我不會做伙頭兵，絕對。」說完，也不管王霸是什麼表情，轉身上了長道。

小麥惴惴地跟在他身邊，問道：「阿禾哥，剛才他沒為難你吧？」

「哪能？」禾晏笑盈盈回答，「我們就是閒聊了幾句。」

「這樣。」小麥又笑起來，「阿禾哥，你好厲害，你現在跟著我們跑都不喘了，還跑的這麼快！」

小麥和石頭自小在山裡長大，獵戶整日出門打獵，一出門就是一整天，體力好，跑的本來就快。而禾晏剛開始的孱弱勉強眾人都看在眼裡，如今，她一天比一天精神，一天比一天輕鬆，讓人懷疑她私下裡是不是吃了什麼靈丹妙藥。

「是麼？」禾晏一本正經地點頭，「我果然很有潛力。」

另一頭，圍在樹林長道邊觀察情況的教頭們聚在一起。

大半個月的每日長跑，除了訓練新兵的體力，也是為了判斷新兵的資質。每日他們都會記錄在冊，今日是最後一次記錄。今日過後，長跑不會再成為判斷資質的手段，而會變成一項普通的訓練。因為能進行兵器操練，代表著此人已經具備成為大魏新兵的資格，不會因為身體原因還沒有開始就死在戰爭之前。

軍營裡也分強弱，強弱對比更為鮮明。資質好的一開始就會顯得亮眼，資質差的也會非常礙眼。這是個很不公平的事，畢竟天生的誰也沒辦法改變。

不過這其中，出了一個意外。

「老梁，」有人拍了拍梁教頭的肩，「你們隊裡那個叫禾晏的小子，可真是個人才哪。」

禾晏就是那個意外。

她的資質很差，一開始就得到了教頭們統一的評價。就算去做伙頭兵大家都怕她被火燻出毛病，可一日比一日輕盈，如今已經能穩穩地跟上隊伍，甚至於處在隊伍靠前的位置。

這是個奇跡。

「繩鋸木斷，水滴石穿。」梁教頭很得意，「我早就說過了，我梁平不會看走眼的。這小子這份心志難得，做什麼都不會差。」

「你可別說大話了，」給他潑冷水的叫杜茂，亦是教頭之一，他不以為然地開口，「你也知資質就是資質，他之所以能跟得上隊伍，憑的是什麼，憑的是努力！」

這倒是事實，眾人看向跟在隊伍中飛奔的少年，他年紀正好，形容樂觀，看著倒是很討喜。他奔跑的時候也很規矩，很少和周圍的人說話，跑步也跑的認真，總之，看起來像是非常認真的在做這件事。

「他十分努力才能做到的事，旁人不需要努力，也許用一分力就能做到。」杜茂道：「如今只是背著沙袋長跑而已，日後的兵器操練、布陣演習只會越來越複雜，他也要投入比旁人多的努力才行。這樣，他永遠不會拔尖，只能做一個普通的士兵。」

「我勸你，還是多投入精力在你隊裡資質好的新兵，別過分注意那小子，」杜茂搖頭，「沒什麼意義。」

「我說不過你，懶得跟你說。」梁平被他一番話說的不怎麼高興，拿著長槍走了。

可是邊走，他內心也打起了嘀咕，他們這些做教頭的帶了不少兵，最後能在戰場上活下來的，或是建功立業的，往往是那些一開始就表現驚豔，有過人之處的人。

那少年只有努力……可努力，真的有用嗎？

禾晏一口氣跑完今天的份，領了飯食，吃完了，等到下午的時候，梁教頭忽然前來，點了十來個兵，跟著他走掉了。

「哎，那些好像就是去做伙頭兵的。」小麥道：「可是伙頭兵用得了那麼多人麼？」

禾晏笑著搖頭，「只是一個稱呼，並不是都是做飯的，也有做其他的，總之不必直接前線同人打仗。」

「那挺好的，」洪山伸了個懶腰，「不必以命搏命，活著不好嗎？」

「不過阿禾哥這回可高興了，」小麥促狹道：「可算不用去當伙頭兵！」

禾晏不願意當伙頭兵，這是大家都知道的事，她也沒有反駁，只是笑道：「可喜可賀。」

「是不是馬上就能給你表現的機會了？」洪山斜睨著她，揶揄地開口，「接下來的兵器操練，你能大展身手了吧。」

「唔，也不是。」禾晏想了想，才回答。

刀箭馬術她都可以，長槍步圍也不難，跑了這麼久，爬山衝鋒不在話下，唯一的難處，大概就是弓弩了。

弓弩需要極大的手勁，非身強體壯者難以拉開，以現在禾大小姐的體質，可能有點勉強。

不過，肖玨練兵，應該不會上來就來弓弩吧？她想。

她想錯了。

第二日起來，果真如梁教頭所說，他們跑圈的路程少了一半，完成的也很早，甚至還不到吃飯的時候。

接著，所有的新兵被拉到了演武場。

涼州衛所旁邊的演武場極大，大概是因為山腳下有大片空曠原野，足以容納所有人。禾晏打量著，心道這的確是個練兵的好場所。此刻正值烈日當空的正午時分，一絲風也無，高臺上的旗幟緊貼旗桿，像被曬得蔫頭巴腦的新兵們。

「從今日起，你們開始兵器操練。」沈總教頭將他那桿長槍往地上重重一頓，眾人皆是一震，打起精神看他。

「看到那片空地了沒有？」沈瀚長槍指向北面。

但見兵器架附近的空地旁，一排排架著十來支弓弩，氣勢洶洶地盯著他們，弓弩正前方百步外齊唰唰的立著箭靶，整整齊齊。

「今日起，你們開始學練弓弩！」沈總教頭一聲令下，接下來的日子又給安排得滿滿當當。

眾人一時間也不知道該哭還是該笑。

「哇！我最喜歡射箭了！」最高興的大概是小麥，「哥，這回輪到咱們威風一回了！」

禾晏問石頭，「你們打獵的弓沒有這麼重吧？」

石頭看了那弓弩一會兒，搖頭道：「沒有，比這個輕，也不是牛角做的，是我自己削的竹子。」

「大同小異，」小麥一臉樂呵，突然想到什麼，問禾晏，「阿禾哥，我們能不能借這個弓上山獵兔子去？」

禾晏：「……好好訓練，別做夢。」

仍舊是分成一隊一隊，各隊由教頭領著去練弓弩。教頭先演示一遍，拉弓放箭，箭羽「嗖」的一下飛進箭靶正中，牢固的很。

新兵們湧出一陣歡呼，教頭面有得色。

禾晏也忍不住在心中贊了一聲，梁平並不是個假把式，是真有本事的。這樣的人在戰場中，是一把好手。

兵營裡的小兵們都很興奮，躍躍欲試，紛紛上來試弓。有些天生巨力的，將弓拉得很滿，雖然射的不準，卻射得遠。有些從前已經摸過弓箭，便姿態嫻熟一些。更多的新兵們空有力氣沒有準頭，射得七歪八扭，箭頭還沒到箭靶前就半空折落，掉了一地。

到底是拉弓射箭了一回。

洪山也上去試了，他生的壯實，拉弓拉得不錯，就是準頭不行，堪堪到了箭靶邊緣便掉了下去。他自己倒不覺得有什麼，還覺得很滿意似的，點頭道：「不錯、不錯。」

石頭和小麥兄弟緊隨其後。石頭手勁要穩一些，力氣也更大，那一支羽箭，從他手裡

「嗖」的一聲飛了出去，沒入箭靶，雖然不是正中，也算是中間了。

梁教頭意外地看了他一眼，問：「你叫什麼名字？以前可摸過弓箭？」

「我叫鐘石頭，以前是獵戶。」石頭沉聲道。

「難怪。」梁平滿意地點頭。隊裡出了個好苗子，他自然高興。

小麥湊上去：「我叫鐘小麥，我是他弟弟，我也是獵戶！」

「哦？」梁教頭有些期待了，道：「你來試試？」

小麥也學著石頭的模樣拉起弓，不過這一回，他並沒有自家大哥讓人刮目相看的本事，那支羽箭射得偏偏的，連箭靶都沒挨上。

梁平：「……」

小麥摸著鼻子悻悻地退了回來。

禾晏有些好笑，正當她想著自己要不要試一試的時候，有人比她先快一步，走了出來。

「誰，」洪山在禾晏身邊低聲道：「是他。」

竟是王霸，平日裡跑步也沒注意著，王霸居然與他們同是梁教頭手下的兵。他走上前，把袖子挽到肘間，「呸呸」朝掌心吐了兩口唾沫，拿起那把弓。

禾晏瞧著，他手臂繃得很緊，隱約可以看見壯實的蜜色肌膚，他是個力氣很大的人。而王霸並沒有如其他新兵一般急於將箭射出去，他沉住一口氣，對準了靶心。

這個樣子……禾晏在心裡盤算著，他應當不是第一次拉弓，同石頭一樣，是常常摸弓箭的好手。

終於，繃緊的弦發出一聲錚鳴，那支羽箭直衝靶心而去，眾人只看到眼前白光一閃，接著，前方立著的草靶被那支箭矢帶起的力氣一撲，「砰」一下倒地。

箭矢盡數沒於靶心，只露出一點箭羽在外頭，草靶不僅射了個對穿，還將靶子給帶倒了。

禾晏不得不在心中感嘆，這是頗驚豔的一箭，王霸力氣大而穩，準頭又好，沉得住氣，很難得。梁教頭看向王霸的目光已有了異樣。這批新兵裡，一個鐘石頭，一個王霸，就弓弩這一行，實在很不錯。

王霸收了弓，沒有立刻走開，而是兩步走到禾晏跟前。這個面色陰鷙的刀疤漢子雙手抱胸，看向禾晏，帶著一種看好戲的幸災樂禍，道：「換你上了。」

他不說還好，一說，周圍好些人的目光都朝禾晏看來。迎著王霸挑釁的目光，禾晏走上前。

弓是上好的牛角弓，摸起來十分光滑，大概從前已經被用過無數次，可見痕跡。禾晏一點一點的撫摸過，過去軍中的時光，倏而出現在眼前。上一次使用弓弩，她還是「飛鴻將軍」。

一晃多年，就這麼過去了。

梁平看向禾晏，神情有些古怪。

他知道，弓弩和別的東西不一樣，需要極大的手勁。以禾晏的體格和之前的表現來看，他不會發揮得很好。但是……這又是一個很努力的新兵，人對可能產生的未知情況都是存在期待的，梁平自己也很矛盾。

「你在這摸來摸去的幹嘛，別耽誤別人時間，」王霸冷笑一聲，「還不快給我們看看你精湛的射藝？」

禾晏將那把弓拿起來，手指搭在箭矢上。

片刻後，她將弓箭放下來。

「阿禾哥這是什麼意思？」小麥不解地問道。還沒有開始拉弓，怎麼就放下了，是哪裡有不對嗎？

「怎麼不動了？」王霸不滿，「動啊！」

「不必了，」禾晏一臉坦蕩，「這弓，我拉不開。」

周圍新兵一臉呆滯地看著禾晏，梁教頭也不敢置信地抬頭，險些以為自己耳朵聽錯了。什麼叫「這弓，我拉不開」？還說得這般理直氣壯，理所當然？他帶過這麼多兵，這是他帶過最差的一個！

真是氣死他了！

「你在說什麼胡話？」王霸沒料到禾晏這般坦誠，他還以為那一日禾晏做囂張姿態，手上自然有些絕活，這結果，簡直讓人無法接受。

「我如今手上力氣還不夠，拉不開這弓，何必耽誤時間，把弓弩讓給需要練習的兄弟才是。再過幾日，我手勁力氣夠了，就能拉開弓了。」

「禾晏，衛所不是給你玩的地方。」梁教頭也沉下臉，他還以為這少年努力又肯吃苦，心志堅定，必然能成事，沒想到他把自己的無能說的這樣理所當然。

「我沒當做玩的地方。」少年眼神清澈，想了想，做出了退讓，「那再過一日，明日我就能拉開這把弓，如何？」

梁教頭氣得鼻子都歪了，「禾晏！」

居然還給他討價還價！這是把衛所當菜市了？先前負重行跑禾晏令他很是滿意，一日比一日進步，可弓弩又不是簡單的事，手上的力氣也不是一朝一夕就能練成的，他哪裡來的自信明日就拉得開了？

梁教頭這時開始後悔當初沒有聽杜茂的，就不該在禾晏身上投注過多關注，早早的把他弄去做伙頭兵，省的在這氣著自己。他這把年紀，氣出個好歹可怎麼辦？

實在不想看到禾晏那張無辜的臉，梁教頭對禾晏擺了擺手，「你別拉了，過去，背沙袋行跑，五圈！」

禾晏慢吞吞的「哦」了一聲，乖乖地走到一邊去，扛起沙袋就上了長道。

他倒是聽話，可這一拳打在棉花上的感覺，令梁教頭更加憋氣了。他撇過頭，決定不再看那個令他生氣的少年。

禾晏慢慢地跑著，身邊不覺多出一個人，竟是王霸。

「小子，你這麼弱，還敢來軍營？」王霸笑得倡狂，「你連弓都拉不開，還敢大言不慚？」

「這位兄臺，」禾晏一邊跑一邊道：「你成日盯著我，是否真的很怕我？」

「怕你？」王霸一愣。

「你若不是怕我，大可不必整日跟著我，生怕我奪了你風頭。」

「誰怕你了？」王霸簡直想破口大罵，這什麼人啊，刀槍不入油鹽不進，自己自有一套自己的說法。

「你要知道，軍中是禁止私下鬥毆的，」禾晏對他做了「噓」的動作，「被抓到會軍棍處置，山裡到處都有監員，就算你想找我麻煩，現在也不是好時候。」

這倒是真的。

王霸盯著她，皮笑肉不笑道：「我要找你麻煩，何必私下裡，你連弓都拉不開……演武場上，我就能讓你跪下求饒。」

「哦。」禾晏漫不經心地應了一聲，「好的，那咱們演武場上見，不見不散。」說完，她像是急著趕路似的，背著沙袋加快腳步，將王霸遠遠地拋在身後，跑了。

王霸瞧著她輕快的背影，只覺得扎眼至極，罵了一句粗話，轉身走開了。

這一日的弓弩訓練，在日落西山之後，終於結束了。

新兵們飛撲出去找飯吃，急於填飽肚子，教頭們則是聚在一處，一邊吃單獨做的晚飯，一邊談論今日各自隊裡的軼事。若是有資質不錯的新兵，更要好好炫耀一番。

梁平本想誇誇王霸和石頭兩人，但一想到禾晏又覺心塞，只怕被人提起，乾脆沉默著低頭吃飯。沒想到越怕什麼越來什麼，杜茂關心地問：「老梁，你們隊裡那個禾晏，今日怎麼樣了？」

梁平無話可說。

他旁邊一個教頭笑道：「他呀！哈哈，今日還沒拉弓就放棄了，說了一句『這弓，我拉不開』，」他學著禾晏平靜的語氣，只是配著他的表情，像是諷刺似的，「當時就把老梁氣的唷，臉色都青了。」

「連弓都沒拉開？」杜茂很詫異，「這也太離譜了。」

「那小子看著就不像是能在兵營裡待得下去的人。你不知道，當時他還說給他一日時間，明日就能拉開了。我說老梁是從哪裡撿的這麼個寶貝，我真懷疑他，」說話的教頭用手點了點腦袋，「這裡有問題。」

正說著，有人進來，教頭們回頭一看，肖珏和程鯉素走了進來，眾人立馬放下手中碗筷，站起來行禮道：「都督，程公子。」

「老遠就聽到你們在裡頭說話說得熱鬧，在笑什麼哪？」程鯉素笑嘻嘻地問。

這少年郎慣來一副開心模樣，這幾日在涼州衛便是吃吃喝喝，自得其樂。雖然不知京城裡錦衣玉食的小公子不好好待在家裡享福，來涼州衛做什麼，不過既是肖珏帶過來的人，都要給幾分薄面，不敢怠慢。

又是開頭那個擠兌梁平的教頭搶先開口，「在說今日新兵們訓練的情況。老梁手下有個新兵，連弓都拉不開，還說明日就能拉開了。程公子，你說可笑不可笑？」

「咦，連弓也拉不開，那豈不是比我還不如？」程鯉素大驚。他已經是世家公子裡文武最弱的一位，可弓弩還是能拉的，沒想到在這裡竟然能逮著個比他還弱的人，登時來了興趣。他轉而看向肖玨：「舅舅，你聽到沒有，至少在涼州衛，我還不算最糟糕。」

肖玨瞥了他一眼，似是不太想理會他。程鯉素碰了個冷臉，倒也不惱，只是興致勃勃地轉向幾位教頭，問：「那位壯士姓甚名誰，同我如此志趣相投，我必然要好好會一會他，結拜為兄弟。」

梁平：「……」

「哎，老梁，那個新兵叫什麼來著？」說話的教頭使勁兒回憶，「禾……禾什麼來著？」

他是做錯了什麼，老天為何要如此待他？丟人都丟到都督面前了，梁平有點想哭，眾目睽睽之下，他只得硬著頭皮接道：「禾晏。」

一直神情冷淡的青年聽到此話，猝然抬眸。

禾晏？

第十五章　夜訓

禾晏正與石頭小麥坐在一起。

洪山憂愁的臉都快滴出水來了，看著禾晏道：「阿禾，你如今連弓都拉不開，日後怎麼辦？要不我們去同梁教頭說說，你還是去做伙頭兵算了。雖說聽著不怎麼光彩，可命大，是不是小麥？」他用手肘碰了下小麥，示意小麥也來說兩句。

小麥磕磕巴巴地附和，「沒錯阿禾哥，你就算當了伙頭兵，我們也會常常來看你的。」

禾晏笑了笑，沒說話。

洪山看在眼裡真心著急，這些日子同禾晏相處下來，他同這少年脾性異常投緣。比起自家嬌身慣養有時候令人頭疼的弟弟，禾晏實在是懂事多了。他理想中的兄弟就當如此，不知不覺中，就將禾晏當親弟弟看待。

只是禾晏連弓都拉不開，日後上了戰場，就是去送命的份，他怎麼能眼睜睜的看著兄弟往火坑裡跳？

「山哥，不用替我擔心，明日我就能拉得開弓了。」她安撫道。

「你當你是言靈師，說說就成真了啊。」洪山氣急敗壞，「這孩子怎麼就不開竅呢？」

倒是一直沒說話的石頭，沉默了一會兒，問：「你可有什麼訣竅？」

「訣竅沒有，」禾晏想了想，「我這個人，資質一向不太好。做不到的事情很多，沒辦法，只能多試幾次。後來我發現了，只要多試幾次，就能成。」說完這話，禾晏自己也嘆了口氣。

世人皆傳飛鴻將軍乃天生將星，天縱奇才，其實哪有這麼神奇，甚至因她是女子，天生體力就弱於男子，換句話說，資質不好。她花了許多年，將禾晏變成了戰場上勇武無敵的將軍，可重生一回，竟然又給了她這麼一副柔弱的軀體。

難道這就是「天將降大任於斯人也，必先勞筋骨，餓體膚」？她也不指望能有多出色，投生的時候投成王霸那樣的壯漢也成啊。

做起事來會比現在輕鬆許多吧！

一直到夜裡上了榻，禾晏都想著這事。

白日裡新兵們累了一天，夜裡自然睡得香甜，鼾聲此起彼伏，禾晏估摸著時間，夜深人靜，便又從榻上爬了起來。

小麥翻了個身，嘴裡嘟囔了一句什麼，禾晏停了會兒，見他沒有醒，這才輕手輕腳的出了門。

出了房間，直奔演武場而去。夜裡的演武場空空蕩蕩，山裡夏日多夜風，夜風將旗幟吹得獵獵作響，月光下，林間綠濤起伏，綿延出一片月色。

邊境多是苦寒之地，涼州衛已經算是很好的了。這樣的風景，她過去帶兵駐守的時候沒看過，多是荒涼景色。一時間腳步竟慢了下來，彷彿不忍踏碎了靜謐夜晚。

白日裡的弓弩有些已經收進去了，只留下一兩支不太好動的放在原地。草靶子們東倒西歪，還沒來得及扶起，明日早晨行跑結束後，自有新兵將這裡收拾好。禾晏走到那一排草靶子邊，尋了許久，黑暗裡摸索到一支落在旁邊的箭矢。她拿著箭矢走回弓弩前。

旁人輕而易舉能做成的事情，她要花費更多的時間才能完成。可偏偏又無法不去做，倘若不做，一輩子便只能如此了。

她試著拉了拉弓，弓很沉，只能拉開一小點兒，用眼睛去看的話，實在很不明顯。

禾晏放下弓，揉了揉手腕。

過了一會兒，她又重新嘗試著拉弓，還是如方才一般，只有一小點兒。

她這般嘗試了五六次，終於有所好轉，這一次拉的弓，比方才拉的更好一些，至少能看得出來是拉動了。

禾晏鬆了口氣。

白日裡同梁教頭說的話，事實上她自己也沒什麼把握，實在是因為禾大小姐過去的十幾年連塊重東西都不曾提過，她剛到禾家的時候，只劈了一塊柴就把手磨破了。拉弓對於禾大小姐來說，實在有些吃力。可當時情勢所逼，只能這麼說。如果明日拉不開弓，那又是另外一回事，大不了對著教頭耍賴，再多來幾次機會。

世上之事，努力過的總比沒努力過的有結果。她沒什麼天分，唯一有的就是這份努力。可這世上也有終其一生努力也無法可得的東西，就是人心。

她為禾家犧牲奉獻，為許之恒獻出她全部的愛戀，已經這般努力，也是無果。

禾晏的眼睛垂下來，手指搭弓射箭，這一箭像是要將她的苦楚全部發洩出來，在黑夜裡發出颯颯風聲，朝著暗處的草靶而去。

箭矢並沒有落到草靶上，到了一半就無力的掉了下去，她的力氣還是太小，能勉強拉開弓了，也能將箭射出去，但也僅僅只是如此。

並不是每一次痛苦都能得到淋漓盡致的發洩。

禾晏笑了笑，起身去撿箭矢，她才走到箭矢旁邊，忽然察覺到什麼，抬起頭來，距離她十來步遠的地方，有一雙錦靴，靴子上繡著金色的暗紋，在夜色裡閃出瑰麗的色彩。

這裡有人？她剛才一心練箭，竟未察覺。禾晏直起身，往前走了幾步，於是那站在夜色裡的人得以全部展現出來。

竟然是肖玨。

演武場這般大，僅有月光照亮，他站在草靶後面，又穿著黑色深衣，便隱沒在夜色裡，被禾晏當做旁邊的靶子。

丰姿俊秀的青年淡淡地看著她，並未有要解釋的意思。禾晏無端的覺出幾分狼狽。她定了定神，清了清嗓子，決定先發制人，道：「你、你在這裡做什麼？」

「看你練箭。」

明明是冷淡的語調，禾晏卻分明聽出一絲若有似無的嘲諷。

「我練箭怎麼了？你看完了，覺得怎麼樣？」禾晏問。

秀麗的青年斂下眉眼，長長的睫毛在月色下，彷若蝴蝶翅膀，溫柔的輕顫，然而語氣卻是冷的，帶著一點嘲意。

「我很意外，竟有人這般努力，還如此不堪一擊。」

禾晏愣住。

一時間，時空交疊，風聲慢慢遠去，夜晚星子鋪盡長空，眼前的青年身姿漸漸模糊，變成一個少年的背影。

是誰的聲音落在耳邊，帶著似曾相識的嘲意。

——「沒想到竟然有人這般努力，還是個弱雞。」

在未去賢昌館進學之前，禾晏一直覺得，自己很不錯。

在進去賢昌館後，禾晏的每一日，都在懷疑自己的道路上又進了一步。

賢昌館進學的，全是勳貴家的子弟。不僅有錢有權，還家族底蘊豐厚，這樣的人家，暴發戶或者靠承爵來度日的人家，是不可能相比的。若非當初禾元亮同師保有了私交，也不能走了後門將禾晏給塞下來。

一方面，禾晏對自己能進賢昌館十分高興，一方面，她又對自己在賢昌館的每一日充滿痛苦。

原因無他，因為比起這裡的孩子們，她的成績實在是有點慘不忍睹。

禾家在外頭教養她用男子的禮儀和行事，但關於內裡的東西，她並沒有學到多少。剛到賢昌館，一問三不知，經常鬧笑話，先生都無可奈何。

若說文科方面還好些，她多看幾次，多背幾遍，講學的時候認真聽，也能勉勉強強混個中等。但到了武科，實在是一敗塗地。

禾晏小時候起，就偷偷溜去後山幫和尚挑水練手勁，她自認如今也是像模像樣，結果第一次在賢昌館裡做武科校驗，就成了賢昌館的奇景。

「弓、刀、石」沒有一樣合格，馳馬從馬上摔下來，發箭箭箭不中，連先生都搖頭嘆息，周圍的少年們指著她大笑不止，有人道：「禾如非，你不會是個女子吧？你怎麼什麼都不會？你平常在家是在學繡花嗎？」

禾晏慌慌張張從地上站起來，拍了拍身上的塵土，心裡想，不行，再這樣下去會被發現身分的，在發現身分之前會被禾大夫人接回去，就又得在家裡憋著。還是勤學苦練，這樣才能安全的在賢昌館一直待下去。

於是禾晏開始了「勤學苦練」之路。

鑿壁偷光沒有，囊螢映雪也沒有，聞雞起舞是有的，懸梁刺股也是有的。禾晏經常一邊在心裡罵一邊練，練字、練騎馬、練射箭，也練刀。

她費盡心機，也只能在尾巴邊緣掙扎，於是那些不必努力，便能輕鬆拔得頭籌的天之驕子，就顯得格外刺眼。

肖玨就是其中一個，還是最討厭的一個。

這個少年生的如擲果潘郎，如琢如磨，家境這般優越，集萬千寵愛於一身，這便罷了，他每日踩著點進學，還經常遲到，有時候早早就離開，平日裡也沒見他多用心，每每文科武科，都是第一，雷打不動。

禾晏很困惑，上天已經給了他美貌和尊貴的地位，為何還要多此一舉給他智慧呢？就不能分一點給自己嗎？

上天沒有回答禾晏，她只能含淚將勤補拙。

漸漸地，禾晏的「刀、馬、弓」開始有了成效，雖然比不上那些自小在家中父兄陪伴下接觸的少年，也不至於次次都倒數第一，有時候還能爭取個倒數第三。

禾晏自覺滿意，努力，還是有收穫的。

賢昌館到了後面，武寇裡會在兵器裡分一分，禾晏在刀劍中選了劍，不是為了別的，只是覺得劍比刀輕巧一些，揮動起來不至於那麼吃力。

然而她的劍術也是一塌糊塗。

禾家沒有單獨為她請過武先生在府裡教過，禾晏一點根基都沒有，連馬步都紮的歪歪斜斜。賢昌館的劍術先生對她並沒有報太大的希望，只要看著像副樣子就行，能不能禦敵，且再說吧。哪家公子出門不帶幾個侍從，真要有危險，侍從上就是了。

禾晏卻覺得這樣不行。

她既然選了，就當將劍練好。學子們一月只有兩日可回家，其餘時間都住在賢昌館內。

她在夜裡偷偷摸黑溜出來，跑到學館院子裡練劍。

學館修築清雅，月色好的時候，風吹動竹林沙沙作響，一片翠色蜿蜒，有月有竹柏，池塘裡紅鯉擺尾，彷彿天上人間，畫中仙境。高人在此練劍，只等天下異動，逢亂必出。

禾晏練的挺高興，如果忽略她蹩腳的劍術。

不小心把衣服削掉了一角，不小心被劍鞘打到了頭，不小心絆了一跤，不小心……

她聽到一聲輕笑。

夜色裡，這輕笑來的莫名，禾晏緊張地爬起來，莫不是見鬼了？

她見小院的石凳上，不知何時坐了一人，白袍錦靴，眉目明麗，正是那名被老天爺眷顧的天之驕子，肖玨。

肖玨低頭看她，她把手背在後面，把汗跡在衣服上使勁擦了擦，一臉鎮定道：「你在這裡做什麼？」

「看你練劍。」少年懶洋洋答道。

「有、有什麼好看的？」她鼓起勇氣回答。她一向不愛同賢昌館裡的少年們說話，他們不喜歡她，還總是欺負她。

肖玨看了她一會兒，突然站起身，她猝不及防間，少年已經到了眼前。她是女孩子，生的總不如男孩子高，便只能堪堪達到少年胸前。她抬起頭，能看到對方清晰的下頷線，和那雙漂亮的，如秋水一般溫柔微涼的眸子。

「我只是意外……」少年輕輕勾了勾唇角，他本就生的英姿秀麗，一笑，將滿院清涼夜色都比了下去，比月光動人，然而吐出的話語卻帶著嘲意，「竟有人這般努力，還是個弱雞。」

禾晏：「……」

她搡了肖玨一把，撿起劍跑了，心中憤憤，老天爺是公平的，給了這少年美貌才華和家世，偏偏沒給他一副好心腸。

這人忒討厭！

這之後，禾晏仍舊每晚偷溜到院子裡去練劍，她想的簡單，勤能補拙，努力總比不努力好。

不過令她氣憤的是，自那天起，肖玨竟也每夜跟著出來。她練劍，他就坐在石凳上就著燭火看書飲茶，她摔得鼻青臉腫，衣裳削壞了好幾件，他明月清風，姿態優雅，好整以暇地看她出醜。

她依舊努力的維持倒數第一到倒數第三的衝刺，他不費吹灰之力，樣樣頂尖。

努力的依舊努力，輕鬆的依舊輕鬆，春去秋來，寒來暑往，少年已長成青年，少女已換了臉龐。白雲蒼狗，滄海桑田，不變的，唯有賢昌館裡的夜色，和後院竹梢的三更彎月了。

夜色如畫卷中的濃墨，星如點綴，洋洋灑灑其中，將風聲也帶出了幾分詩意。

眉眼秀麗英挺的男子，仰頭認真看他的青澀少年，單看畫面，是幅美景。

禾晏沉默。

肖玨開口了，聲音淡淡，「你叫禾晏？」

禾晏大驚，脫口而出，「我已經這麼出名了？」

在兵營裡，她自認還沒有優秀到驚動都督的地步，怎麼連肖玨都知道她了？

肖玨冷笑一聲，「負重行跑次次倒數，拉弓弓弩不開，」他居高臨下地俯視著禾晏的髮頂，輕描淡寫道：「還這麼矮，兵營裡，我想不出別的人。」

禾晏：「……」

還這麼……矮……

一瞬間，她似乎又回到當年賢昌館同肖玨初見時，肖玨對她的四字評價，又笨又矮。

沒想到換了個身體，肖玨看見她，居然還是這個評價？他還真是一如既往，如此傲氣，如此不近人情，這樣看他，便少了幾分長成青年帶來的冷漠，一如印象裡優秀到近乎刻薄的少年。

禾晏自然很委屈，說實話，她這個個子，在女子中，委實不能稱作是「矮」。只是在到處都是彪形壯漢的軍營裡，便顯得弱如小雞。可這也怪不得她，當年她做禾晏時，是要比現在更高一點點，況且後來禾如非代替了她，旁人也不會覺得飛鴻將軍是個矮子。可如今，她總不能往鞋裡塞墊子，顯得自己高。

她正想著，冷不防肖玨又近一步，於是同她之間的距離，就近得有些過分了。

禾晏懵在原地。

他的眼睛形狀極漂亮，清眸溫柔，垂著眼睛看她時，讓人生出一種錯覺，彷彿在看情人。他皮膚亦是很白，看起來比禾大小姐都要晶瑩，越發襯得眉目如畫，青絲束起，垂在肩頭，看起來也是涼涼的，帶著一絲若有似無的月麟香氣，令人很想摸一摸。

禾晏心想，那騎著鹿來的仙子，只怕看見此人，也要羞得掉頭而去。難怪京城裡那麼多女子的春閨夢裡人都是這位貴人，對著這張臉，一輩子都看不膩。

「你在想什麼？」他不鹹不淡地問。

「在想吃什麼可以長得像你一樣好看。」禾晏答道。

他的動作一僵，不再欺身逼近了，像是驗證了什麼結果一般，移開目光，道：「無聊！」

他居然沒有罵人？禾晏詫異，她還以為肖珏要搬出軍令來凶她一句，不過轉念一想又明瞭，肖珏到現在還沒表明身分，按照常理，她不該「知道」他是誰，所以便只能如一個無意間撞到她在此練箭的陌生人而已。

「這有什麼無聊的，」禾晏吹了下額髮，吊兒郎當地開口，「愛美之心，人皆有之嘛。」

肖珏身子頓住，定定地看了她一眼，那一眼，彷彿在看一個死人，禾晏毫無畏懼地回視回去，大約沒見過她這麼不知死活的人，肖珏也怔了一下，隨即他似是冷笑一聲，轉身大步而去，只剩下禾晏一個人留在演武場。

禾晏發現一件事情。

肖珏的脾性比以前更冷了，可也比以前更好了。從前這樣氣他，他能諷刺十句八句不帶重複的回敬，如今卻只是瞥了她一眼，不欲與她多說。當年她不敢招惹肖珏，但如今這位高貴的肖家二公子，已經不屑於像小時候那樣同別人針鋒相對，那豈不是意味著她可以隨便把肖珏氣死，報一報當年他給她的心理傷害之仇？

老天爺還是公平的，她想，這不，就來了一出「風水輪流轉，今日到我家」。甚好。

禾晏在肖珏走後，又拉了半個時辰的弓弩，手瘦到無法容忍之時，才回去睡覺。第二日一早，醒的便稍稍晚了些，小麥推他：「阿禾哥，起床了。」禾晏才睜開眼。

要說人與人的身子，果真是不同的。她原先少年時，無論深夜偷偷練劍到多晚，第二日還能精神奕奕的去聽先生講學。如今不過是熬了一宿，也不至於很晚，便覺得渾身不得勁。

難道自己上輩子果真就是個吃苦的命，禾晏這樣反省自己。

反省歸反省，該做的事還是要做。今日亦是先身負沙袋行跑，跑完之後，眾人自覺同隊伍裡的新兵一同到演武場的背面，昨日射箭的地方準備。

弓弩早就被放了上來，白日沒有了夜裡的清涼，日光亮的有些晃人眼睛。梁教頭就站在弓弩旁邊，新兵們一個個依次去試弓。比起昨日，新兵們沒有那麼激動興奮了，手法也穩了許多，射到亂七八糟的地方的少了一些，至少都是朝著箭靶子去的沒錯。

洪山也去射了，他射得比昨日好一些。石頭依然贏得了梁教頭的讚賞，小麥雖然手勁小，倒不至於很差，而且因為有石頭這個哥哥在一旁指點，也算進步明顯。

禾晏又看到了王霸。

王霸不緊不慢地走上前，拉弓之前，還特意給了禾晏一個輕蔑的眼神。禾晏回以一個笑容，這笑容像是激怒了他，他馬上沉下臉，想也不想的拉弓射箭。

「嗖」的一聲，羽箭破空，直直穿過草靶，幾乎和昨日一模一樣的畫面，那草靶子被帶得往前一栽，倒掉了。

周圍的新兵們立刻鼓掌叫好。人在這裡，總是崇拜強者的。

王霸放下弓，走到禾晏跟前，氣勢凌人地道：「該你了。」他故意提高了聲音，好讓周圍人都能聽到：「昨日你拉不開弓，當著大夥兒的面說，今日就拉得開。這位禾晏兄弟，今日就讓我們看看，你是如何拉開弓的，怎麼樣？」

一時間，所有人的目光都朝禾晏看來。

昨日拉弓一事，禾晏這個名字已經傳得整個兵營都知道了。誰都知道梁教頭手下有一新兵，連弓都拉不開，還敢大言不慚的放狠話。此刻見到真人，紛紛打量禾晏，等著看熱鬧。

「阿禾哥……」小麥有些膽怯地扯了下她的衣角。

禾晏朝他笑了笑，慢慢走出來。她迎著王霸不懷好意的笑容，神情坦蕩，語氣謙虛，「難為兄臺將我的話記得這麼清楚。」

「你那麼想看，就讓你看看吧。」她輕飄飄地說。

第十六章　十日之約

眾人都盯著禾晏的動作。

少年走到弓弩旁邊，與他瘦小的身子相比，這把弓弩同她一點都不相稱。她將弓弩拿起，從箭筒裡抽出一支羽箭，手指搭了上去。

王霸不屑地看著她，道：「你使點勁兒，別跟昨天一樣，擺了半天架子，最後來一句你拉不開。」

禾晏彷彿沒聽到他的話，倒是洪山有點緊張，為禾晏暗暗捏一把汗。軍中這些新兵，本就慕強，禾晏又不是女子，大家不會產生什麼憐香惜玉的想法。只會覺得他弱小，弱者本就不值得人同情，若是再加上一個愛說大話，就更讓人看不起了。禾晏昨日放話，今日要是做不到的話，不僅教頭會暗中鄙視，日後在兵營裡，旁人也會恥與為伍，不會對他友好的。

昨日拉都沒拉就放棄了，今日難道就能拉得動了？

少年目光凝視著箭靶，從這個方向看去，手極穩，沉下去的眼神像狩獵的野獸，安靜的等到躍起的那一刻。

弓被拉動了。

一點一點的，並不輕鬆，但是緩慢的，沒有任何顫抖，慢慢的被拉動了。和昨日不一樣，能看得出弓慢慢的張開。

「動了……」小麥激動地扯了石頭的衣角一下，「大哥，阿禾哥拉動弓了！」

他就知道，禾晏說一定能做到，這已經不知道多少次了！

人群中響起竊竊私語的聲音，王霸也沒料到是這麼個情況，先是愣住，隨即立刻有種被打臉的氣憤，他咬著牙站在原地，想看看禾晏究竟能表現出什麼樣的精湛射藝。一邊原本不抱什麼希望的梁教頭也被禾晏的動作吸引了目光。

這小子，可以呀。昨日說今日能拉動弓，今日果然就拉動了，一日之內他是怎麼做到的？該不會昨日他是在扮豬吃老虎，根本會卻說自己不會，就是為了眼下這般出風頭吧？

眾人議論間，弓已經張開了接近一半，禾晏停住動作，沒有再繼續往下拉了。

這已經是她的極限。

她鬆開手，箭矢穩穩地朝箭靶迅疾而去！

眾人目不轉睛的盯著那支箭矢的尾羽。

羽箭向著箭靶的方向，並未到達箭靶，只在中間就無力地掉了下去。看熱鬧的人群發出一陣遺憾的嘆息，彷彿這支箭本該毫無疑問射到箭靶的中心似的。

禾晏收回手。

小麥第一個跳出來，他跑到禾晏身邊，雙眼發亮道：「阿禾哥，你真的拉動弓了！」

「了不起！」洪山也走過來拍了拍禾晏的肩膀，「果然有你的！」

石頭雖然沒說話，卻也笑了笑，表現出很高興。梁教頭也給了禾晏一個肯定的眼神。

周圍看熱鬧的新兵們見狀，議論聲漸漸傳出來。

「真的被他拉動了，看來不是在說大話。」

「是運氣吧，剛好運氣好拉動了而已。」

「運氣也是實力的一種，而且人家說到做到了嘛，不錯了。」

王霸有些茫然。

他是來看禾晏出醜的，怎麼到頭來，好像還成就了禾晏出風頭一樣。要知道，他看著那支掉在中間的箭羽，禾晏根本就沒射中靶子，他連靶子的邊都沒挨上。這要是換了旁人，都算很差的成績，怎麼在他這，就差沒為他鼓掌歡呼，熱烈慶祝了？

他是不是搞錯了什麼？

王霸不服氣道：「不就是拉動弓了嗎？你問問這兵營裡拉動弓的，有多少？只怕除了你都是。哪裡了不起了？」

「我？」禾晏指了指自己，笑起來，「可我就是那個拉不動的例外，我一天前還拉不動，一天後就拉動了，這就叫了不起。」

她眉眼彎彎，笑得開心，這笑容落在王霸眼中，直把他氣得心中翻江倒海。他道：「我不服！」

「你不服什麼？」禾晏問。

王霸此人，應當是欺軟怕硬，崇拜強者，鄙視弱者。如禾晏這般「體弱」的，天生就不對他的眼。再加之從前同禾晏有過節，不給禾晏找點岔子，他就不痛快。

「你這樣的人，怎麼能做新兵，和我們一同訓練。」王霸轉向梁教頭，「梁教頭，我不服氣！」

梁教頭不動聲色地看著他們，並未有要插言的意思。他是教頭，並非他們的上司。這批新兵在這裡訓練好後，也許會駐守涼州衛，也許會跟著肖玨去往別的地方，總歸不是他的人。他的職責，只是教給他們基本的技能，挑一些好苗子，到了最後行陣列兵，都是將軍們的事。

要為一個看起來不是特別優秀的禾晏，失去一個弓弩一項很有天分的王霸麼？

「你不必為難梁教頭。」禾晏看梁平一眼，就知道他心裡在想什麼，這裡的教頭狡猾的很，這種時候肯定有權衡。她看向王霸，「你說說你想怎麼樣。」

王霸獰笑一聲，「你去做伙頭兵。」

「不行。」禾晏想也沒想的拒絕，「憑什麼？」

「憑什麼？」王霸道：「就憑你昨日拉不開弓，今日拉開弓卻射得這麼差，你的朋友居然還為你叫好。難道日後到了戰場，大魏的將士都如你一樣，弓弩用的亂七八糟，一個敵人都打不死，還要有人來為他們叫好麼？這叫什麼兵！」

哇，禾晏忍不住在心裡為王霸鼓掌了。還說是大老粗山匪不同文墨，如今看來，鬼精鬼精的，一番話說得冠冕堂皇，她剛進兵營的時候，可沒這麼能說會道，不愧是山裡當家的，要是不會唬人，怎麼做老大呢？

好在她這麼多年跟著兵營裡混，也不是沒見過這陣仗。

「不錯，你說的很對。」少年拂開落額前的一綹碎髮，頓了頓，才開口，「不過，你也看見了，昨日我拉不開弓，今日我就能拉開了。昨日你射中了箭靶子，今日你還是射中了。」

眾人看著她，不明白她這話是何意。

「我一日比一日強，你卻只是一日復一日。這樣的話，十日後，我也能射的中那支草靶子，你呢，還是只射得中這支草靶子。」

「十日後，我必勝你。」

少年擲地有聲，笑容奕奕，日光照在她的瞳影裡，彷彿亮晶晶的寶石。

一瞬間，王霸竟然有些懷疑自己。

下一刻，他被自己的懷疑驚住了，暗中唾罵自己一番，竟然被一個乳臭未乾的小子唬到。他活了大半輩子，難道還比不過一個弱雞似的小子。黃口小兒，口無遮攔，自以為是，不知死活！

他冷哼道：「禾晏，你知不知道你現在說的是什麼話？」

「要我再重複一遍嗎？」少年笑咪咪道：「既然你耳朵不好，我就再說一遍，十日後，我必勝你。」

「你！」王霸握緊拳頭。

「阿禾是不是瘋了……」洪山喃喃道。王霸的弓弩射藝，眾人有目共睹，禾晏雖然比昨日進步了一點點，但是……能一箭中靶，那不是十日就能練出來的啊！

少年人心氣大，氣頭上來撂狠話都能理解，但說的太過了日後下不來臺怎麼辦？

「十日後你若是勝不過我，你怎麼辦？」王霸咬著後槽牙說道。他決定不和這個少年磨嘴皮子了，禾晏臉皮忒厚，你諷刺他，他權當沒這麼回事。

「我若勝不過你，我去做伙頭兵。」禾晏回答得爽快，「但若你勝不過我……」

「我去做伙頭兵！」王霸大聲道。

「我可沒這麼說，」禾晏搖頭，「就算我要你做伙頭兵，梁教頭也不會同意的。」她意有所指地看向梁平。

正心裡盤算著的梁平：「……」

邪了門了，這小子怎麼會知道他在想什麼？王霸這樣好的資質，拿去做伙頭兵，總教頭會殺了他的！

「那你說！」王霸不耐煩道。

禾晏的腦海裡，突然浮現起少時在賢昌館時，少年們最愛約定博戲。肖玨作為賢昌館第一，年少時沒少被人糾纏著挑戰過，那時候他是怎麼說的？她記得那少年坐在學館裡的假山後正在假寐，被人吵醒，煩不勝煩地坐起身，對著前來挑戰弓馬的同窗懶洋洋道：「行，我若輸了，隨你處置。你若輸了，」他勾了勾唇，「就得叫我一聲爹。」

禾晏想著，覺得眼下這場面和當初，實在有些相似了。

但她也不能讓王霸叫她爹。

「這樣吧，我聽聞你是山裡坐頭把交椅的當家，是他們的老大，我若勝過你，便是我的能力在你之上，你日後需叫我老大。如何？」她道。

這個要求，真是聞所未聞。

大家看看個頭還不及王霸胸高，手臂細的跟柴火似的禾晏，再看看人高馬大，拳頭比禾晏臉還大的王霸，沉默了。

「你的野心還真不小。」王霸死死盯著禾晏，皮笑肉不笑道。

「老實說，我當初投軍之前，也想過落草為寇來著。」禾晏一臉感懷。

她當年從禾家出走，夜裡揣著包袱行李，在城門口幾番躊躇，兩條路猶豫不決。一條路是直接南下落草為寇，一條路是向西投奔撫越軍。落草為寇好在自在，無人管束，不好在萬一收成不好，無人經過，吃了上頓沒下頓，要挨餓，還有官府出來剿匪，時常東躲西藏，不太體面。

投軍雖然辛苦一點，但畢竟是吃皇糧，說出去有面子。

不過這兩樣都不收女子，害的她還得喬裝打扮，多虧她從小扮少爺得心應手，才能後來步步高升。

現在想來，真是唏噓感嘆。

見禾晏還一副懷念過去的模樣，王霸更是氣不打一處來。這小子如今看來也就十五六歲，幹嘛一副少年老成的模樣？懷念過去，他有過去可懷念嗎？

「行。」他努力維持著不讓暴怒的自己削掉這少年的腦袋，從牙縫裡擠出幾個字，「想當老大，就看你有沒有這個本事了。」

「好！」禾晏朝周圍的新兵拱了拱手，「煩請諸位做個賭約的見證，既然如此，我們十日後還是此地見分曉！祝我自己好運！」她打了個響指，一派自在，不知道是心大還是有絕技在手不愁，那模樣，活像是篤定自己會贏。

王霸怒氣沖沖地走了。

小麥和洪山衝上來，圍在禾晏身邊，看熱鬧的人漸漸散去，偶有幾個注視著禾晏的，都帶著幾分既佩服又同情的複雜神色。

大概都認定了禾晏必然要去做伙頭兵。

梁平看了禾晏一眼，搖了搖頭，負手離開了，邊走邊感嘆，少年人哪，就是容易衝動，做事不考慮後果，不過……為何他想著想著，還有點小小激動呢？

禾晏同王霸的這個賭約，不出半日，整個涼州衛都知道了。

兵營裡有人暗中做賭局，大家都沒什麼錢，窮得慌，便拿伙房裡分的乾餅做賭。賭王霸輸的，一賠十，賭禾晏輸的，一賠二。

這幾日吃乾餅的人少了許多。成日都是訓練，能找個樂子實在很不容易。

屋中，程鯉素走了進來。他換了件嶄新的黃色衣袍，袍角繡了一尾紅色錦鯉，活靈活現，可憐可愛。他一進來就朝坐在桌前的青年嚷道：「舅舅，你知道現在兵營裡都在說十日後的弓弩之約麼？」

肖玨的目光沒從書頁上移開，道：「知道。」

全兵營都知道了，一個想做山匪老大的弱雞小子，一個想趕對方當伙頭兵的射箭好手，真是一對奇葩。

「現在連賭局都有了，我也打算去下注，你去不去？」程鯉素擠到肖玨身前，興高采烈地問他。

「程鯉素，」肖玨放下手中的書，平靜地看向他，「你在兵營裡開賭？」

分明是平淡的語氣，程鯉素卻打了個寒噤。他連忙雙手向上，「不是不是，不是我。是別人開的，又不賭錢，至多幾個乾餅，打發時間，尋個樂子嘛！舅舅，我還是個孩子，打桃射柳很正常！」

肖玨哼道：「玩物喪志。」

「我本來就沒有志，怎麼喪？」程鯉素理直氣壯地回答。

這話肖玨也沒法接。

「舅舅，你不去的話，我就自己去下注了，我不吃乾餅，我就拿我的肉乾跟他們賭吧，也不算銀子。」他樂顛顛的說完，就要出門。

「你賭誰？」他剛走到門口，就聽到肖玨的聲音傳來。

肖玨一向對這些事情不感興趣，程鯉素訝異了一刻，還是乖乖回答，「當然是王霸啦！那位禾晏兄弟不是和我一樣一無所成嗎？」

肖玨扯了下嘴角，「我勸你還是換個籌碼。」

「欸？」

「不要小瞧會努力的笨蛋，」青年垂眸，似是回憶起另一個身影，秋水一般的長眸泛起動人漣漪，「我見過的上一個這樣的笨蛋，現在，他成了三品武將。」

禾晏同王霸打賭的第一日起，兵營裡私下裡也跟著賭了起來。

一些當時沒在場看見禾晏拉弓的人，還特意在晚上歇寢之前來看一下禾晏長什麼模樣。禾晏記得上一次自己這般引人矚目的時候，還是做飛鴻將軍打了勝仗朝廷嘉獎之時。

如今雖然情況不同，好歹也是出了名。

「那些人太過分了！」小麥從外面回來，不滿道：「我聽說賭阿禾哥勝的人一隻手都數的過來，這是篤定了阿禾哥贏不了啊！」

「這只是正常人正常的選擇。」洪山扶額。

托禾晏的福，這些日子以來新兵們每次除了演練吃苦什麼都不能做，這事一出，多了好多樂子，處處洋溢著歡聲笑語，彷彿來到了京城的坊市。

「我和大哥也去湊熱鬧了，好給阿禾哥壯點氣勢，我們可是賭阿禾哥贏。」小麥看向禾晏，討好道：「阿禾哥，我們是不是很講義氣？」

禾晏還沒來得及說話，洪山先問了，他問：「你們賭了多少乾餅？」

「我和大哥一人一塊。」

「一塊——」洪山故意拉長了聲音，「那你們投王霸多少塊？」

「十塊呀。」小麥想也沒想地回答，等他回過神，迎上禾晏的目光，一下漲紅了臉，結結巴巴道：「不、不是，我們想著多贏幾塊餅，回頭大家一起分，阿禾哥要是輸了，總不能人財兩空……填飽肚子也好。」他越說聲音越小，最後不敢說話了，可憐巴巴地看著禾晏。

禾晏很驚奇，「你們哪裡來的十塊乾餅？」

每日省一塊也省不了這麼多啊？

「賒的……」

居然還能賒帳，禾晏心裡大為驚奇，想著這居然還是個大賭局，不是隨隨便便的小打小鬧。

她語重心長的對小麥道：「小麥，你還是趕緊把王霸那賭撤了，十塊乾餅，你打算十日餓肚子，捱得過去麼？」

洪山頭痛：「阿禾，你講點道理，現在不是賭氣的時候。」

禾晏：「……我要怎麼說你們才肯相信我沒有賭氣？」

怎麼都不肯相信。其他三人就差把這句話寫在臉上了。

禾晏無可奈何，只好站起身道：「那我先出去練習了。」

便出了屋子。

「唉。」小麥惆悵地嘆了口氣。

「唉。」洪山憂鬱地嘆了口氣。

石頭默默地看著他倆，沒有出聲，也跟著嘆了口氣。

屋子裡一片愁雲慘澹。

和王霸的打賭，只是禾晏成名的開始。

這些日子，走到哪裡都能聽到禾晏的名字。

「你聽說了嗎？梁教頭手下那個叫禾晏的新兵瘋了！」

「我知道，和王霸打賭十日後比射弓弩的那個，他打賭不就已經瘋了嗎？」

「他現在更瘋，白日裡不去好好練習弓弩，竟然去擲石鎖！連箭都不射了？」

「那他可能確實是瘋了。」

禾晏正在空地上擲石鎖，白日裡大家訓練弓弩的時候，很多人圍觀看她，她索性不去練弓弩了。問教頭借了個大石鎖，有事沒事就擲著玩兒。

她得增加力氣。

要將弓弩的威力發揮到最好，當然需要足夠的力氣將弓拉滿。而她如今最缺的就是力氣，石鎖是最能練習力量的工具，從前在兵營時，她手下有位力士，原是街頭賣雜耍的藝人，從小就學練石鎖，能將石鎖玩出花兒來。石鎖能在全身上下飛舞，什麼接荷葉、扇梁子、砍跟斗、雪花蓋頂、關公脫袍什麼的，應有盡有。

這位力士也是射箭的一把好手，不僅準頭好，而且旁人拉弓，都拉不到像他那般滿，他能將弓弩的力量完全發揮出來。禾晏曾和他雙人對拋練臂力，兩人互扔，騰挪躲閃間，臂力、腕力、手力、腰力也就練出來了。

如今沒有人和她對扔，不過她也只想先練練臂力，將弓拉得滿滿的。

練石鎖增長力氣，比拉弓來的快多了。白日裡禾晏擲石鎖，到了夜裡，她還是趁大家都睡著了後，偷偷溜到演武場。幸而每日演武場總有那麼一兩支弓留在那裡，能讓她暗中練習。更幸運的是，自從上一次見到肖珏後，她晚上再來，沒有再遇到肖珏了。

雖然她也不怕遇到肖珏，但被肖珏看到自己夜晚偷偷練習時，總有一種隱晦的狼狽。令她彷彿回到了少年時候，看到笨拙的自己每晚要拼命努力，才有可能衝刺到「倒數第三」，不堪回首。

這大概就是被天之驕子鄙視的屈辱感吧！

她本來已經擺脫掉這屈辱感了，誰知道老天爺重走一遭，陰差陽錯，竟又讓她再來感受一回這種屈辱。

何德何能讓老天如此看重？

她每日練習，最不理解的，就是身邊這幾位兄弟了。

「阿禾，」洪山欲言又止，「你把弓拉得再好，準頭不好，也沒辦法勝過王霸的。」

「是啊，我每日幫你留意王霸，他次次都能射中箭靶中心，幾乎沒有失手的時候。」小麥跟著道。

「王霸本就是射藝好手，」禾晏道：「應當是擅長用弓箭傷人，看起來，比石頭還要嫻熟。」

石頭點頭，這點他承認。

「那阿禾哥你為什麼每日都不去練練箭呢？」小麥更不解了，「你好歹也射箭幾次，練習幾次準頭，要是羽箭飛到樹林裡去了怎麼辦？」

「不用。」禾晏道。

小麥瞪大眼睛看著他，「難道……」

難道禾晏有什麼祕密法寶？

禾晏笑了，她哪裡有什麼祕密法寶，她只是把別人睡覺的時間拿去練箭了。她每日就著月色拉弓射箭，弓拉得越來越滿，卓有成效，而射箭的準頭嘛，也並未退步，實在是不幸中的萬幸。

「我這個人，資質不好。」她認真思索了一會兒，認真道：「但是我，運氣很好。你們要相信，就算我不練箭，只要能把弓拉開，拉滿，到時候，這個箭啊，它也會像長了眼睛一樣，自己飛到箭靶子上。」

大家看著笑意盈盈的禾晏，腦中不約而合閃過一個念頭。

禾晏是真的瘋了。

十日時光，一蹴而過。

整個涼州衛都在期待這個熱熱鬧鬧的賭局，大部分的人都賭王霸會勝，小部分人站在禾晏那邊，偶爾路過的時候，還能聽到支持禾晏的人同另一方的人據理力爭：「禾晏怎麼了？明知不可為而為之，真乃大丈夫也！」

不小心聽到的禾晏：「……」

不過無論嘴上怎麼說，賭注是最能看出人心所向的，押禾晏勝的乾餅總共只有三塊，小麥、石頭、洪山一人一塊。

除此之外，令禾晏意外的，還有一位不知名的人，竟押了禾晏十塊牛肉乾。

「是誰這般大手筆？」小麥冥思苦想，「竟然押了阿禾哥這麼多寶，他一定很富裕。」

「不僅富裕，也很有眼光。」禾晏想，兵營裡總算出了個聰明人。

洪山看了禾晏一眼，「可惜腦子壞掉了。」

「山哥你也不能這麼說，這人一定是很欣賞阿禾哥，才暗中給阿禾哥支持。我要是有這麼多肉乾，我也給阿禾哥下注。」

「行，小賭怡情大賭傷身，別這麼認真。」禾晏灌了口水壺裡的水，站起身，「等下就去演武場了，先起來活動活動筋骨。」

石頭問她：「你真的能行？」目光裡滿是懷疑。

「我說過了，我每次運氣都不錯。」禾晏笑笑。

等到了演武場，發現梁教頭身邊早已圍了不少人。看見禾晏來了，不知道是誰高喊了一聲：「禾晏來了！」頓時，黑壓壓的一大片人衝過來。

「在哪呢？在哪呢？」

「他居然沒有逃跑，真的來了！」

「快，乾餅你們都準備好了嗎？」

禾晏：「……」

這種眾星拱月般的待遇，真讓人有些不太習慣。梁教頭冷眼看著，本來在兵營裡做這些私賭一事是嚴令禁止的，但因他們用的是乾餅，又是這麼個情況，總教頭並沒有要阻止的意思，梁平也就沒有多加置喙。況且他自己也熱血上湧，想看看是什麼結果。

畢竟人嘛，骨子裡多多少少有些好賭性。

禾晏才走過去，看到一個穿甘草黃衣裳的少年也站在梁平身邊，這少年唇紅齒白，神采奕奕，生得十分面熟。禾晏一時覺得在哪見過，便看向他。

那少年見她看過來，展露大大的笑容，走過來熱情道：「原來你就是那個禾晏！」

這也是特意來看她的？不過觀這少年衣著打扮，並不像是兵營裡的新兵，更不像是教頭，同京城裡勳貴人家子弟一般無二。

「我早就聽說了你的事，我很欣賞你！我想和你拜把子，日後我們就是兄弟了，如何？」他道。

禾晏莫名其妙，這人上來就拜把子，她還不知道這人叫什麼，姓什麼。

這時候，梁教頭上前，對黃衣少年笑道：「程公子，都督讓您離弩箭遠一點。」

肖玨？禾晏忽然想起自己是在什麼地方見過這少年了。她同禾雲生在校場裡，暗中出手教訓趙公子，使得趙公子遷怒自己的愛馬，想要當街殺馬，被肖玨攔住，當時和肖玨同行的，便是這位生的粉雕玉琢的小少爺。

咦，他竟然跟著肖玨到了涼州衛？

「舅舅就是太多心了，有什麼關係，箭又不會射到我身上。」少年嘟囔了幾句，還是乖乖退遠了一點。

舅舅？禾晏更驚訝了，這少年是肖玨的外甥？可是肖家只有兩位公子，並未有其他女兒，這又是什麼七拐八帶的親戚關係？

不等禾晏想清楚，就聽到熟悉的聲音，「你來了！」

正是王霸。

他今日做了十足的準備，赤色勁裝的外衫已然脫了，只穿了紅色褂子，打著赤膊，額上還綁了一條紅色長帶，活像是要去打擂臺。

他的聲音十分洪亮，聽聞昨夜帳中兄弟將食物都給了他，要他今日發揮十足精力。

他走到弓弩旁邊，與禾晏站在一起，挑釁地看向禾晏，「十日已到，現在就是你履行約定的時候。」

「我記得，你不必說得那麼大聲。」禾晏掏了掏耳朵，「你先吧。」

王霸哼笑一聲，湊近禾晏，低聲開口，「你現在求饒還來得及？」

「這正是我想對你說的話。」禾晏不疾不徐地回答。

「我看你是在找死！」王霸冷笑一聲，跨一大步上前，道：「禾晏不敢先來，那我先！」

周圍頓起議論之聲，禾晏聳了聳肩，站到一邊。洪山小聲問他：「阿禾，你緊張不？」

「我不緊張。」禾晏有些無奈，拍了拍一臉緊張的洪山，「所以你更沒必要緊張了。」

「我怕他發揮得太好……」

事實上，王霸每一天都發揮的很好，根本沒有「太好」一說。只見他上前一步，將弓弩搭好，手指扣著箭矢。因著同禾晏的這場賭約，王霸每日練弓練得更加勤快，禾晏能感覺到他的力氣比起十日前又有長進，而射箭也比從前更沉著一些。

箭矢對準草靶子的方向，這時候太陽被雲覆蓋，灑下一片短暫的清涼，王霸深吸一口氣，猛地鬆開手指。

眾人去看，箭矢穩穩地射中靶心，將靶子帶倒。

很穩，和這些天王霸每日的練箭一樣的成果，能保持這樣的箭術，已經實屬不易。

梁平眼中閃過一絲滿意，無論今日的結果是什麼，王霸都是一個極好的苗子。這樣的人就算在其他教頭手下，也要被重視的。

王霸拍了拍手，將弓弩放了回去，走到禾晏身邊，露出得意的笑容，問道：「怎麼樣，現在該你了？」

禾晏笑而不語，轉身上前。

「來了來了！」程鯉素激動地伸長脖子，低聲自語，「禾晏兄弟，我可是在你身上投了十塊肉乾，雖然不算什麼，但這是本少爺一片心意，你可不要讓我失望啊！」

禾晏並不知道自己還背負著程鯉素的十塊肉乾之期。從她走到弓弩邊開始，周圍的議論聲停止了，所有的目光都落在她身上。

這小子，究竟是口出狂言呢？還是身負絕技？

不過世上之事，能充的上奇跡的實在太少。除了一小部分是指望有奇跡發生，大部分的人，都不過是來看笑話而已。

禾晏拿起弓箭。

弓箭還是十日前的那個弓箭，射箭的還是十日前的那個人，不過，氣氛卻不一樣了。

少年收起面上的笑容，手指搭在箭矢上，目光直直地看向草靶子的中心。方才的雲朵散開，烈日照在她臉上，夏日裡炎熱得出奇，一滴汗水順著她的額慢慢滾落下來。汗珠晶瑩，將將要滾進她的眼睛，令人心裡無端發緊，更想要伸手將那滴汗珠拂去，而少年卻一動也不動，彷彿一塊石頭，沒有任何知覺，亦沒有察覺到那滴汗水。目光沒有絲毫動搖。

弓被慢慢地拉開，一部分，一半，直到拉得滿滿的，眾人的心也跟著提了起來，在將要疑心這弓下一刻就要被拉斷之時，少年停下手中的動作，猝不及防的，鬆開搭著箭矢的手。

箭矢如劃破夜空的流星，只覺出一陣風，便氣勢洶洶地衝向箭靶，「啪」的一聲，箭靶子應聲而倒！而且這一次，箭靶被帶得更遠，讓人根本無法看清上面的箭矢了。

她和王霸一樣，將箭靶射倒了。

有人驚呼出聲。

十一日前，禾晏站在這裡，連弓也拉不開，十日前，禾晏拉開弓，但也只是拉開一小部分，如今她在這裡，弓拉得圓滿，將箭靶子射倒在地。她的力氣在這十日裡，得到了長足的進步。

可禾晏又不是神童，力氣這種東西，豈會見風就長？

「阿禾哥厲害！」小麥叫起來，又笑又跳，「阿禾哥贏了！」

「什麼贏了？」有押了王霸勝的新兵心疼自己的乾餅，不服氣道：「他只是射中了箭靶，不代表就射中了箭靶中心，射不中，還是不勝！」

他這麼一說倒讓眾人想了起來，這又不是看禾晏表演拉弓能拉多滿來著。大約是她從前過分瘦弱連拉都拉不開，此刻驚訝於禾晏臂力的增長，剛剛竟忘了瞧準頭。

「我去看！」有人自告奮勇的往箭靶子處跑去。

王霸看向禾晏，少年就站在烈日之下，唇邊笑容滿滿……又是這副笑容，從一開始遇到他時就是如此，好像一點兒也不擔心，永遠都是這麼成竹在胸，令人厭惡的自信。

可是……王霸看向自己的手，為何連他自己也有些動搖了？

他是沒爹沒娘的孤兒，小時候被狼叼走，有人將他從狼窩裡救出來的時候，他還趴在母狼身上吃奶。後來便跟著人回到山賊窩，他做山賊多年，死在他弓箭下的飛禽走獸不計其數。他能射中，因為他七歲起就摸弓，到現在，也有二十多年。

這小娃娃，如今也就十五六歲的模樣，便是生下來打小摸弓，也不過十幾年，哪裡及得上他？更何況十日前的禾晏，拉不開弓並不像是裝的，因此，不可能是從小玩弓弩的熟手。

想到這裡，王霸定了定神，安撫下自己有些躁動的心，禾晏必定勝不過他，無需懷疑。

這時候，那位主動去尋箭靶的人已經跑到箭靶處，他先是低頭去看箭靶，半晌並沒有回答。緊接著，他突然蹲下身，將箭靶一下子扛起來，往回跑。

箭靶就是稻草紮的草人，扛起來輕輕鬆鬆，他快步跑到跟前，將帶著箭矢的箭靶摜在地上，高聲道：「大家自己看吧！」

王霸的心裡，猛地「咯噔」一下。

眾人朝草人看去，但見草人的中心，被一支羽箭貫穿到底，穩穩地，不偏不倚的，正中紅心。

和王霸一模一樣。

王霸的額上流下汗水。周圍人震驚的議論似乎漸漸遠去了，他看見梁平驚訝地盯著禾晏，梁平身邊那個錦衣的小公子亦是滿面歡喜。禾晏站在他的朋友身邊，倒是沒有多驚喜的模樣，只是淡淡笑著，彷彿早已料到一切。

「你……」

禾晏笑道：「承讓。」

「你沒有勝我。」王霸死死盯著他，「你與我是同樣的結果，怎麼能算勝我，至多……至多算平局。」

他倆都是將草靶射倒，也都是射中草靶正中，這要分出個勝負，確實很難。但對於王霸而言，能有這樣的結果是意料之中。可禾晏卻不一樣，他起初看起來像個廢物，如今能做到如此，令人側目。

禾晏聽完王霸的話，並沒有氣急敗壞，她甚至沒有和王霸爭辯，而是點頭道：「我也是如此認為。」

王霸心中，竟然鬆了口氣。承認平局，那也很好，至少……至少自己沒有輸。那些新兵們也抹了把額上的汗，誰能想到最後禾晏能射中靶子呢？若不是平局，他們的乾餅就白輸了，平局好，平局正好，誰也不輸不贏，權當看了場別開生面的熱鬧。

下一刻，眾人心中的慶幸就被禾晏的一句話打破了。

她說：「不過我當日在這裡與你定下賭約，今日我必勝你。如今勝負未分，自然要比到我勝你為止。」

「禾晏！」王霸咬牙。這話是什麼意思？他篤定了自己會贏嗎？方才不過是運氣好，看這小子說的是什麼話？他想幹什麼？

梁平也意外地盯著禾晏。

「於弓弩一項，你可以隨便提出比試，我奉陪到底，直到勝你為止，如何？」她笑咪咪地問。

「你未免太高看自己。」王霸冷冷地盯著她。

「我沒有高看自己，我只是相信自己的運氣。」她不甚在意地吹了吹額前碎髮，「你要知道，運氣一向眷顧有準備之人。」而她，無時無刻不在準備。

「這是你說的，弓弩一項，隨便比試？」王霸緩緩反問。

「千真萬確。」

「行。」刀疤大漢點頭，忽的從臺上扛起巨大的弓弩背在身上，往前走了兩步，背對著她道：「射一個死的草靶子有何意義？戰場上，敵人不會站在原地給你射。真要射箭，就射活物，飛禽走獸剛好練個響兒。」

竟是要以活物為獵物。

眾人呆了一呆，射活物，比射靶子難多了。古有百步穿楊，可百步穿楊，也不如活物靈動。

「阿禾，你可不能著了他的道，別答應他！」洪山急得直給禾晏使眼色。

禾晏看向王霸，目光裡閃過一絲欣賞之色，她點頭，聲音爽快。

「可以。」

他說可以。

一直沒出聲的梁平，此刻看禾晏的目光已是大不相同。有過前幾次的經驗，他知道這少年不會空口說大話，既然答應，至少應當不差。

他能射中活物？

「想射野物，要進林子裡。」王霸道。林子在白月山上，他看向梁平，梁平收回思緒，搖頭道：「不行。」

王霸和禾晏都是新兵，從沒來過白月山，對白月山的路不熟悉。新兵進山還要等一段時間，現在不可。他道：「以飛鳥為靶吧。」

飛鳥……新兵們又是驚了一驚，如果說野獸比草靶子更難，飛鳥肯定比野獸更難。人在地上，鳥在天上，距離不同。且從地面往上空射箭，需要更厲害的眼力和臂力。

王霸放聲大笑，「行！」

禾晏也微笑道：「沒問題。」

他們二人都這樣輕描淡寫的答應了，卻讓方才已經平靜下來的新兵們又激動起來。看樣子王霸是經常上山射鳥打狼的，禾晏呢？

小麥悄悄扯了扯石頭的衣角，「大哥，你說阿禾哥能贏嗎？」

「我不知道。」石頭回答。

小麥驚訝地看了自家大哥一眼，石頭竟然沒有一口否定。是否說明禾晏真的有可能射中呢？

「你們去拿弓。」梁平說道，他又招呼另一名新兵不知道做什麼。那新兵聽梁教頭吩咐了幾句，轉頭去演武場的架子上找了面銅鑼，他拿著銅鑼跑到不遠處的林間。

片刻後，「咚」的一聲，他在裡頭狠狠一敲銅鑼，只聽到一陣「撲凌撲凌」的聲音，驚起無數野鳥。

白月山叢林密布，多得是野鳥。上次禾晏就看到過白腹藍燕和青珍珠雀。野鳥迅速飛上天空，霎時間，王霸立刻搭弓射箭，他動作嫻熟，對於山林裡的飛禽，有種志在必得的輕鬆。

箭矢朝天上飛去，只見鳥群中正展翅的鳥兒像是被什麼擊中，沉沉往下墜。演武場裡，響起人的驚呼：「射中了！射中了！」新兵撿起地上的箭矢，箭矢上帶著一隻吱吱紅。

這就是王霸的獵物。

王霸得意地看向禾晏。

禾晏笑了一笑，不甚在意地拉弓對準天空，她的動作比王霸更快，快得讓人懷疑她究竟有沒有對準她的獵物，然而箭矢已經飛了出去。日頭極大，模糊了人的視線，讓人一瞬間竟辨別不出箭矢的方向。

石頭一眨不眨地看著天空，半晌後道：「中了。」

「真的？」洪山一臉狐疑，「我怎麼看不清？」

演武場上的一角，又有人的聲音響起，「我撿到禾晏的箭了！在這裡！」他拿著箭跑到梁平面前，「給！」

箭矢上，掛著一隻柳串兒。

梁平和王霸同時看向禾晏。

前者是陡然發現面前這人是個寶藏的驚喜，後者則是滿面不敢置信。

他是如何做到的？

王霸握緊手中的弓，道：「再來！」他朝那個敲鑼的新兵吼道：「繼續！」

新兵連敲好幾下鑼，從樹林裡，立刻飛出大片鳥群。王霸將幾支箭同時搭在手上，數箭齊發！

幾支箭一同衝上天空，倒也看不清有沒有射中，只是片刻後演武場就有人興奮地叫：「中了中了！箭矢在我這裡！」

數箭齊發都能百發百中，這人已經是百裡挑一，不，可以說是千裡挑一了。那禾晏呢？

大家再看向禾晏，禾晏微微一笑，亦是學著王霸的樣子，將幾支箭一同搭在弓上。

弓被拉得滿滿的，少年的臉上掛著輕鬆的笑意，彷彿去泗水濱踏青的少年人家，隨意玩玩射藝。

她拉動了弓。

箭矢亦是衝進鳥群中，鳥兒慌亂地躲避，有人在演武場大叫，「中了中了！我撿到箭了！」

將箭矢拿到教頭面前，亦是矢無虛發。

「你！」王霸一咬牙，轉身將箭筒背了過來，「我就不相信你次次好運！」他搭弓射箭不停，竟是要將箭筒裡的箭全部射光。

每一個箭筒裡都有二十支箭，箭羽顏色也不同，便於新兵們練習時區分。王霸拿的是紅色箭羽，禾晏挑了挑，挑了青色的箭羽。她也有樣學樣，跟著王霸射箭不停。

一時間，他們二人誰也沒有說話，只能聽見樹林裡不斷錚鳴的鑼音，和天上飛起的驚雀。

「太好看了！太有意思了！」程鯉素看得雙眼放光，抓著梁平的胳膊贊道：「這比京城獵場裡有意思多了！梁教頭，你手下的兵怎麼這麼有意思？你是如何找到這樣的人才的？」

梁平賠笑，心裡十分茫然，他也不知道啊！一個王霸已經是意外之喜，呵，現在再來一個禾晏，梁平簡直懷疑自己是不是在做夢。

二十支箭，頃刻間便用完。

演武場上的新兵們亦是熱心，紛紛將掉落的箭矢收集起來，拿到梁教頭跟前。二十支紅箭，箭箭中的，二十支青箭，箭無虛發。

涼州衛的新兵裡，竟然出了這麼兩個百不失一，射石飲羽的神弓手。梁平想，他大約要升官了，便是不升官，月例應當也會漲一漲。

「我沒想到阿禾哥會這麼厲害……」小麥已經看呆了，喃喃自語道。

「我也沒想到，」洪山還沒回過神，「早知道我就押阿禾勝了……」

對哦，賭局還沒有結束。洪山的這句話像是提醒了眾人，有個新兵突然嚷道：「這……這算平局吧！禾晏和王霸不都是一樣結果？那這局怎麼算啊？」

是啊，這怎麼算？

王霸低著頭，誰也不知道他在想什麼，片刻後，他抬起頭，臉色陰晴不定，「你沒有贏。」

「對，」禾晏沒有否認，她甚至還真心實意地誇了下對方，「是你的箭術太好，我托大了。」

「那就算平局，今日你還是沒有勝我。」王霸道。事已至此，他也有些慌了，其實禾晏能在飛禽一項同他並駕齊驅，就說明，其餘的弓弩之術，他與自己是不相上下的。

他找不到其他辦法來勝過禾晏。

「十日前我說過，十日後，我必勝你。如今勝負未分，怎能和局？」禾晏拿手搧了搧風，「你既想不出比試的辦法，那我來提一個，如何？」

她要來提弓弩比試？

梁教頭探究地看著她。程鯉素低聲道：「梁教頭，這弓弩一項，還有什麼可比的嗎？」

梁教頭搖頭，「這……我也不知。」弓弩一項，其實可比的不少，但大同小異。方才禾晏已經射過飛鳥，其餘的想來也不難。可她這話的意思，是定要勝過王霸無疑。但還有什麼事王霸不能做，而她獨獨能做到的？

王霸先是愕然，隨即不以為然的一哂，「你儘管提！」大不了再多一局平局而已，他想。

禾晏微微一笑，她走到程鯉素身邊，忽然伸手，扯下程鯉素束起長髮的髮帶。程鯉素呆了呆，等他反應過來時，長髮已經披散下來，他道：「你幹嘛？」

「對不住這位兄弟，」禾晏笑道：「你既然要與我拜把子，想來不會吝嗇一根髮帶，借你的一用。」

「可是可以……」程鯉素胡亂用手攏著頭髮，小聲嘀咕，「這也太突然了，再說，你怎麼不用自己的髮帶？」明明禾晏自己也有好嘛。

「我觀小兄弟的髮帶比我的精緻多了，許是沾染好運氣，借你點喜氣。」禾晏面不改色的胡謅。

好聽的話誰不愛聽，程鯉素當即眉開眼笑，道：「好說好說！你且用便是！」

眾人都不明白他拿程鯉素的髮帶做什麼，只見禾晏緩緩將髮帶繞於雙手間，覆住自己的眼睛。

「他這是……」眾人漸漸明白他要做什麼。

那根黃色的髮帶將她的眼睛蒙得嚴嚴實實，她把手伸到腦袋後，輕輕打了個結，才道：

「好了。」

說起來，禾晏不用自己和旁人的髮帶，實在是因為大熱天的，他們又是跑又是練弓，早已沾染了不少汗水。兵營裡的人不講究，髮帶多少帶著汗跡。可這位肖玨的外甥可不一樣，看他穿的衣裳嶄新還帶著香風，髮帶也是整潔如新，和他那個有潔癖的舅舅如出一轍，想來用起來要乾淨的多。

說不定比禾晏自己的衣裳還乾淨，這會兒綁好髮帶便想著果不其然，居然還帶著一點淡淡的松香。

真是講究的小少爺，禾晏心中感嘆，不愧是舅甥。

「禾晏，你這是要作何？」王霸皺眉問，他心中有個猜想，卻不敢承認。

「我們，來比蒙眼射箭吧。」她道。

演武場漸漸安靜下來，夏日適逢有風吹過，將她腦後的髮帶的長端吹得飄揚，便顯得赤衣勁裝的少年也生出幾分飄逸之色。她唇角亦是含著笑容，手持長弓，向著王霸的方向，「這一局，我必勝你。」

四個字，被她說得雲淡風輕，斬釘截鐵，彷彿已經預料到了結局。

王霸臉色青青白白，變了幾變，不等他開口，有人先他一步說話，語氣裡滿是懷疑，「蒙眼射箭，射什麼？草靶子？」

禾晏搖了搖頭，微微抬頭，她蒙住雙眼，理應看不到天空，可抬頭的樣子，彷彿可以窺見空中山雀飛過的痕跡，她說：「同剛才一樣，就獵山雀。」

人群譁然。

她竟自負到如此，可這真是自負？

禾晏又轉身面對王霸的方向，她含笑問道：「行嗎？」

行嗎？兩個字，像是當初梁教頭問她，她爽快回答「可以」。如今，「可以」兩個字已經到達舌尖，王霸卻怎麼也說不出來。

他做山匪也好，上山打獵殺人也好，都是有目的的。蒙眼射箭，他又不是瞎子，做這種事毫無意義，又不是富家子弟，玩的新奇。如果說他對自己的弓弩技藝十分自信，那禾晏提出來的比試方法，就是他最不自信的一項。

他根本不行。

王霸看向禾晏，禾晏並沒有催促他趕緊給他結果。但周圍的新兵們亦是用各色目光打量他，讓王霸自己騎虎難下。難道今日他就要在這裡，眾目睽睽之下，被一個黃毛小子掃了顏面，說出去還說他堂堂山匪當家的，連個小孩兒的話都不敢接。

「行！」他咬牙道。心中卻生出一絲僥倖，或許禾晏是詐他的，這小子素來狡猾又邪門，說不準他自己也不行。卻故意做出極有把握的模樣，就是想誆自己先他一步放棄認輸。

呔，他才不上當！

「這一局，你先！」王霸朝他道。

少年又笑了，她姿態輕靈，點了點頭，吐出兩個字，「可以。」

演武場旗幟臺旁邊，有一處樓閣，樓閣挨著涼州衛所，地勢高，能將演武場的畫面盡收眼底。

有二人站於樓閣欄前，遠遠地看著被新兵簇擁在中心的少年。

一人穿赤色勁裝，腰間一根黑布腰帶，正是沈瀚。他身邊的青年如冰如雪，神情淡漠，正是肖珏。

「沒想到這一次這批兵裡，竟然出了這麼兩個好苗子。」沈瀚感嘆道：「那王霸且不必說，雖是山匪出身，桀驁難馴，不過弓弩確實十分精妙，且力大無窮。不過最讓人意外的還是那個叫禾晏的少年，他如今才十五六歲，就已經如此拔群，性情又溫順討人喜愛，等再成長幾年，定能成為這一批新兵裡的佼佼者。」

他想到之前自己同梁平說話，那時候梁平很看好禾晏，沈瀚卻並不放在心上，實在是他看禾晏的資質過分普通，不值得留意，沒想到差點錯過一個好苗子。

他見肖珏並沒有接話，便小心翼翼的試探道：「都督以為如何？」

「性情溫順？」青年緩緩重複，片刻後，他才哂道：「你恐怕看走眼了。桀驁不馴的，不是王霸，是禾晏。」

禾晏？沈瀚有些懷疑，那少年他見過幾次，時時帶著笑容，王霸幾次三番挑釁他，也沒見他惱過。老實說，這個年紀的孩子，正是血氣方剛，一言不合便大打出手，禾晏如此，已經很有涵養，十分溫柔了。

都督竟然說禾晏桀驁難馴？沈瀚第一次有些懷疑這位上司的眼光。

「那……」沈瀚換了個話頭，「都督以為，禾晏能否勝這一局？」

青年勾了勾唇角，聲音淡淡。

「能。」

第十七章　叫聲老大來聽聽

演武場上，禾晏已經緩緩搭弓。

蒙上眼，就什麼都看不見了。見不到獵物，便只能「聽」獵物。而沒有什麼，比一個瞎子更能聽得清世間萬物。

她做瞎子那段時間，也曾頹唐過，一個瞎子，在這世上行走諸多不便，連照顧自己都做不到，又豈能做人中出色的那一個。她向來努力，資質平平便以勤勉來補，可這天降橫災，瞬間就將她所有努力收回，連「平平」的資質都成了妄想，化為灰燼。

她記得不甘心絕望之時，有人對她說過，「妳若真心要強，瞎了又何妨，就算瞎了，也能做瞎子裡最不同的那一個。」

這實在不算一句很好的安慰，可竟神奇的被她記在心裡。她摸索著練習不必用眼睛也能做事時，便時常惦著這一句「做瞎子裡最不同的那一個」。

她不知道自己是不是「最」不同的那個，但應當算得上是和尋常瞎子不同。她可以照顧自己，甚至照顧別人，背著下人比劃練劍、擲骰子，也會頑皮，暗中藏起小孩用的彈弓，偷偷打鳥。

一個瞎子，比起別的瞎子，活得倒也不算太差。

既然做瞎子時候都能做到的事，更勿用提現在。她不過是，暫且又回到了過去那段時光而已。

林中的鑼聲驚起飛鳥無數，長空裡映出鳥雀身影，少年覆眼微笑，搭弓射箭，箭矢循著鳥雀蹤跡直飛上雲端！

一隻山雀啁啾叫著，被箭矢射中，急速墜落，青色的羽箭映著少年眼間的黃色布條，有種明麗的斑斕。

禾晏伸手，解下蒙著眼睛的髮帶，她甚至沒有看地上的箭矢，好似早已料到會射中獵物一般，將布條遞給王霸，笑道：「該你了。」

四周寂靜無聲，王霸沒有伸手接她遞來的髮帶。

禾晏一動也不動，半晌，王霸頹然垂下頭去，他沒有看禾晏，只是低聲道：「不用，我不會，你厲害，我不如你。」

這話裡，半是氣憤，半是誠服。氣憤的是自己竟然輸給了禾晏，顏面盡失，誠服的是禾晏那一手蒙眼射箭，他的確不會，日後就算開始學練，也不見得比禾晏練得好。

人總要承認自己不足的地方。

新兵們總算回過神，卻並沒有簇擁歡呼，起先是一個聲音哀號道：「我的乾餅，我的乾餅輸了！好慘！」

另一個聲音道：「我更慘，我賠了十個，全沒了！」

緊接著，哀號聲此起彼伏，偌大的涼州衛，竟好像沒有在這場賭局裡投禾晏贏得乾餅的。縱然有小麥他們三個乾餅的支持，可輸贏相抵，也是一場空。

卻在此時，一個欣喜的聲音響了起來，「啊！我贏了！我投了十塊肉乾，哈哈，我就說我程鯉素看人一向很有眼光！」

禾晏正準備走，聞言愣住了，回頭看向程鯉素，沒想到那個投了十塊肉乾的竟然是程鯉素。不過轉念一想，若不是程鯉素，涼州衛還有誰這麼大手筆？肖玨嗎？肖玨會參與這種賭局才怪。

程鯉素一溜煙跑到禾晏身邊，看著禾晏雙眼亮晶晶道：「那個，禾晏兄弟，托你的福，我總算是贏了一回。你不知道，我在京城裡做什麼都不行，文不行，武不行，連去賭場都只會輸錢，從沒贏過一次。今日還是我第一次贏，禾晏兄弟，我必然要與你結拜為兄弟，今日就是我們的結拜日，我要請你喝酒！」

「咳咳，」梁平手握拳抵著唇間，道：「營中不得飲酒。」

「那就請你喝茶！」程鯉素握住禾晏的手，看禾晏的目光彷彿在看自己失散多年的親人，透著真切的親近。

「那倒不必了。」禾晏將手抽出來，把髮帶塞到他手裡，「差點忘了這個，多謝程公子的髮帶。」

「你我之間，何須言謝。」程鯉素笑嘻嘻道，他繼而想起什麼，突然轉頭，對著王霸開口，「喂，那誰，你是不是忘了一件事。」

「什麼？」禾晏不解。

「你忘了你們的賭約了？」程鯉素急急道：「你與他做賭，你輸了你就去做伙頭兵，他輸了他得叫你老大。如今他輸了，他得履行賭約啊！」

王霸全身都僵硬了。

周圍的人起鬨地笑起來，梁平背過身，這之後的事，便不是他該參與的了。小麥和洪山倚在一起看熱鬧，禾晏挑眉，看向王霸。

王霸一步步走到禾晏面前，他比禾晏高得多，禾晏在他面前，實在瘦小得過分。他臉漲得通紅，連臉上那道陳年的舊傷疤，此刻也鮮紅得彷彿要滴出血來。

禾晏注意到他緊握的雙拳，心中無聲的嘆了口氣，大約做當家的總要將面子看的更重一些？要他叫自己一聲老大，或許比殺了這漢子還叫他難堪。禾晏正要開口說算了，王霸已然低聲開口：「……老大。」

禾晏：「……」

她抬眼看向王霸，王霸卻以為她是要發難，惱羞成怒道：「我已經叫了！你沒聽到是你自己的事，我不會再叫一遍的！」

「我聽到了。」禾晏笑起來，「我只是意外你居然真的會叫。」

「大丈夫一言九鼎，駟馬難追，我豈是言而無信之徒！」王霸冷哼一聲，「這次算你走運，日後……日後別來招惹我！」說完這句話，他似是覺得十分沒臉，不願在這待下去，轉身急急離開了。

禾晏思忖一刻，暗道，這王霸，確實有幾分血性，也算能屈能伸了。

「禾晏兄弟，你看你，真是了不起！」程鯉素又貼上來，「為了慶祝，走，我請你喝茶去！」

禾晏還沒來得及拒絕，就被這快樂的少年給拉走了。

「程公子帶著禾晏走了。」樓閣上，沈瀚問，「都督，要不要去把他追回來？」

「不必。」肖玨道，看了一場比試，他似是厭倦，轉身往外走。沈瀚連忙跟上去，想到什麼，又看了肖玨一眼，心中無聲的盤算。

都督說桀驁不馴的是禾晏，他起先還不相信，如今看來，還真是。別看禾晏瘦瘦小小的，如今能讓一個山匪當家的喚他老大，可不是難對付？要這麼下去，他就能跟都督拜把子了。

不過，沈瀚瞅肖玨冷淡的臉一眼，都督當也看不上這小子。

禾晏沒能跟肖玨拜上把子，倒是被肖玨的外甥纏著拜把子。

程鯉素拉著禾晏到了衛所裡他自己住的房間，房間自然和新兵們住的通鋪不同，是單獨的屋子。雖然不是裝飾華貴，但比起新兵們住的地方，實在是好上太多。

屋裡竟然還點了香，裝香的是個精緻的仙娥擺件。見禾晏盯著看，程鯉素便解釋道：「這是我從京城裡帶過來的好東西，舅舅不許我在這裡點，我偷偷的點，你別告訴他。」

活像背著長輩偷偷幹壞事的小孩。

禾晏心道，別說是肖珏，就算是她她也不讓點。都夏天了，天氣這麼熱，點什麼香，沒得薰得慌。

見他不說話，程鯉素再次誤會了他的意思，試探地問，「你是不是很喜歡這個？喜歡的話，我送你啊！」他把香爐塞到禾晏手裡，「沒關係，我倆的關係當得起！」

禾晏給他放回去，「……謝謝啊，我沒地方擺。」

也是，程鯉素想了下，頗為遺憾地點頭，「回頭我去跟舅舅說，讓他給你換間屋子，同我一樣的。」

禾晏：「……」

肖珏能答應才怪！程鯉素要真做成了這件事，要她叫程鯉素大哥都可以！

「對了，你還不知道我舅舅是誰吧？我舅舅就是當今的右軍都督，封雲將軍肖二公子，你的上司。」程鯉素一口氣說完，便去看禾晏的臉色，見禾晏神色如常，他「咦」了一聲，「你怎麼一點都不驚訝？」

她應該表現的驚訝嗎？禾晏道：「我觀公子氣度斐然，不似尋常人，估摸著公子的舅舅也當如此。果然，有其舅必有其甥。」

這話取悅了程鯉素，他露出羞赧的笑容，撓了撓頭，不好意思道：「那也不是，我比起舅舅差得遠了。我舅舅就住我隔壁，不過他現在出去了。不然我就帶你去見見他。」

禾晏心道，那還是不必了。

「來來來，我茶倒好了。」程鯉素忙得團團轉，將一杯茶塞到禾晏手裡，「喝完這杯茶，我們就是拜把子兄弟了！」

禾晏看了看手裡的茶，遲疑了一下，把茶放回了桌上。

程鯉素愣了一下，「怎麼了？」

「程公子，我想我們不該以兄弟稱呼。錯輩分了。」禾晏道。

她和肖玨是一個輩分的，程鯉素卻叫肖玨舅舅，如果她和程鯉素拜了把子，日後豈不是也要叫肖玨舅舅？

她能讓肖玨占了這個便宜？想得美！

「怎麼就錯輩分了？」程鯉素不解，「我今年十五，我聽梁教頭說，你今年十六，咱們相差不大啊。」

「你叫肖……都督舅舅，他年紀也不大吧。」禾晏道。肖玨和只比前生的自己長一歲，如今也就剛剛及冠，她問，「他是你親舅舅？」

「嗯，我們是有親戚關係的。」程鯉素非常認真的解釋了一下。

原來程鯉素的母親右司直郎夫人程夫人，同肖玨是堂姐弟。只是程夫人同肖玨年紀差距太大，當年肖玨出生時，程夫人已經出嫁了，姐弟二人往來極少。倒是程鯉素長大後，十分喜愛黏著這位同自己年紀相仿的小舅舅。

禾晏想著，好像記得從前在賢昌館時，有位白白胖胖的小公子常來找肖玨，不過忘記他是不是叫肖玨「舅舅」了。

「我舅舅樣樣優秀，文韜武略都是萬裡挑一，跟著他臉上有光，旁人也不敢再罵我『廢物公子』。」程鯉素說起外號時，不以為恥，「如今我又同你交好，你也如我舅舅一般優秀，我可真是太厲害了！」

禾晏：「……」不知這厲害從何談起。

說起禾晏，程鯉素又想到什麼，問她，「對了，你這麼優秀，禾大哥，你家裡是做什麼的？」

拜把子茶都沒喝，他居然自己就喊上「禾大哥」了，禾晏也不知道是該先回答他的問題還是先糾正他的說法，她道：「我家就是尋常人家。」

她不欲多說的模樣落在程鯉素眼中，便多了幾分深意，程鯉素肅然道：「我懂，你們這種高人，都不願洩露行蹤。」

禾晏心道，這孩子怕不是腦子有問題？

「你這麼能幹，來涼州衛幹嘛啊？」程鯉素問：「你這身本事，何必來投軍呢？」

禾晏便把對他舅舅的話再對外甥說了一遍：「男子漢當建功立業，得封賞蓋房子，娶媳婦生孩子，不枉此生才是。」

外甥不如舅舅衝動，唇紅齒白的少年看了她一會兒，點頭贊道：「你這個想法，很不錯，很……踏實。只是，禾大哥，你要投軍建功立業，是否太慢了些？這幾年無仗可打，都說亂世出英雄，咱們太平盛世，你這身武藝無處施展，浪費了。」

禾晏：「……」這孩子還想得挺周到。

「不如我為你指一條明路。」程鯉素湊近她，低聲道：「你知道我舅舅手下的南府兵吧？」

禾晏點頭：「聽過。」南府兵是肖老將軍一手建立起來的，所向披靡，戰無不勝。

「南府兵裡，有一支衝鋒鐵騎隊，九旗營。」

九旗營禾晏也知道，這是肖玨接過南府兵後，為自己培養的一支親信，多是突襲衝鋒，手段奇詭。

「舅舅這次來涼州衛，除了其他事外，還要在這批新兵裡挑些人，帶回去加入九旗營。」

禾晏一驚，「九旗營不是不再收人？」

「那是對外稱的，世上最難得的是什麼，是人才。九旗營裡的，各個都是人才，上次有位營裡的大哥負了傷，斷了一隻手，沒法打仗了，如今在朝裡做官。所以說，建功立業，升官發財，你得先找對地方，你如此身手，又是自己人，應當去九旗營才是。」少年慢條斯理地道來。

禾晏漸漸收起笑容，片刻後，她蹙眉，冷聲道：「剛才的話，你有沒有對別人說過？」

她的目光冷厲，程鯉素嚇了一跳，囁嚅道：「沒有……」

「那你記住，此話不可對第二人講。」

程鯉素下意識地點頭：「……好。」

禾晏滿意了，突然彎了彎眉眼，唇角翹起，「不過你剛才說的很對。」

「欸？」程鯉素懵了。

最快的速度升官，這是其次。她在戰場上廝殺拼功勳，實在太慢，便是真的升官，也未必會接觸到禾家。同肖玨在一起卻不一樣，封雲將軍和飛鴻將軍，本就是死對頭，光憑這一點，便能做無數文章。

更何況，在肖玨身邊，要打聽朝事，簡單得多。她前生沒想過和肖玨有什麼糾葛，如今卻要絞盡腦汁做肖玨的心腹，這實在不可思議，卻又天緣湊巧。

禾晏將茶杯裡的茶一飲而盡，站起身道：「我要進九旗營。」

涼州衛所的夏日，綿長而難熬，日日都是苦訓，枯燥又乏味。但日子竟也這般一日日過了，小暑過後便是大暑，等大暑過後再不久，就立秋了。

炎日訓練，將涼州衛的新兵們迅速練出極好的耐力與決心。每月除了弓弩和清晨的負重行跑以外，還要練鞭刀、步圍、陣法、長槍、刀術、騎射。騎射練得少些，因涼州衛兵馬有限。

「阿禾哥，你的餅。」小麥把乾糧遞給禾晏。

圓餅用炭火烤過，酥脆鹹香。一口咬下，連餅渣都帶著熱氣，禾晏嚼兩口餅，再灌一大口水，便覺得空空的腹部頓時得到熨帖，說不出來的舒服。

洪山盯著禾晏，奇道：「阿禾，我覺得不對啊，你說你每日吃得和我們一樣，有時候還開小灶，你咋還是這麼瘦，這麼……小呢？」他把「矮」字生生的憋了回去。

禾晏：「……」

這能怪她嗎？

她的拜把子兄弟，那位「廢物公子」程鯉素倒是隔三差五過來，偷偷塞給禾晏一些吃的，有時候是一把松子，有時候是幾塊肉乾，有一次甚至送了禾晏一碗羹湯，說是從他舅舅那裡順來的。

每每給他的時候，程鯉素還特別緊張，「快快快，就在這吃，不能被我舅舅看見。」活像偷偷探監，禾晏有時候真不想吃，何必呢？但轉念一想，沒得跟吃的過不去，況且程鯉素送來的食物，還真的挺美味的。

就連這樣的開小灶，也沒能讓禾晏看起來結實一些。倒是每日忙著訓練，流汗不止，幾個月下來，瘦了一圈，看起來更加小可憐了。

不過這位小可憐前些日子在涼州衛弓弩一項上驚豔一手，讓山匪出身的刀疤壯漢叫了一聲老大，讓無數新兵們痛失乾餅的事還歷歷在目。禾晏現在也算是個有名氣的人。

在那之後，暫且沒有人來找禾晏比試，禾晏也樂得輕鬆。她如今還在考量如何才能讓肖玨注意到自己，從而曲線救國，進入九旗營。

今日練的是長槍。演武場上的長槍多是以稠木做成，槍桿硬韌，槍鋒短利。

教頭在臺上甩花槍，底下的新兵們跟著有樣學樣，練了一段時間，也小有成效。禾晏對長槍不太擅長，她本人習慣用劍。如今她變成了禾大小姐，個頭小小，用起槍來更不方便，總覺得束手束腳放不開。

梁教頭耍完一套槍法後，便讓新兵們自己跟著練，他走下臺來巡視，走到禾晏身邊時，便忍不住多看了禾晏兩眼。

畢竟上一次禾晏的弓弩之術，實在令人想忘記也難。這位新兵，當是被重視的。不過這些天來，梁教頭也注意到，禾晏的鞭刀、步圍、長槍、刀術都還不錯，但遠遠沒達到驚豔的地步，唯一讓人驚訝的是騎射，但因為這些日子也沒有比試，只能看得到一點。

她每日認真訓練，包括弓弩和負重行跑，不曾懈怠過。可梁教頭還是有一種感覺，這個少年似乎有所保留，每日表現出來的，僅僅只是一部分而已。

他又走到杜茂杜教頭的位置。杜教頭也正在巡視，周圍幾個教頭正圍著他，指著一個新兵在說些什麼。

梁平走過去，就聽見他們在議論。

「不愧家中是開武館的，你看那長槍耍的，厲害！」

「我說，他其實比老杜你還要嫻熟，這套槍法我都沒看到過！」

「這小子年紀也不大，估計也就十七八，這是打小練的吧。」

梁平問：「你們在說誰？」

「那個，杜教頭手下的兵，站前排最左的那個，大高個兒，看到沒？」

梁平順著他指的方向看過去，果然看見一個勁裝的年輕人正在練槍。這年輕人生得濃眉大眼，五官端正，眉目間自有堅毅之氣，隱隱透著一股倨傲之色。他步伐穩當，手上長槍耍得人眼花繚亂，並且當不是花架子，梁平能感覺得出來他舞槍的每一步，都自有煞氣。

「好！」梁平忍不住贊道。

「確實不錯，」杜茂也與有榮焉，「我之前試過他幾次，是有真本事的。他叫江蛟，爹是京城武館的館主。」

「那他還來投軍？」梁平詫異。武館的少東家，雖然稱不上大富大貴，但在尋常人家，也能吃喝不愁過日子了。

「有大志向，男兒壯志你懂不懂？」杜茂道：「我就欣賞這樣的男兒！」

有人插嘴道：「不知道這個江蛟和老梁手下的禾晏，比起來誰更厲害？」

這話一出，周圍靜了一靜，杜茂若有所思地看向梁平，梁平下意識的回道：「禾晏在弓弩一項上頗有天分，但我看槍術平平，不是江蛟的對手。」

開玩笑，禾晏那麼一個小小個子，生得又瘦弱，這江蛟卻十分高大健壯，比槍術和比箭術又有不同。比弓箭，獵物是草人、是飛禽、是走獸。槍術卻是兩人互相較量，一不小心是會掛彩流血的。這江蛟家裡是開武館的，自小習武，禾晏豈是江蛟的對手。若是被江蛟揍出個三長兩短，他去哪再找一個這樣的神弓手？

「老梁，話也不能這麼說。」杜茂聽完他的話，並未放棄，轉而勾住梁平的肩，「當初你手下的那個禾晏，一開始行跑老是落在後面，最後可以跑的輕鬆。一開始連弓都拉不開，最後可以蒙眼射藝。你現在說他不行，說不定十日後他又行了。你身為教頭，可不能過於保護新兵，畢竟他們日後，都要上戰場的。」

周圍的人紛紛附和：「對，對，老杜說得對！老梁你可不能護犢子。」

對個屁！梁平心中憤憤的想，一群看熱鬧不嫌事大的，不安好心。

「梁教頭，我也想同禾晏比一場。」

梁平回頭，那位叫江蛟的年輕人不知何時已經放下長槍，走到他身後，大約是聽到了教頭們的談論，突兀的來了這麼一句。

梁平沒有回答，正在思索如何拒絕。

「可以嗎？」江蛟彷彿不知他的為難，又問了一遍。

第十八章　擂主禾晏

「可以嗎？」

我覺得不行，梁平心裡想著這句話，正要說出口，有人道：「嗨，問梁教頭做什麼，直接去問禾晏嘛！那小子自己心裡有譜，願意就比，不願意就算了，這不挺簡單一事？」

「說得有理。」杜茂點頭，對江蛟道：「你直接去問禾晏吧。不過，」頓了頓，他囑咐，「比試可以，點到即止，不可傷人。」

他話都說到這份上，梁平也無可奈何，只能眼睜睜地看著江蛟往禾晏那頭走去。

江蛟到了梁教頭新兵隊前，一眼就看到了正在耍槍的禾晏。並非是她太過亮眼，只因為她的身材在這群壯漢中，瘦小得過分引人注目。江蛟沒有立刻上前，而是先靜靜地看了禾晏一會兒，禾晏沒有打什麼複雜的槍法，只是簡單地收進、刺出，不過即便是這樣最普通的槍法，她練得也是認認真真，沒有一點偷懶。

看了好一會兒，有人注意到他，就問：「兄弟，你站在這裡看我們作甚？」

「我來找人。」江蛟說罷，便大踏步走到禾晏跟前。

禾晏正在往前刺槍，冷不防槍頭被人一握，刺得那人倒退兩步，她抬起頭，奇道：「你抓我槍鋒做什麼？」

江蛟被刺得往後倒退兩步，心中浮起一絲驚異，這禾晏看上去舞槍舞的軟綿綿的，沒什麼力氣，可真正握槍頭時，才知道這一槍有多厲害。若非他們家是開武館的，他從小學長槍，換了個普通人，非要被刺得跌倒在地不可。

思及此，心中便收起幾分輕視之意，認真地看向禾晏，「我聽禾兄無雙拔萃，願在長槍一項，同禾兄切磋一回。如何？」

禾晏眨了眨眼睛，明白過來，又是一個來踢館的？

洪山站在禾晏後面，聞言一拍腦袋，「壞了，人怕出名豬怕壯，上次阿禾勝了王霸，我就知道要壞事，看吧，這是第二個。」

「以後還有啊？」小麥悄悄問。

「多的很，總會有第三個第四個第五個的。」洪山搖頭，「人啊，就喜歡爭強好勝。爭來爭去，有什麼意思呢？」

有什麼意思？禾晏覺得可有意思了。她一直在想，要進九旗營，就得先讓肖玨發現自己是一個拔群出類、楚楚不凡的好漢英雄。但肖玨又沒有每天來演武場看新兵練兵，自己也沒表現的場所，除非有人如王霸那樣，一直來挑戰她，成就她的聲名，傳來傳去，自然會傳到肖玨的耳中。

但不知為何，自從上次王霸和自己比試弓弩以後，便再也沒有人來挑戰她了。禾晏猜測可能是輸掉的乾餅讓新兵們元氣大傷，暫時不想看到自己。她也不能主動去找人，見個人就讓別人跟自己比試。

眼下又來了一個，這不是瞌睡來了送枕頭是什麼？來的實在很妙。

「好啊。」禾晏將長槍立於自己身側，「你想怎麼比？」

她回答得太過乾脆，讓江蛟怔了一刻，遲疑了一下，他道：「你與我二人比劃就行，點到即止。」

「行。」禾晏道：「你去拿你的槍，就在演武場的臺上比吧。」

「你……」江蛟猶豫著問道：「不用等十日？」

禾晏一愣，有些好笑，「不是次次都要十日。」

他們以為她這十日內要做法嗎？前些日子實在是因為臂力不夠，如今每日除了訓練以外，她沒忘了練石鎖，雖然及不上力士，普通的弓弩一類是足夠的了。

聞訊趕來的幾位教頭擠在一起，有人碰了碰梁平的胳膊，道：「老梁，我早說了，指不定你的這個新兵根本就沒把這點比試放在心上，就你在這瞎操心！」

梁平：「……」

他原以為禾晏不會答應，想著若是由禾晏親自拒絕，江蛟應當不會再說什麼。沒想到禾晏自己一口應承下來，這小子，是從來都不知道拒絕兩個字怎麼寫麼？還是他已經自信到無論是誰來挑戰都來者不拒？

「我有點期待。」杜茂扯下腰間的牛皮水袋喝了一口水，目光盯著正往高臺上走的禾晏，「要不，我們來賭一局吧？」

「不賭。」梁平一口拒絕。上次新兵營裡輸了乾餅的人，後來餓了整整一月的肚子，瞧著就令人覺得可怕。現在新兵不賭，怎麼教頭還堵上了？

「他是個膽小鬼，他不來我來！」另一位教頭道：「我來賭月底發的黃酒，我賭江蛟勝！」

程鯉素得了禾晏要同江蛟比試長槍的消息，第一個反應就是去隔壁屋子裡找肖玨。他興沖沖而去，肖玨正對自己的貼身暗衛說話，見此情景皺眉，「程鯉素，你跑來跑去像什麼樣子？」

「舅舅，我來叫你去看場好戲！」

肖玨示意暗衛離開，暗衛離開後，他問：「什麼事？」

「我結拜大哥，禾大哥啊，今日要和人比試長槍！」程鯉素拽住肖玨的袖子，「現在要開始了，就在演武場，我們去看看，怎麼樣？」

「禾晏？」肖玨挑眉。

他記得禾晏，短短幾月，此人的名字已經傳遍了涼州衛。先是行跑，又是從拉不開弓到箭無虛發，再到成了程鯉素的結拜大哥。程鯉素隔三差五偷偷去給禾晏送吃的，他也睜一隻眼閉一隻眼，權當是小孩子的遊戲。

不過此人心志堅定，雖然資質平平，每夜新兵們入寢之後，還要跑到演武場繼續訓練，直到月上三更，才會回房休息。

「對啊，你也知道我大哥！」程鯉素扯著肖玨的袖子將他往外帶，「聽說今日是那小子主動找上我大哥的，我大哥定能教他什麼叫真正的槍法！」

肖玨瞥他一眼，「袖子。」

程鯉素立馬放開手，轉而抱住他的手臂，央求道：「舅舅，你就去陪我看一眼嘛。我大哥真的很厲害，不比你九旗營的那些力士差！」

肖玨嗤笑一聲，似是對他說的話不置可否，不過腳步未停，終是隨他往外走去。

程鯉素鬆了口氣，心中暗暗地想，大哥，小弟我只能幫你到這裡了。

演武場上的高臺，平日裡都是總教頭說話的地方，開闊的四方場地，卻是比武的好場所。新兵們圍在高臺下，看著臺上兩人。

江蛟已經拿到他的長槍，他身材高大健壯，生得十分英武，大約是從小習武的原因，瞧著便與其他新兵不同，相貌也生得好，若同此人在一起，應當令人十分安心。

和他相對而立的，則是禾晏。比起他來，禾晏更像是還未發育的少年，個頭矮小，身材瘦弱，五官倒是生得清秀。這麼長久的訓練，成日曬得不行，這少年雖然被曬得黑了些，比起周圍的新兵，卻很白了。他這麼站在這裡，不像是新兵，像是大戶人家的小少爺，斯斯文文，俊秀可愛。

江蛟豎起長槍，「你先。」

還挺體貼，禾晏笑盈盈道：「那我就不客氣了。」她橫長槍於身前，眸光微動，身子已經衝上前。

江蛟臉色一變，迎了上去。

兩道身影，霎時間混成一團，只聽得「砰砰砰砰」的聲音不絕，剎那間，似已交手過十幾招，兩人齊齊後退幾步，瞧著對方。

禾晏瞧著對方，笑容不變，江蛟瞧禾晏，難掩驚異。

甫一交手，他便知道，禾晏絕不可能是初練長槍。她同自己交手的這十幾招，招招凶險，他無法攻，亦無可退。

旗鼓相當！

他以為他自己已經很高估禾晏了，沒想到如此看來，還是低估了。

底下的新兵們沒看明白，只覺得看禾晏和江蛟還沒過幾招怎麼就停下來了，看得不過癮，有些不滿，紛紛議論道：「剛才怎麼回事？誰占上風？」

「我就喝了口水，錯過了什麼？你們看見了嗎？」

「沒有，我什麼都沒看見。」

演武場臺下，幾位教頭一臉凝重，半晌無言。

杜茂看向梁平，梁平連忙擺手，「我不知道，別問我！他平時練槍的時候沒露過這手，我不知道！」

新兵們看不明白，教頭們卻看得清清楚楚，禾晏同江蛟交手，禾晏沒輸，甚至許是江蛟輕敵，還被禾晏壓了一頭。江蛟的槍術複雜多變，靈活如蛇，禾晏的槍術看似質樸，卻蘊含力量，可以輕易挑開江蛟的槍鋒。

「梁平，你可真收了個好兵啊。」有教頭酸溜溜地道。

梁平心裡半是得意半是惶恐，這禾晏，未免藏得太深了。若非江蛟主動同禾晏比槍，他只會覺得禾晏在弓弩一項上頗有天分，槍術上，也僅僅是不錯而已。

臺上。

江蛟盯著禾晏道：「再來！」

禾晏頷首。

這回是江蛟先提著槍出手，禾晏迎了上去。兩桿長槍膠在一起，紅纓隨風飄動。江蛟的槍如蛇，每次出擊又險又急，直奔向禾晏面門，可禾晏只是微微側頭，那桿槍鋒便擦著她的面頰而過，掃了個空。

江蛟開始認真了，他的槍法來勢洶洶如暴雨驟臨，一槍接著一槍，試圖找到禾晏的破綻，然而神奇的是，少年身姿靈巧，每一次都險險避開，手中的長槍彷彿成了堅不可摧的盾牌，將江蛟的長槍擋住，再也無法更近一分。

「快啊，再快一點！只差一點就能打倒他了！」臺下的新兵們看得著急。

「禾晏怎麼只守不攻，他不會槍術嗎？」

時間流逝，江蛟的槍術已經無法支持這樣密集的攻擊，他盯著禾晏，不曉得那個看似瘦弱的少年體內怎會擁有這般的力氣和耐力，他一點都不見疲倦，唯有專注。專注得讓人害怕。

一個恍惚間，江蛟手中的長槍挽了個空，他心中一震，只見對面的少年露出笑容。江蛟來不及反應，禾晏手中一直只守不攻的長槍突然刺進面前，他急急運槍去擋，被刺得偏了一偏。

禾晏開始攻了。

「槍乃諸器之王，以諸器遇槍立敗也。」少年的聲音清脆，不大不小，山林空蕩，說話的時候正有回音，恰好能傳遍整個演武場。

她一矮身，避過江蛟的槍鋒，自下而上，以一個刁鑽的角度刺向江蛟的面門。

「降槍式所以破棍，左右插花式所以破牌鎲。」騰挪，運轉槍頭，再次直撲上前。

「對打法破劍，破叉，破鏟，破雙刀，破短刀。」手臂似有無窮力氣，被擋亦上前，刺向江蛟左右，江蛟來不及應對，已有招架不住的狼狽之色。

「勾撲法破鞭，破鐧。」她再上前，槍鋒如疾風驟雨，比起剛才江蛟對她的攻勢，有過之而無不及，且更加精準，直抓住江蛟的每一處弱點，打蛇打七寸，寸寸致命。

「虛串破大刀，破戟。」江蛟已經被逼至演武場高臺邊緣，他心神恍惚，只覺得面前少年猶如沙場駕馬馳來，處處都是煞氣無可抵擋，他勢如破竹，銳不可當。他被逼得節節敗退，潰不成軍。

長槍直撲向面門，江蛟慌忙後腿，陡然間，腳步一滑，他往下跌去，耳邊響起臺下新兵們的驚呼，江蛟這才明白過來，他竟已無路可退。

猛然間，一隻手拉住他。

長槍點在他前額，沒有再上前。那少年看著瘦弱，力氣卻極大，將他一把拉回演武場臺上，收回長槍立於身側。

風吹過，吹得方才的暑氣一掃而光，只得滿面清涼。旗幟隨風微動，林間鳥獸蟲鳴。

少年站得筆直，聲音仍然清脆，不見急攻之下的倦意與喘息，不疾不徐，擲地有聲，「人惟不見真槍，故迷心於諸器，一得真槍，視諸器直如兒戲也。」

江蛟怔怔地看著他，半晌，他輕輕開口：「你讀過《手臂錄》？」

《手臂錄》記載了各家槍法及刀法。江蛟讀過，是因為他們家是開武館的，他爺爺、他爹、他兄長、他，都要讀。他從前讀過，但卻覺得書上所言，太過誇張，不可能有人真正做到如此。如今他卻在這裡，在這少年身上，曉得原是自己學藝不精。

少年歪頭看他，臉上掛著笑意，道：「是讀過一點，略懂，略懂。」

臺下的新兵們仰頭去看禾晏。

方才之前那十幾招，時間太短，他們難以看出誰占上風，然而這會兒已經不必旁人過多解釋。禾晏將江蛟逼到演武臺邊緣，差點跌下去，江蛟輸了。

這少年，竟又勝了一回。

「阿禾哥好厲害啊，」小麥喃喃道：「越來越厲害了。」

洪山撓了撓頭，「這小子，從前可沒告訴我們他會這麼一手。」

「他不是第一次練槍。」石頭沉默半晌，開口道：「所以那個人打不過他。」

「可是不對啊，」洪山奇怪，「阿禾是家道中落的少爺，他們大戶人家，難道尋常在家都練弓弩槍術的？」

臺下新兵們的竊竊私語，禾晏不是沒聽到。這是個絕佳的機會，她將長槍往地上一頓，自己上前了兩步，道：「諸位兄弟，今日我又勝了。」

她說這話，毫不掩飾自己面上的自得之色，甚至有幾分誇張，便顯得有些刺眼。

「這小子想幹嘛？」杜茂問。

沒人知道禾晏想幹嘛。

禾晏笑咪咪道：「我想日後，可能少不了想要來挑戰我的，不必擔心我不應戰，我呀，來者不拒。不過一日只比一場。」

梁教頭嘴角抽了抽，「這傢伙，是當自己在擺擂臺嗎？」

擂主禾晏絲毫不顧及旁人的眼光，自顧自道：「鞭刀、步圍、長槍、刀術、騎射，所有兵營裡有的，都可以向我挑戰，放心，贏了不會收你們的乾餅，願者自來。」

縱然知道這少年身負絕技，可這姿態，著實囂張了些。

「太狂妄了，哪有這樣的人！」

「一點都不謙虛，不過才弓弩和長槍兩項僥倖勝了人而已，便不知天高地厚。」

「難道偌大涼州衛，竟找不出比他厲害的人麼？數萬兒郎，一個能打的都沒有？」

禾晏輕輕笑著，心道，也不是沒有能打的，只是最能打的那位少爺，根本不屑於和她對戰。

她道：「君子一言，駟馬難追，今日諸位教頭兄弟都在此，我禾晏說到做到！我贏了權當切磋，我輸了，兄弟們可任提要求。不過，」她似是有些不好意思，「那應當是不可能的。」

她不說還好，一說，新兵裡登時又是一片激憤之言。

「他這是把我們看扁了！」

「當我們涼州衛無人，都說十個指頭有長短，這小子是當自己樣樣所長，他當自己是封雲將軍嗎？」

「算了算了，再過幾日且看他，有他打臉的時候！」

禾晏在臺上做足了囂張的姿態，才不緊不慢地往臺下走，走之前似是想起了什麼，對站在一邊神色不定的江蛟道：「其實你長槍用得很好。」

江蛟一愣，看著她，不明白她是什麼意思。

「不過你遇到了我，我最好。」她哈哈大笑著走下臺去，不再去看江蛟的臉色了。

另一頭，杜茂臉沉如水。禾晏同江蛟比試，本來也沒什麼，可禾晏剛才殺江蛟威風殺得太慘了，江蛟說不準會一蹶不振，這可不是他願意看到的。他拍了拍梁平的肩，自己先去江蛟身邊，打算好好勸解這位初試牛刀便被戰於馬下的新兵，免得失去一位好苗子。

演武場旁邊的樓閣上。

「舅舅，我禾大哥又贏了！」將這一切盡收眼底的程鯉素跳起來，指著禾晏的方向，活像是剛剛贏了槍術的人是他，嘴裡不停地稱讚，「他真的很厲害，沒人能打得過他！」

肖玨瞥他一眼，懶得搭理他，轉身往外走。

程鯉素想起什麼，連忙跑到肖玨身邊左竄右跳，「舅舅，你看看他！弓弩第一，槍術第一，今後鞭刀什麼的，全都是第一，他就是涼州衛第一……除了你之外的第一，對不對？」

「等他拿到第一再說。」肖珏不冷不熱地回答他的熱情。

「他現在已經拿到兩個第一了！其他的第一也是遲早的事。而且兩個第一也已經很了不起了，不是嗎？舅舅，你看看他，這麼優秀的人才，人間能見到幾個？難道不值得入你的九旗營嗎？舅舅，你看看他嘛！」

肖珏頓住腳步，目光落在他身上。

程鯉素心中一喜，以為自己說動了肖珏。下一刻，肖珏盯著他的眼睛，慢慢開口：「你近來頻繁提起禾晏，說過兩次九旗營，你從前從不關注九旗營的事，」他淡道：「程鯉素，你是不是想促成禾晏進九旗營一事？」

程鯉素心裡「咯噔」一下，暗道壞了。這位舅舅最是聰明，一點兒端倪就懷疑到自己身上，他道：「不、不是的，我就是……想讓舅舅你多注意一下我大哥。」

肖珏：「你是覺得我傻，還是你聰明？」

程鯉素與他對視片刻，垂頭喪氣地耷拉下腦袋，「是我傻……」

「你如何知道九旗營的事？」肖珏問他。

秀美如玉的青年的目光平靜，並未有要發怒的徵兆，程鯉素卻覺得渾身發寒，他老老實實地回答，「我之前住你隔壁，聽到沈總教頭和你說話，知道九旗營打算在涼州衛所的新兵裡招人，所以……」

肖珏輕笑一聲，嘲道：「所以你就拿這個消息，迫不及待去討好了你的『大哥』？」

「不是不是，我也是真心為了舅舅你著想。」程鯉素急忙否認，「我每日無事，到處走動，看了看涼州衛的新兵裡，也就禾大哥比較能搆得上九旗營的門檻，其他人連我禾大哥都打不過，怎麼進你的精騎隊？我也是一片丹心！」

沉默片刻，肖玨問：「他怎麼說？」

「啊？」程鯉素先是一愣，隨即明白過來肖玨的「他」指的是禾晏，便道：「我與禾大哥說完此事後，禾大哥好像很高興。而且，他說他要進九旗營。」

「他說『要』？」肖玨緩緩反問。

程鯉素縮了縮脖子，莫名感到冷風陣陣，點頭道：「是『要』……有什麼不對嗎？」

肖玨輕笑一聲，秋水一般的清眸浮起莫名情緒，片刻後，他斂下神色，淡淡開口，「這個人，膽子不小，野心也不小。」

第十九章　鴛鴦刀

這一日，禾晏又大大的出了一回風頭。

回去的路上，禾晏還遇到了藏在人群中的王霸。他當也是來看禾晏與江蛟比槍的，看完了就想走，不巧被禾晏看到，禾晏老遠的與他打招呼：「王兄！」

眾目睽睽下，王霸臉一黑，硬著頭皮叫了一聲老大，聲如蚊蚋。禾晏笑咪咪地看著他，他一扭頭走了，活像有人在後面攆他。

「阿禾哥，真有你的。」小麥羨慕道。

「以後這樣的事會越來越多，你得習慣。」禾晏踮起腳來揉了揉小麥的腦袋，洪山見狀，噗嗤一聲，「還當人家老大呢，你可先長點個子吧。」

禾晏聳了聳肩，謀事在人，成事在天，長個的事，強求不得。

大約是今日心情好，夜裡禾晏照常深夜偷練完畢回去睡覺時，還破天荒的做了個夢。

夢裡她站在演武場高臺上，旁人紛紛叫她老大，程鯉素跑過來，笑嘻嘻對她道：「禾大哥，你進九旗營了！」

「果真？」她亦是很高興，只聽一個聲音傳來，「禾如非？」

她轉身一看，竟是肖珏，他冷冷地盯著她，語含譏諷，「你究竟是禾晏，還是禾如非？」

禾如非，她聽到這個名字，猝然從夢中醒來，坐起身子一摸頭，已是滿頭大汗。

外頭天光大亮，洪山正將窗戶推開，見她擦汗，隨口道：「這幾日熱的要命，估摸著快下雨了，下幾場雨，天氣就轉涼。娘的，我可不想再在涼州衛過夏天了，我都熱瘦了一層皮。」

禾晏笑了笑，仍有些心神不定。小麥見狀，奇道：「阿禾哥臉色不好，是不是受了暑氣？喝點葉子茶？」

「不必，就是熱的。」禾晏下床穿鞋，「出去跑跑出身汗就好了。」

清晨的負重行跑過後，仍是到演武場練武，今日是練刀術。練著練著，便見有一行人走了過來，在禾晏的面前停下腳步。

禾晏放下手中的刀。

「你昨日說的話，可算數？」為首的人沉聲問道。

這是個龍眉豹頸，銅筋鐵骨的光頭漢子。脖子上戴著一串佛珠，佛珠溫潤閃著黝黑的光，每一粒都有指頭大。他雙手握著一把金背大刀，年紀比禾晏年長許多，當是過了不惑之年，或許已到了天命。而人卻絲毫不見鬆弛疲懶，如繃緊的一頭熊。

「我叫黃雄，」光頭大漢悶聲悶氣道：「我要與你切磋刀法。」

周圍正豎著耳朵偷聽他們說話的新兵們頓時激動起來。

「啊，有人了、有人了，這麼快就有人了，我就說嘛，咱們涼州衛數萬好漢，哪能挑不出一個教這小子做人的！」

「對對對，滅滅他的威風，為我們的乾餅報仇！」

「我覺得這回禾晏當威風不起來了，你看黃雄手上那把刀，不是凡品！怕是從前便是遊俠。」

禾晏也注意到黃雄手中的刀，刀身呈赤色，刀背極厚，刀刃鋒利，刀尖部平，略帶彎曲。這種刀十分沉重，普通人揮動起來會覺吃力，不過配黃雄這樣的好漢，卻是恰到好處的威武。

「你有一把好刀。」禾晏贊道。

黃雄聞言，目光微微柔和了些，他道：「它是我三十年的老朋友。」

禾晏心中咋舌，不由得又想起自己的青琅劍。她如今重為新兵，出來的時候又匆忙，不像黃雄還將自己的刀帶到涼州。沒有稱手的武器，其實十分不習慣。

這時候很羨慕黃雄。

黃雄見禾晏遲遲不應，皺眉道：「你昨日不是說，來者不拒？眼下是不想應戰？」

禾晏詫然一刻，笑道：「哪裡，我說到做到，現在就可。」

迎著眾人的目光，她泰然自若地走上了演武場的高臺。

臺下，梁平神情麻木地看著禾晏的動作。

杜茂靠著樹，幸災樂禍地開口，「你手下這個禾晏，還真是會挑事啊。」

梁平恨不得上去抽他兩嘴巴，若不是昨日杜茂多事，提出讓江蛟與禾晏賽一場，禾晏根本就不會去演武臺，也根本不會說出擺下擂臺這種渾話，哪裡還有今日的事？

如今連沈總教頭都默認的事，梁平也不能阻止。只能在心裡默念，希望今日的禾晏也有好運保佑，平安無事的度過才好。

程鯉素待在肖玨的房間，百無聊賴地在小几上鬼畫桃符。他舅舅正在看京城送來的文冊，也不知道是什麼，看了一早上未停。

程鯉素覺出幾分無聊來。他正想著要不要出去看看演武場那頭，給自己找點樂子。外頭有人敲門，肖玨道：「進。」

進來的是沈瀚。

沈瀚走到肖玨身邊，低聲同肖玨說了幾句話。程鯉素將椅子往那頭挪了挪，努力伸長耳朵，聽到了幾個字。

「禾晏……黃雄……比刀……演武場。」

程鯉素向來不好使的腦瓜第一次發揮了可喜的才智，心中過了一過，便知道是怎麼一回事了。有人要與禾晏比刀，現在就在演武場。他心裡陡然激動起來，不愧是他大哥，昨日放話，今日就有人來踢館。他現在就想去看！

程鯉素偷偷地放下手中的紙筆，趁肖玨背對著自己，對沈瀚使了個眼色，躡手躡腳地要偷偷溜出房去。

才走到門口，肖玨淡聲道：「程鯉素。」

程鯉素：「……」

他垮著臉應了一聲，心裡道奇了怪了，他舅舅也沒比旁人多長眼睛，怎麼每次他要做什麼事都能被抓住？

坦白從寬，程鯉素小跑到肖玨跟前，扭扭捏捏道：「舅舅，我就去看一眼，我大哥跟人比刀，我怎麼能不去看呢？做人要講義氣。我看完就回來練字，保證不耽誤！」

肖玨抬眸看了他一眼，「我有說過不讓你去？」

「哎？」程鯉素頓時眉開眼笑，「讓去呀，你不早說！那我去了！」他一轉身就要跑，肖玨道：「慢著。」

程鯉素狐疑地看著他。

後者站起身來，隨沈瀚一起往外走，「我也去。」

程鯉素瞠目結舌。

「你大哥不是要進九旗營？」青年唇角微勾，「我也想看看，他打算如何進九旗營。」

演武場高臺邊的兵器架前，禾晏正認真思索著。

刀她過去用得並不多，實在有些不方便。兵器架上的刀大多都是柳葉刀和大環刀，對她來說，不太順手。她想了又想，伸手拿起最下層的一把小刀。

盯著她動作的新兵見狀，皆是愣了一愣。

有不懂的問：「這把刀怎麼這麼小？還不及人手臂長。」

江蛟見識廣，見狀就道：「這是鴛鴦刀，不是一把，是一雙。」

鴛鴦刀確實不大，只與人的前臂同長，兩把刀封在同一刀鞘，可藏於袖中或靴中。刀刃寬厚，僅在刀尖前數寸開刃，方便反手刀與格擋。

禾晏將刀從刀鞘中慢慢抽出，一把略長，一把略短，大約平時裡用鴛鴦刀的人極少，刀竟然還算新。

不錯，她心中贊道，在手中把玩一圈，覺得還好。

王霸也湊到臺下來，一眼就看到禾晏手中的鴛鴦刀，怔然一刻，道：「他居然用鴛鴦刀？」

同樣疑惑的還有臺上的黃雄，他見禾晏挑了又挑，挑了這把刀後，看向禾晏的目光已是不同，問：「雙刀？」

禾晏點頭：「雙刀。」

「沒想到你年紀輕輕，竟連雙刀也會？」黃雄道：「果然無所不通！」

禾晏謙遜回答，「都是生活所迫。」

底下的人聽著不是滋味，杜茂伸手碰了碰梁平，「這個禾晏家裡究竟是做什麼的？生活所迫他能十八般武藝樣樣精通？他是不是從小被拐子拐走街頭賣藝去了？」

「你問我我問誰去？」梁平沒好氣地道，連鴛鴦刀都會使，正經人家哪個人會用鴛鴦刀，鴛鴦刀，多是綠林之輩用的！

這到底是什麼人！

不再多言，黃雄慢慢抽出鞘中長刀，朝禾晏略一點頭，「請禾弟賜教。」

禾晏心道，怎麼就「弟」了，縱然前生她長到十九歲，也該叫黃雄一聲「叔」。如今程鯉素管自己叫大哥，若是隨程鯉素，就該叫肖玨一聲舅舅，如今叫肖玨舅舅，卻叫黃雄大哥？

黃雄的年紀都能做肖玨爹還大一輪了！

她這麼想著，臺下小麥驚呼一聲「阿禾哥小心」，但見黃雄已經持刀衝了過來。金背大刀被這大漢舞得虎虎生風，他斜橫刀尖於左，略移右腳，一個轉身上前，朝著禾晏便砍來。

禾晏被唬了一跳，蹲身壓低避開，反手以刀背撥開對方刀尖，鴛刀一前，鴦刀在後，亦朝黃雄逼近。

黃雄人蠻力大，只重重一揮，將禾晏的刀揮開，禾晏已經對準他將刀擲出，黃雄偏頭避開，禾晏便翻身仰頭接回方才拋出去的飛刀在手。二人退後幾步僵持，彼此目光都死盯著對方。

黃雄不是江蛟，江蛟到底還年輕，黃雄的刀跟了他三十年，人和刀早已形成了絕佳的默契。交手的時候禾晏已經領教過，這漢子身手，在她之上。

必須速戰速決，否則便要自打臉了，禾晏心裡盤算著。

黃雄心中亦是翻江倒海，這麼多年，同他交手的人成千上百，有好也有壞。但這少年才多大，方才那一手丟刀接刀，使的行雲流水，一氣呵成。他如何做的？他三歲就開始用刀？

禾晏心想，黃雄身材魁梧，刀法凶悍卻笨拙，輸在不夠靈活。這樣看來，自己選鴛鴦刀卻是恰到好處，如此，便可從「快」上破。

她目光微動，喝道：「繼續！」便迎上前去。

黃雄右手持刀，斜進左步，單刀平直朝禾晏刺來。

禾晏鴛刀刺進，同他拼到一起，她雖看著瘦小，力氣卻不弱，兩把刀膠在一起，但禾晏還有一把刀。她另一把刀挽了個花，曲肘墊起刀背往頭上過，朝黃雄揮刺。

黃雄躲避不及，衣裳被切掉一角。演武場臺下，霎時間發出一陣驚叫。

就從這一刻起，眾人發現，禾晏的動作開始變快了。

她的步法靈活至極，一把刀去纏著黃雄的金背大刀，另一把刀便如蛇伺機而動。黃雄雖未曾被她刺中，卻再也討不了便宜。單刀凶悍，雙刀靈巧，以柔克剛，以弱勝強。

「你剛剛讓我賜教，我想起來，我們雙刀有首歌訣，」她居然還有空說話，「我念給你聽。」

黃雄一愣，她一把尖刀見縫插針的又甩過來。

「朔風六月生雙臂，猶意左右用如一。」她左右各持長刀，姿態颯颯。

「眼前兩臂相繚繞，後於漁陽得孤劍。」長刀交舞，讓人難以看清少年的神態，只聽得到他含笑的聲音。

「隻手獨運捷如電，唯過拍位已入門。」步步緊逼，卻又分毫不亂。

「乃知昔刀全未可，左右並用故瑣瑣。」刀朝黃雄脖頸前掃去，被黃雄險險避開。

「今以劍法用右刀，得過拍位乃用左。」一左一右，她用的嫻熟自在。只覺得刀即是她手，手如刀鋒。

演武場上，她且念且舞。與不疾不徐聲音相對應的，卻是疾如閃電的動作。刀刀碰撞，發出的錚鳴之聲，讓人的心都跟著揪成一團。

程鯉素幾人走過來的時候，看見的就是這一幕。

「舅舅，你看，我就說了，我大哥必勝！」他興奮地叫道。

這一叫，便將周圍人的目光也引過來，有人認出肖玨，當即便激動地叫出聲：「是都督，肖都督，封雲將軍來演武場了！」

封雲將軍？

這麼一說，新兵們的目光霎時間被肖玨吸引了過去。嘈雜訊傳到了演武場上，禾晏耳朵一動，肖玨？

她側頭看去，果然見演武臺下不遠處，站在沈瀚和程鯉素旁邊的，正是肖玨。

青年穿著藍暗花紗綴仙鶴深衣，風儀秀整，眉目如畫，和這滿演武場的新兵們看起來不是同一幅畫卷的。這廂粗糙深陋，他那廂明月清風。隔得太遠，禾晏看不清他的神情，想來也是一副淡漠的高嶺之花模樣。

沒想到肖玨竟親自來看她比試，這是否說明，她昨日的那一場就地擺擂臺好戲，總算傳到了該傳到的人耳中。肖玨注意到自己是這樣一個超群絕倫的人才了？

「大哥小心！」她思索間，耳邊程鯉素的驚呼炸響，抬頭，金背大刀已到了面前。

刀鋒帶起的鋒芒近在眼前，似乎還有隱約的血氣。這一幕落在臺下眾人的眼中，皆是湧起陣陣驚呼。

梁平忍不住脫口而出：「小心！」

刀術與長槍不同。長槍比弓弩比試危險，刀術又比長槍比試危險。一不小心便會流血，況且黃雄力氣太大了，一旦收不住刀，便會出事。

這小子，平日裡大大咧咧就算了，這種時候怎麼能分心？梁平心中焦急，比刀的時候分神，可是大忌！

黃雄就是看準了這一刻的可趁之機，當即斜劈過來，但見禾晏避無可避，就要被刀指著脖子，少年突然抬起頭來，露出一抹狡黠的笑容。

糟糕，黃雄心中暗道不好，就要收手，下一刻，禾晏的左手刀架到了他的長刀之上，右手刀不知何時已經繞到他身後。黃雄慌亂之下，屈身避開，卻見少年笑容更大，收手間，左右刀皆已在手。鴛鴦雙刀並做一刀，直劈黃雄頭上，黃雄想伸手去擋，已經晚了一步。

刀鋒，在他額前停下，卻因為帶起的厲芒，將他額上破出條細小傷口，流下一絲血線。

全場鴉雀無聲。

半晌，禾晏收刀別於身側，掏出一方揉的皺巴巴的帕子遞給他，「承讓。」

黃雄看著禾晏的帕子，沒有去接，而是問道：「你剛剛，沒有分神，是在使詐？」

「兵不厭詐。」禾晏笑咪咪道：「你說呢？」

她做事做了這麼多年，當然知道任何時候都不能掉以輕心，比試的時候更要專注。方才別說是肖玨來了，就算是皇帝來了，她也不會有半分動搖。不過黃雄此人刀法精妙絕倫，她自己又不擅用刀，若不用點手段，怎能贏得這般輕鬆？不過是故意做個岔子，引黃雄上鉤，卻來個螳螂捕蟬黃雀在後。

這麼說起來，她還是挺聰明的。肖玨大約也不會想到，當年他評價「笨」的人，如今已經學會善用智謀，千伶百俐。想到此處，禾晏便得意地往臺下看去，想看看肖玨是否正用崇拜的眼神看著自己。誰知這一看，哪裡還有肖玨的影子，連帶著沈瀚也不見了，只有一個程鯉素激動的對她揮手，揮舞著他的髮帶。

他就這樣走了？禾晏呆了一呆。

那他究竟是看沒看到自己的風姿啊？

她還沒想通這一點，便有一大堆人「呼啦」一圈圍上來。她今日又這般出了一回風頭，涼州衛的一半新兵已經澈底為她折服。弓弩、槍術、刀法都如此精妙，已然當得起鶴立雞群。不過也有一半人更看不慣她狂妄的樣子，只道：「只用陰謀詭計，不是正道，有本事堂堂正正跟人打一場啊，正是因為知道不如對手，才要使詐。」

「那只能說明人家聰明！」有人反唇相譏。

王霸混在新兵裡往外走，心裡滋味複雜難明。一方面，他希望禾晏一直勝一直勝，這樣說明禾晏是真正的強者。輸在一個強者手中，情有可原，畢竟整個涼州衛，都沒有能打得過他的。

但是另一方面，王霸又很不甘心，憑什麼輸給禾晏的人這麼多，別人都不用喊，就他一個人須得喊禾晏「老大」。

憑什麼嘛！

不過轉念一想黃雄都四十多的人了，輸在一個十六歲的少年手中，好像比自己更慘一點，想到此處，王霸心中這才舒坦了些，暫時吐出一口濁氣。

涼州衛所白月山下的樹林裡，兩人正慢慢走著。

林間草木茂密，遮蔽日光，便顯清涼和暢。亦有鳥雀啁啾，單是風景，白月山獨好。

「你剛才看過演武臺比試，」肖珏開口道：「覺得如何？」

沈瀚仔細思索了一下，想了又想，才開口道：「梁平這回收了個好兵，禾晏是個好苗子。單是弓弩、長槍、刀術每一項做到如此，都是不可多得的人才。他樣樣如此，實屬不易，涼州衛所的這批新兵裡，找不出第二個。」

「刀法如何？」肖珏又問。

「看樣子，禾晏的刀法不如黃雄嫻熟精妙，勝在步法靈巧，心思活絡，不死腦筋，懂得用計。」沈瀚答道。

禾晏的短處十分明顯，倘若這場比試再拖個一盞茶功夫，禾晏必然落於下風。他大概自己也知道這點，所以便假裝分神，引得黃雄衝動出手，反而將黃雄打敗。

「你覺得，他入九旗營怎麼樣？」肖珏漫不經心地道。

「這少年年紀輕輕便多謀善慮、不逞匹夫之勇，又弓馬嫺熟，武藝超群，聽說還識字。若是要從這批新兵裡找，他當是不二人選。」沈瀚說的小心翼翼。

「你也這麼以為？」肖玨轉過身，語氣不置可否。

沈瀚觀青年臉色，肖家這位年輕的都督，向來喜怒不形於色，此刻神情平靜，看不出什麼，但沈瀚感覺到，他似乎不太贊同自己的看法。

「都督……可是覺得他有什麼不妥？」

「這個人，有問題。」肖玨道。

沈瀚愣住。

「他今日場上比刀，刀法不算嫺熟，但他所用步法，是衝鋒營步兵訓過的步法。」衝鋒營步兵上戰場時，隨時衝在最前方，因著可能會送死，步法極為靈活。禾晏同黃雄比刀時，刀術不如黃雄，但黃雄的每一刀，他都躲開了。那種下意識的後退閃躲，他一眼就看出來是出自衝鋒營。禾晏大概自己也察覺出來，怕被人發現，所以刻意改過。不過，下意識的舉動，總不會次次都記得。

「這……這……」沈瀚道：「這怎麼可能？他才十六，難道之前就已經上過戰場？」

「正因為不可能，所以他才有問題。」肖玨道。

如今局勢緊張，沈瀚必須慎重，他猶豫了一下，問肖玨道：「都督，那現在應當如何？」

「我要試一試這個人。」肖玨回答。

「都督打算如何試？」

「他不是在演武臺擺下擂臺，一日一場，場場必勝。明日你挑三個教頭，同他比騎射。」

沈瀚一怔，躊躇了一下，「這不好吧？若是他勝了……」若是禾晏勝了，新兵們怎麼看他們的教頭，連個兵都比不過。

肖玨停下腳步，淡道：「如果他勝，他就一定有問題。」

「世上不會有這種天才，就算有，也不會出現在涼州衛。」

第二十章　組隊踢館

這一日，禾晏被前來與她交好的新兵們圍觀到半夜，不知答應了多少人教他們刀術，直到半夜才得了空上榻。因今日太晚，也就不打算夜裡去演武場訓練。

小麥對著她躺著，一隻手枕在腦後，雙眼亮晶晶的對她道：「阿禾哥今天真威風！」

「你說，」禾晏沉吟了一會兒，道：「今日我同黃大叔比刀的時候，肖都督究竟有沒有看完？」

她還想著白日裡肖玨的事，她如此精妙的刀法，肖玨居然不看完就走了？豈不白花她一番心思，或許這是肖玨覺得她刀術極為普通，不值得留意？

「呃？」小麥沒想到禾晏會問這事，努力回憶了一番，才道：「都督來了一會兒，又走了，不過你比刀的最後關頭太緊張了，我們都顧著看你，沒看都督是什麼時候走的，應當……是看完了吧？」

禾晏愁得翻了個身。

「阿禾哥，你很想都督看到麼？」小麥問。

「自然想，學成文武藝，賣與帝王家。我好歹也先得賣出去，他看都不看，怎知我是涼州衛第一？」

那廂洪山慢悠悠的聲音傳來，「如今你涼州衛第一的美名已經遠揚，放心吧，過段日子還會有人找你比這比那的，這種機會數不勝數，總會有讓肖都督看到的時候。」

那就好了，禾晏心想著，閉上眼睛。

洪山料的不錯，第二日一早，負重行跑剛完，還沒來得及去演武場練弓弩，梁平就走到禾晏面前：「你過來。」

禾晏不明所以，跟了過去，到了演武場後面的長道上，見又有二人牽了三匹馬前來。這二人禾晏記得臉，都是涼州衛所的教頭，一人叫杜茂，常來找梁平說話。另一人是個身材矮小的老頭子，頭髮已花白，叫馬大梅。

「梁教頭，這是……」禾晏不解，該不會是看她十分優秀，便要她做個教頭吧？新兵怎麼能做教頭呢？升遷也不是這樣升遷的，況且她不想在涼州衛做教頭啊！

好在梁平的一句話讓她放下心來。

梁平道：「你前日裡不是在演武臺上說，涼州衛裡任何挑戰你都可接，一日一場，場場必勝？」

禾晏雖不明白他是什麼意思，還是點頭應道：「不錯。」

「那今日我們三人與你比騎射。」杜茂上前一步，將手中的馬轡繩交到禾晏手中，「現在就比！」

「啊？」禾晏有些意外，「你們同我比嗎？」

她擺個擂臺，是要在新兵裡揚名，沒想過教頭。這些教頭是怎麼回事？都不是年紀輕輕的小夥子，怎也熱血上頭要與她爭個高低？莫不是有什麼陰謀？

她提防的目光落在幾人眼中，那個頭髮花白的瘦小老頭兒——馬大梅便笑道：「怎麼了？少年郎，你是不敢與我們這些教頭比嗎？還以為你是個好膽的，這點便怕了？」

馬大梅笑起來臉上到處都是褶子，卻不難看，反而如自家長輩一般和藹。只是禾晏卻曉得這人倒沒有面上這般和善，聽聽說的這話，字字句句都是激將。只是話都說到這份上，她要真不去，落下個膽小怕事的名聲，肖玨這種眼裡容不得沙子的人，怕不會放她去九旗營了。

思及此，她便爽朗一笑，「怎麼會？我只是怕在各位教頭面前丟人現眼，有些躊躇罷了。既然各位教頭願意賜教，小子怎敢不識抬舉。比就比，一場就一場。」

梁平三人對視一眼，點頭道：「好！」

禾晏如今成了涼州衛的名人，但凡有個風吹草動，當即便搞得人盡皆知。三位教頭要同禾晏比試騎射這事一出，所有新兵們立刻瘋了，想要去看，卻被自家教頭攔住，只許在演武場訓練。

這自然是沈瀚的安排，雖然肖玨只說要試一試禾晏，卻也不能拿整個涼州衛教頭們的名聲去試。不怕一萬就怕萬一，倘若禾晏勝了，那日後這些新兵到底是服禾晏還是服自家教頭？不好說。

所以還是藏起來比的好。

新兵們沒辦法去圍觀這場熱鬧，不是新兵的程鯉素也不行。他被鎖在涼州衛所的房間裡，外頭還有侍衛把守，出也出不去。

他還不知道禾晏要比賽騎射的事，突然間就被關了起來，還以為涼州衛出了什麼事，一邊捶門一邊道：「發生何事了？是不是有兵馬暴動？怎麼不讓我出去，舅舅，你幹嘛關我呀？」

外頭傳來侍衛毫無感情的聲音，「小公子，都督說了，你得抄完三遍《昭明文選》才能出門。」

「我看你們是想要我死！你們怎麼不乾脆殺了我？」程鯉素氣鼓鼓的在桌前坐下，三遍，他抄一個月都抄不完！

外頭，沈瀚和肖玨正往外走。

沈瀚看了身後一眼，道：「程公子對禾晏，倒是十分喜歡。如果禾晏真有問題，他接近程公子，會不會也是另有目的？」

「極有可能。」肖玨道：「九旗營的事，就是程鯉素告訴他的。」

沈瀚默然一刻，才道，「如果真是如此，那就真的糟糕了。」

涼州衛的新兵裡，竟然有別有用心之人混進來，禾晏是一個，絕不會是唯一一個。如果還有其他人，便很被動。更可怕的是，他們對此一無所知，若不是這次肖玨剛好在，看出禾晏身法不同，整個涼州衛，都成了別人的掌中之物。

兩人說話間，已經走到了演武場馬道邊。但見禾晏四人一人牽著一馬，站在馬道盡頭。先是梁平，接著是杜茂，然後是馬大梅，最後是禾晏，齊齊上馬。

禾晏站在最旁側，她的馬也是最小的，大約是為了照顧她的身材，她翻身上馬，動作嫻熟，手握韁繩，背帶箭筒長弓，威風颯颯的模樣，倒不像是平日看見的那個孱弱少年了。

他連騎裝也沒有，日光照在他的赤色勁裝上，將他清秀的眉眼鍍上一層特別的英氣，而禾晏唇角含笑，金刀鐵馬的樣子，竟有些少年將軍當初的驚豔風姿。

沈瀚偷偷看身側的肖玨一眼，後者神情懶倦淡漠，不知道在想什麼，但沈瀚知道，剛剛有一剎那的禾晏，其實和他有一點像。

「梁教頭，你還沒有告訴我，騎射如何比？」禾晏看向身畔的梁平，「是比誰的獵物多，還是比誰先到達馬場盡頭？」

梁平還沒有說話，馬大梅先開口了，他笑道：「少年郎，以一炷香為時，至此跑一圈，此為原點，亦是盡頭。前方馬道彎處有草靶，我們四人羽箭不同，至彎處射箭，誰射完箭最先回到此地，誰就算贏。」

禾晏聽完，點頭道：「可以。」

梁平忍不住看了她一眼，這少年說的最多的一句話便是「可以」。無論是對王霸、江蛟還是黃雄，現在對著他們這些教頭，還是「可以」。不知道什麼時候他會說「不可以」。

「那便開始吧。」杜茂一拉韁繩，身後有人吹了一聲角號，四馬便如離弦之箭，眨眼間便竄出十幾丈外，只留下滾滾煙塵。

禾晏騎的這匹馬，比當初她在京城校場，禾綏牽來的那匹馬乖巧多了，應當是專人特意馴過。她只要稍作指揮，馬便能明白指令。她也注意到，其餘三人裡，梁平和杜茂馬術雖不錯，卻及不上那個貌不驚人的馬大梅。馬大梅馭馬之術，與自己不相上下，或許技高一籌，只是沒表現出來。

她觀察這三人，其餘幾人也在觀察她。杜茂一眼看過去，差點沒把眼珠子瞪出來，禾晏竟然不用馬鞭？

她將馬鞭斜斜繞在自己胳膊上，指揮馬疾跑，卻是用手輕輕拍著馬身。這又不是京城公子遊山玩水，他這是何意？最令人詫然的是，如此隨性，居然沒被他們幾個教頭落下，同自己並駕齊驅，甚至還有心思朝他笑了一笑。

杜茂立刻別過頭去。

駿馬賓士，似流星閃電，轉眼已至彎處。禾晏反手摸向背後的箭筒，抽出幾支羽箭，便要朝兩邊的草靶上搭弓射箭。

這箭靶設置的不如演武場那頭的大，只有巴掌大小，看得並不明顯，若是用弓弩，也不易射中，還需看人的眼力和動作。禾晏正要射箭之時，梁平和杜茂對視一眼，一前一後，突然發力，兩匹馬朝禾晏身邊擠，將禾晏的馬擠得往旁一偏，於是手中的箭便沒能射出來。

馬受驚，禾晏被顛了幾顛，忙拉韁繩穩住身子。她朝梁平和杜茂看去，這二人若無其事地搭弓射箭，杜茂甚至還對她道：「禾晏，你要小心點，別摔下去了！」

彷彿剛才碰她的不是他們。

禾晏一挑眉，真是，比試場上，她可從來不懂得原諒二字。擾了她射箭，豈能就這麼算了？

梁平和杜茂的箭已射出，卻見橫空一支青箭從斜刺裡竄出，「咚」的一聲，將他倆的箭從中截斷，換了個方向，落到了地上。

二人同時看向禾晏，禾晏聳了聳肩，道：「教頭，你們怎麼看起來有點學藝不精啊。」

梁平：「……」

這少年也太睚眥必報了，嘴上還不饒人，真是狂妄的不得了。

禾晏這廂便要重新搭弓，可還沒將箭抽出來，身子便又是重重一顛，那老頭兒馬大梅已經從後尾追上，笑咪咪的對禾晏道：「少年郎，不著急，慢慢來。」

禾晏拉不了弓，只要她一動，這三人便會跟著從後面，從前面，從左右過來，若無其事的「碰」她一下，馬匹頻頻受驚，她無法對準靶心。

這麼幾次下來，禾晏算也看出來了，三個教頭就是故意與她作對。雖然不明白為什麼，大約是比試的一環。想讓她無法射箭，縱然先回到馬道終點，也不算勝。

寡不敵眾，況且比的又是射箭，總不能同這幾個教頭打一架，但就要這麼算了，那也不是她禾晏能做出來的事。

禾晏目光微動，喃喃道：「想算計我？沒門！」

她忽然一揚胳膊，手臂上纏著的馬鞭應聲而展，落在風中，發出清脆的響聲。

「他這是……」杜茂皺眉。從頭到尾，禾晏可沒有用過馬鞭，不用馬鞭也能游刃有餘的馭馬，確實罕見。但現在禾晏這麼做，她是支撐不住，要開始用馬鞭了？

他正想著，忽然間禾晏抬頭對自己一笑，杜茂心中頓生不詳預感，下一刻，只見馬鞭朝自己飛來，杜茂一驚，下意識去躲，心中又驚又怒，禾晏竟敢傷人！

他這一側身，便將身後的箭筒露出人前。

馬鞭沒有落到杜茂身上，而是捲了個花兒，捲上了箭筒裡的那一把羽箭，禾晏一伸一撥，馬鞭在半空中鬆開，於是那滿滿一把羽箭，都飄落在風裡。

一邊目睹了整個過程的梁平目瞪口呆，還沒等他反應過來，禾晏的鞭子已經對準了他，他嚇了一跳，慌忙策馬避開，可這回輪到禾晏出手，哪裡有他跑得了的，一拉一勾，他箭筒裡的箭也盡數被扔到地上。

「禾晏！」杜茂氣得臉色鐵青。

「我看諸位教頭是不想讓我射箭，」禾晏彷彿沒有看到他難看的臉色，笑盈盈道：「但我也不想輸啊，沒辦法，大家都別射箭了，誰跑得快就算誰贏吧？」

「哈哈哈哈！」身後傳來馬大梅的笑聲，他倒是沒有一絲一毫的緊張和氣憤，反而興致盎然，「你這小傢伙挺聰明，不知道我這把箭，你收不收的了？」

禾晏微微一笑，「哪能呢？我可不打算收您的箭。」

馬大梅馬術超群，她難以碰到，不太好捲走他的箭，不過無所謂，只要過了這個彎道，無靶可射，他便只能同自己比誰先到達終點。

她和馬大梅齊頭並進，她射箭，馬大梅便射箭來擋，馬大梅射箭，禾晏便射箭來阻，他們二人已將梁平和杜茂甩在後面，誰也比不過誰，便在膠著間，將最後一個彎道過了。

大家都沒射中箭靶，得了，眼下便只能爭誰先達到終點。

馬大梅看了禾晏一眼，笑道：「少年郎，你真不錯。」他一揮馬鞭，陡然間，馬匹往前一竄，方才，他竟還沒有用全部功夫。

禾晏瞧著他的背影，贊道：「還真是人外有人，天外有天。」一夾馬肚，亦追隨而去。

駿馬矯捷，四蹄生風，迅如閃電，直往終點疾馳。

禾晏和馬大梅難分伯仲，照這樣下去，實在很難說清誰會先到達終點。

梁平和杜茂已然放棄了，他們自知馬術不如前面二人，也跟不過去，索性在後面慢慢溜達，反正沈總教頭的要求他們都做到了。

沈總教頭昨夜將他們叫出來，要他們今日和禾晏比騎射。一開始梁平和杜茂齊齊拒絕，他們又不是新兵，和禾晏較什麼高低。誰知總教頭非要他們這麼做不可，還要他們在騎射途中，盡可能的給禾晏製造麻煩，不要讓禾晏贏。

梁平心裡挺不是滋味，又要和禾晏比，又不能讓禾晏贏，這不是存心不公平嗎？他們教頭和新兵比，本來就是欺負人，還三人聯手對付禾晏，簡直就是欺負人裡的極品。

誰知道人算不如天算，不說三人，反正現在他和杜茂是沒欺負到禾晏，反而被禾晏欺負了。這得虧新兵們沒看到，要是看到了，老臉往哪擱？

不過他們三人中，馬大梅才是馬術高手，不知禾晏比起他來如何？

遠遠地，能看見終點旗桿上的紅色綢布了。

禾晏一拉韁繩，馬匹上前，超了馬大梅半步。

她一心想要衝過終點，卻在這時，馬大梅喝了一聲「小傢伙」，禾晏下意識地朝他看去。但見那小老頭半個身子直立，兩腳踩在馬背上，穩穩當當，她心頭贊一聲好，緊接著，那老頭對她露出笑容，身子一翻，朝禾晏這頭掠來。

禾晏心中一驚，策馬要避開，那老頭兒卻如帶翼的蝙蝠，半個身子已經掛到了禾晏的馬上。他還癟嘴指責禾晏策馬避開的動作，「少年郎，年紀輕輕怎的這般沒好心，想摔死我啊。」

禾晏想把他擠下去，這人卻已經鳩占鵲巢，將韁繩牢牢把握在手中，他朝禾晏一掌擊來，竟是要把禾晏打下去。

這人……還真是對她自信滿滿，也不怕她就此摔下去出個什麼三長兩短？禾晏心中腹誹著，又與他交手了兩招，彼此都沒討到便宜。

馬大梅心中亦是驚訝，涼州衛的幾十個教頭，每一個各有所長。有的擅弓弩，有的擅步圍，他最擅長的，便是騎射。昨日沈瀚讓他今日同禾晏比試，起初他還覺得沈瀚瘋了，如今看來，這個叫禾晏的少年，已經大大的超過了他的預料。

他騎術精湛，心思靈巧果斷，知道三人聯手下難以射中草靶，便乾脆將其他人的箭全都打掉。此刻與自己交手的這兩招絲毫不亂，彷彿常常同人於危急中交手，十分淡定。

禾晏倒也沒有表現出來的那般淡定。涼州衛的教頭又不是只知道吃飯不做事的，這老頭兒實在難纏，眼看離終點太近，她的目的不是和對方交手，是要先衝過終點，在這耗下去，縱然這匹馬跑到終點，可她和老頭都在馬上，算誰贏？

真是奸詐。

她一抬頭，亦是笑容滿面，不見一點不悅，「我雖年幼，也知敬重長輩，您這麼一大把年紀還與我共乘一騎，要是摔著，我可真是萬死難辭其咎。我還是換匹馬吧。」說話間，她探出身子，兩手抓住馬鞍上的鐵環，側身貼馬放手。

這一手實在漂亮，馬大梅不由得眼前一亮。只見禾晏一手抓住鐵環，另一隻手裡的馬鞭捲住不遠處馬大梅的那匹空馬。兩匹馬湊近時，禾晏便鬆開手，半個身子躍上另一匹馬，抓住韁繩，重新翻身坐上去。

「好！好！好！」馬大梅一連說了三個「好」，看向禾晏的目光毫不掩飾欣賞，只是他笑道：「不過你以為這樣就贏了，還是太嫩啦。」

話音未落，禾晏身下的那匹馬便劇烈掙扎起來，不肯往前走，反是在原地發了癲狂一般。

「這是我自己的馬，認主，少年郎你馬術不錯，可是認主的馬，可是馭不了喲。」

他哈哈大笑著，彷彿禾晏此舉，正中他下懷，只等著看禾晏熱鬧。

少年微微一笑，聲音絲毫不見緊張，泰然回答，「我還是試一試吧，萬一我又能馭了呢？」

說罷，她便俯身，嘴唇湊近馬耳，也不知嘀咕些什麼，身下的馬竟就在她這麼一番折騰下，漸漸安靜下來。

馬大梅一愣，有些不敢相信自己的眼睛。他見過的馬千千萬，也會與馬有簡單的交流，但沒見過和馬說幾句話，就讓認主的馬乖乖聽話的。古有神話傳說，有人通曉百獸之語，禾晏……也是嗎？

他活了這麼大把年紀，從來不相信什麼神鬼傳說。

少年一扯韁繩，馬兒疾馳而去，馬大梅趕緊跟上，可就在他愣神的功夫，已然錯過了最好的時機。少年的言猶在耳，帶著幾分得色，「教頭，您勝我的機會，可就到此為止了！」

馬道盡頭，叢林裡的涼亭裡，沈瀚和肖玨坐著。

茶杯裡的茶，沈瀚一點都沒動，肖玨倒是飲了半盞。禾晏方才同馬大梅的一番交手，已然盡收眼底。

沈瀚閉了閉眼，心中升起一股寒意。

肖玨說的沒錯，涼州衛裡，不可能出現這樣一個天才。每一項都是第一，將自己所有的教頭都比了過去。這並非一件好事，蹊蹺得有些過分，好像……好像是特意為涼州衛準備的一般。

紅綢在風裡飄揚，少年帶著駿馬如一道風，掠過終點的長線。他勒馬喊停，揚起的煙塵滾滾，跟在後面的是馬大梅，神情嚴峻，不見輕鬆。

兩人一前一後停了下來。

禾晏先下馬，她下了馬後，馬大梅也跟著下馬。她朝馬大梅走去，在馬大梅跟前停下腳步。

「方才我不是故意要捉弄教頭的，實在是情勢所逼，教頭應當不會與我計較的吧？」少年神情惴惴。

馬大梅怔然片刻，笑了，「少年郎說的哪裡話，比試自然要各盡手段。」少年的臉上便綻開大大的笑容，她擦了擦額上的汗，想了想，才道：「那麼這一次，也承讓了。」

也承讓了，也就是說，她又勝了。

後面的梁平和杜茂，總算趕了回來。他們二人到了終點下馬，看到的就是禾晏高高興興喝水解渴，馬大梅站在一邊若有所思的模樣。

這樣子，看上去可不像是馬大梅勝了。

二人心裡不約而同的想，不是吧？馬大梅都沒能比得過禾晏？

梁平走到馬大梅身邊，馬大梅不等他開口，就主動道：「我輸了。」

還真輸了？

梁平詫然，「怎麼會？你怎麼會輸給他？」

馬大梅是教頭裡騎射最好的一個，要是馬大梅都比不過禾晏，豈不是說整個涼州衛在騎術上都沒有比禾晏強的。那禾晏還來學什麼騎射，他自己就能給自己當教頭。

「是不是那小子使詐了？」杜茂低聲問，「你著了他的道？」禾晏剛剛用馬鞭把他的箭全部捲跑，杜茂真是想想都生氣。瞧瞧，真是新兵能做出來的事麼？

馬大梅瞪他一眼，「是我技不如人，行了吧？」他走到禾晏身邊，問禾晏，「小娃娃，我有件事想問你。」

「教頭是想問我最後跟您的馬說了什麼，才讓牠不發瘋，還乖乖聽我的話嗎？」禾晏擰緊水袋，「如果教頭想問這件事就算了，祖傳手藝，不能往外說的。」她朝馬大梅眨了眨眼，轉而對梁平道：「梁教頭，要是沒什麼事我就先走了，我還得去演武場訓練。」

梁平揮了揮手，罷了，眼不見為淨。

杜茂看著她背影，有些匪夷所思，「他跑了這一遭，還挺精神，居然還有力氣去演武場訓練，這是什麼人啊？」

「和你我不一樣的人。」梁平沒好氣地回答。

「讓都督看笑話了。」沈瀚有些尷尬。他的教頭，全部敗於禾晏手下，這還是使了手段的情況下，三個人聯手都比不過，未免有些說不過去。

「無事，你做得很好。」肖玨垂眸飲茶，「本就不是讓你們去比騎射，只是試人，現在人已經試出來了。」

「都督還是覺得他有問題？」沈瀚問。

「有。」

「因為禾晏過於拔群？」如果是因為這個，這只能算作懷疑，沒有證據。

「他剛才最後馭馬的動作，出自蠻族。」肖玨放下手中的茶盞。

「蠻族？」沈瀚一下子站起身來。

蠻族有西羌、南蠻以及如今的烏托國人。當年西羌之亂被飛鴻將軍平定，南蠻入侵是肖珏親自將他們驅逐。如今烏托人蠢蠢欲動，蠻族同大魏，向來勢同水火，便是如今的西羌和南蠻，也都是關係微妙，不敢不提防。

「莫非她是蠻人？」

「倒未必。」肖珏搖頭，「軍籍冊帶來了麼？」

沈瀚將軍籍冊呈上，「禾晏的在這裡。」

「既然此人有異，不可打草驚蛇，注意他的一舉一動，小心行事。」

「都督是想……」

「放長線釣大魚，總要抓住背後的人。」他不緊不慢地回答。

沈瀚走後，肖珏翻著手中的軍籍冊，在禾晏那一頁上停留許久。片刻後，他道：「飛奴。」

有人悄無聲息地自身後出現，彷彿一道影子，低聲道：「少爺。」

「你讓人去查一下，京城城門校尉禾家，是否有個叫禾晏的兒子。」

飛奴領命，正要離開，又被肖珏喚住。

「再查一查，禾家和徐敬甫暗中有無往來。」

禾晏回到演武場時，便有一大群早已望眼欲穿的人圍了上來。

「怎麼樣、怎麼樣，結果怎麼樣？」

「怎麼不見教頭他們？是你勝了還是教頭勝了？」

禾晏笑了笑，只說了兩個字：「祕密。」

這個回答顯然不能滿足大家的好奇心，奈何禾晏的嘴巴嚴得很，愣是撬不開。眾人悻悻離去，自己猜測議論。

「應當是勝了吧？看禾晏不像是輸了的樣子。」這是相信她的。

「既然勝了，為什麼不大大方方的說出來？不說出來肯定是輸了，怕丟臉唄！」這是不相信她的。

「你們爭來爭去也爭不出結果，禾晏不說，你們去問教頭就知道了嘛！」這是冷靜思考的。

於是等教頭來了後，大夥兒便一窩蜂的衝向幾個教頭，幾個教頭先是一頭霧水，聽到是問他們比試的結果時，便不約而同地看向禾晏。心道這小子還算厚道，還知道給教頭留點顏面，沒把底揭穿。教頭們揮了揮手：「都別問了，散了散了！」

到底還是沒說。

禾晏晚上上榻的時候，小麥還心心念念這個結果，問禾晏道：「阿禾哥，所以最後結果到底怎麼樣了啊？」

「結果怎麼樣不重要。」禾晏拍了拍小麥的頭，「重點是我現在要就寢了。」

她翻了個身，面對著牆，將後腦勺對準小麥。小麥問不出來結果，只得作罷。

禾晏睡不著，心裡老想著白日裡馬道發生的事。無論如何，三個教頭突然來找她比試騎射，這實在太奇怪了。他們三人聯手對付自己，若是普通新兵，定然是招架不住的。可他們好像並沒有考慮到自己是否會經得住這樣的比試，不像是一場踢館，反倒像是……考驗，或者是證實什麼。

她最後將馬大梅的馬制服，用的是當年從軍時，從一個蠻族俘虜那裡學來的馴馬之術。那俘虜是專門馴馬的，馴馬術出神入化，當時讓他們吃了不少苦頭。禾晏抓了他後，這人貪生怕死，便將自己族中珍貴的馭馬術寫下來交給禾晏手中。

不過那種馭馬術太過複雜，禾晏也只學了個皮毛。縱然如此，喝止普通的馬匹是足夠了。今日若非如此，她定然贏不了馬大梅。

只是，如果真是測驗，能指揮得動涼州衛所教頭的，無非是總教頭或者是肖玨。如果是肖玨，目的又是什麼？難道他現在就要挑去九旗營的人，所以匆忙令教頭來考驗她究竟有沒有資格和手段？

是這樣嗎？禾晏隱隱覺得自己可能想岔了，但又確實找不到其他方向。想了一會兒，便乾脆不想了。既來之則安之，總歸，她這局沒輸就行。

第二十一章　上山去

禾晏本以為，倘若是肖玨叫馬大梅他們同自己比騎射，那麼比試過後，當也看出來自己身手不凡，總該做些表示。可一連十幾日過去了，日子還是尋常的過。除了偶爾來要與自己比試的新兵們，什麼都沒發生。連每日的軍糧都不曾多給一盅。

或許……只是偶然？禾晏想，可能就是幾個教頭在涼州衛待得無聊，想試試自己的身手吧。

她便把這件事暫且拋之腦後。

下過幾場雨後，暑氣似乎減了幾分，偶爾早晨起來行跑時，不見日頭，還有清涼的風，再過不了多久，涼州衛的夏日就該過了。

也正是因為天氣逐漸有了涼爽的勢頭，前些日子起，新兵們可以進山了。

白月山極大，翻過山頭，至少得一天一夜。因此新兵們被嚴令禁止不得翻山，至多只能到山頂。每日五人為一伍，上山巡邏去。

洪山很不理解，「五人巡什麼邏，要真有什麼凶險，五個人夠嗎？」

禾晏心道，當然不夠，因為本就不是讓你們去巡邏的。

涼州衛駐守的這批新兵，算起來，也在此訓練了一整個夏日，再過不了多久，想來就該

「爭旗」了。

爭旗便是在整座山的山頂上，插上十幾面旗幟，在新兵裡挑出資質較好，成果優異的分成隊伍，自行上山爭奪。爭奪中隊伍間許有打鬥，到最後下山時，哪支隊伍手中的旗子最多，便為勝。而這最後的勝者，便會成為最看好的新兵，極有可能進入前鋒營。

禾晏如今的目標已經不是進入前鋒營，而是九旗營。

眼下每日讓新兵們去山上轉轉，其實就是讓他們提前熟悉白月山的地形，記住位置，在爭旗的時候，不至於不熟悉路。只是新兵們不知道，而禾晏作為在軍中待過的人，是知道的。

她上回在漠縣爭旗時，漠縣連著沙漠，沙漠裡風一吹，地標便全不見了，沙丘也有所變化。他們爭旗那一次，情況十分凶險，若不是隊伍中有一位大哥找到一條小河，說不準誰都走不出那片沙漠。

「爭旗」不僅考驗新兵個人身手，還要看隊伍間的團結協作。單單某一項所長是不行的。對每個人的考驗都很高。而所謂爭旗說的雖然是一段日子以後，但其實從某種方面來說，競爭，從現在就已經開始。聰明的人在巡邏時便能記住路，而那些沒有意識的新兵只當是隨便轉轉，不會放在心上，對日後「爭旗」，一點幫助都沒有。

「管他呢，阿禾哥，今日輪到你上山，你能不能拿弓箭獵幾隻兔子，咱們回來偷偷烤了吃啊，我都半個月沒嘗到肉味了。」小麥舔了舔嘴唇。

「我不拿弓弩，」禾晏笑了笑，「弓弩太重了，我拿把刀。」最重要的是，弓弩不適合近戰，若是真遇上什麼問題，作用不大。而且一個隊伍裡，總會有人帶弓弩的，到時候借借就行了。

見小麥一臉遺憾的樣子，她又寬慰道：「沒事，再過些日子，咱們就能一起上山，屆時獵兔子想獵多少就獵多少。」

小麥將信將疑。

禾晏不能告訴他，爭旗的時候大家都在山上，教頭也不在，說不準還要在山上過夜，自然是想怎麼吃就怎麼吃。

她將衣裳上的腰帶紮得緊緊的，聽到洪山道：「那你早點下山，今晚咱們一起過節。」

「什麼節？」禾晏茫然。

小麥道：「七夕節呀！」

禾晏：「……」

差點忘了，今日是七月初七，女兒節。不過他們一群男人過什麼七夕節，禾晏好笑道：「這好像該和喜歡的姑娘一起過吧？你們有喜歡的姑娘嗎？」

洪山馬上道：「你可別看不起人，喜歡你山哥的姑娘多得很，山哥要想過七夕，姑娘肯定樂意。」

「我……我沒有，」小麥也連忙開口，「但是我哥哥有！我哥哥喜歡城東頭孫大爺開的麵館裡的小蘭姐姐！」

石頭：「……」

禾晏看向石頭，石頭的耳朵紅到了耳根。小麥又問：「阿禾哥，你有沒有喜歡的姑娘？

你喜歡什麼樣的姑娘？」

禾晏隨口胡謅：「長得好看，腦子聰明，身手絕佳，銀錢豐厚，對了，性子還要溫柔體貼，活潑有趣。最好會點琴棋書畫一技之長，會做飯就再好不過了。」

等禾晏走後，小麥還咀嚼著禾晏這句話，喃喃道：「阿禾哥對心上人的要求，真是好高啊……」

「你聽他胡說，」洪山點著他的頭，「他這是要尚公主，小麥，你可別學他！」

小麥鄭重其事地點了點頭。

禾晏先到演武場兵器架上拿了把鴛鴦刀。自從她用鴛鴦刀打敗了黃雄的金背大刀，有段日子每天都有人拿這把鴛鴦刀練。不過他們練鴛鴦刀不如禾晏靈活，練個幾次便覺得不適合自己，遂作罷。因此到最後，演武場的鴛鴦刀，幾乎還是禾晏一人在用。

今日上山，她拿這把刀輕便好使，若等下想在山上生個火臨時烤兩條魚什麼的，這刀還便於殺魚。

她拿好刀，走到馬道那頭，其餘四人已經準備好了。

這四人禾晏都不認識，不是梁教頭手下，看見禾晏，有個人笑著對禾晏指了指身後，「你快去挑匹馬，咱們這就走了。」

禾晏點頭，她去馬廄裡挑了匹馬，五人一道往白月山上行去。

山裡叢林密布，遮陰蔽日，行走起來比山腳下清涼舒適得多。兩邊時有野兔蹦跳而過，有人問：「要不咱們獵幾隻兔子吧？」

「好啊好啊，」那個同禾晏打招呼的新兵一口應承下來，「你們誰帶了弓弩？」

眾人面面相覷。

大約是弓弩實在太重，又要在山上待半日有餘，誰也不想帶，於是誰都沒帶。

「得，都沒帶，」一個吊梢眼的新兵聳了聳肩，語氣不怎麼好，目光卻是看著禾晏，「那就只能乾看著了。」

誰都知道禾晏箭術超群，大約以為禾晏會帶。

禾晏淡然的對視回去，神情泰然。

讓飛鴻將軍給你獵兔子，帶腦子了嗎？臉還真大。她想。

兔子是不能獵的，狐狸也是不能獵的，飛禽，仍然是不能獵的。

什麼都不能獵，就只能老老實實的「巡山」。

白月山山路崎嶇，風景卻極好。山澗升起濛濛白霧，一眼望過去，翠色環繞。泉光雲氣，繚繞衣裾，群峰盤結，巍然上挺，彷彿仙境。

吊梢眼很聰明，隨身帶了幾張黃紙，走到一處便用炭石在黃紙上草草畫上幾步，這是在記路。每隔一段路眾人都要在樹上做個記號，免得走失了，不知道下山如何回去。

因著大家都沒有帶弓弩，一路倒是走得很安靜，清晨出發趕路，過了晌午時分，總算爬到了頂。

大家把馬拴在樹上，旁邊有條小溪，就在溪邊休息一會兒。等吃過乾糧養足體力，便可以下山了，太陽落山前就能回到衛所。

那個朝禾晏打招呼的新兵體力不是太好，等爬到頂的時候直接累癱在地。迫不及待的從懷裡掏出乾糧填肚子，一邊嘟囔道：「可算到頂了，再走我可走不動了。」

禾晏在溪邊洗了把手，在他旁邊的石頭上坐下，也掏出乾糧。

乾糧是早晨發的乾餅，又乾又硬，那個新兵便湊過來，從兜裡掏出一小把松子，遞給禾晏道：「給。」

禾晏詫異，「這是哪裡來的？」

「來涼州衛前我娘給我裝的，捨不得一口氣吃完，存著呢。」他有些不捨，還故作大方，「你嘗嘗！」

禾晏從他掌心撿了一粒剝開，丟進嘴裡，道：「很香。」

「是吧是吧？」這孩子有些開心，「我叫沈虹，我知道你，禾晏嘛，之前在演武場可厲害那個，大家都打不過你。」

「僥倖，運氣好而已。」禾晏笑道。

沈虹看了看遠處，有些遺憾，「可惜的是我沒帶弓弩，我之前不知道是你和我們一道去的。我要是知道，鐵定帶一把，你箭術這麼好，用弓弩打幾隻兔子，咱們就能吃烤兔子啦。」

他和小麥怕不是異父異母的親兄弟？禾晏想著，隨口問，「你帶什麼兵器？」

沈虹不好意思地抓抓後腦勺，「我嗎？我箭術不好，帶弓弩沒用。刀術也一般，槍術也……我估摸著我派不上什麼用場，就拿了一把……」他從身後摸出一截長棍，「一把這個。」

禾晏無言以對。

他居然帶了一根棍子，還不是鐵頭棍，是跟竹子削的長棍。演武場的兵器架上有這種兵器嗎？禾晏很懷疑，沈虹拿根棍子，確實派不上什麼用場，哦，除非這裡有棵棗樹，他能用這根長棍打棗。

似是看出禾晏的無言，沈虹連忙補救，「反正也不會和人動手嘛。」

禾晏點頭：「你說得對。」

她和沈虹在這邊，吊梢眼同其他兩人在離他們稍遠的另一邊坐著。吃完了東西，禾晏便靠著樹休息一會兒，沈虹小心翼翼地問她，「那個，禾晏，我能不能借用下你的刀？」

「怎麼了？」

「你看到那個沒有，」沈虹指了指溪邊的綠油油的一片，葉長而細，看不出是什麼草。他道：「我們家是開藥鋪的，這個叫書帶草，形似『薤』卻非『薤』，可以醒目安神。我想摘一點回去，咱們成日在這裡，或許用得上。不過書帶草堅韌異常，並不好採，他們幾個人帶的不是長刀就是槍，不如你的小刀好用。」

這是把她的刀當鐮刀用了啊。

禾晏：「……行吧。」她抽出腰間的鴛鴦刀遞給沈虹，道：「小心點。」

沈虹放下手裡的棍子，高高興興地接過刀，對禾晏道：「謝謝你啊，我多割點，完了送你一把。」

禾晏本想說不用了，轉念一想或許洪山用得上，洪山說近來熱躁老是睡不好，況且也是沈虹一片心意，就將不必兩個字咽回肚中。

她便倚在樹下，看沈虹忙得不可開交。

看著看著，忽然聽見身後有動靜。再看，便是那個吊梢眼和其他兩人，正在解樹上的馬繩，禾晏愣了愣，問：「這就要走了嗎？不多休息一會兒？」

算起來，他們在這待了不到半個時辰。眼下還早，下山時間綽綽有餘。

吊梢眼似乎不太喜歡禾晏，同她說話也是不耐煩，「不下山，我們先去前面走走。」

禾晏看了前面一眼，現在已經是山頂，要去前面，便是翻山頭。她蹙眉，「教頭說不能過山頭。」

「就是多走兩步，不翻，」吊梢眼道：「又沒讓你們跟著一起，你們在這待著，我們等下就回來。」

「我覺得，」禾晏站起身，「還是聽教頭的話比較好，或許有什麼危險也說不定。」

「鄭玄，你到底走不走了？」另一人已經將馬繩解開，翻身上馬，催促道。

吊梢眼——也就是鄭玄看著禾晏道：「你怕危險就不去，再說天知地知，你知我知，只要你不說，誰會知道？別瞎擔心了，陪那傻子割草玩兒吧！我們先走一步。」說罷便也不顧禾晏，自顧自地翻身上馬，同另兩人往叢林深處走去。

禾晏本想追過去，又不能放沈虹一人在此，思忖間，那三人已經走遠。她嘆了口氣，又在樹下坐下來，罷了，他們一路上山並未發現什麼不對，山裡沒什麼人，也沒什麼大的猛獸，至多幾隻狸貛野貓，看見人便遠遠地躲開。

一盞茶的功夫，沈虹便從溪邊過來，他雙手各提著一捆草。那草果真形如書帶，長長軟軟，湊近聞還有股清香。沈虹找了根最長的將兩大摞書帶草捆好，遞給禾晏一捆，「就這個，回去放在日頭下曬乾，找個布袋裝好，放在枕頭下，保管睡的香。」

禾晏道：「多謝。」

「沒關係。」沈虹一揮手，這才發現其他幾個人不見了，他奇道：「他們人呢？」

「往前散步去了。」禾晏聳了聳肩，「就在這等他們回來吧。」

沈虹不解，正要開口問詢，陡然間，聽到叢林深處傳來一聲慘叫，正是方才同他們一起的新兵之一。

禾晏一怔，眉心蹙起，下一刻，便解繩上馬，直奔聲音而去。

聲音的來源並不遠，禾晏馳馬急奔，身後的沈虹也跟了過來，一邊跑一邊道：「哎，等等我呀！」

山頂再往前走，翻過山頭，因著背陰，山林越發茂密濕潤，日光幾乎漏不下一絲在人前，只覺得形如黑夜，陰冷森然。禾晏在雜木叢前停下腳步。

只見鄭玄三人就在前方，馬匹焦躁地原地踏步，不敢上前一步，鄭玄臉色發白，其他兩人更是幾欲流淚。

在三人周圍，有四頭狼伏低身子，正朝他們低低的嗥叫。適逢禾晏二人過來，這幾頭狼便朝禾晏看來，目露凶光。

這個時節，這個時間，怎麼會有狼？禾晏有些奇怪。

再看鄭玄幾人，皆是形容狼狽，禾晏還注意到，鄭玄腰間的刀不見了。群狼會攻擊落單的人，卻不會無緣無故的攻擊他們三個。禾晏問：「你們做了什麼？」

鄭玄白著臉沒有說話，他身後的那個新兵帶著哭腔開口，「我們，我們走到前面，看見有一處地洞，裡面有叫聲，我們湊進去看，裡面有一窩狼崽……」

「你們動了狼崽？」禾晏厲聲問道。

她如此疾言厲色，把那新兵嚇了一跳，連忙回答，「沒、沒有，我們只想抱回去養，沒走多久，就、就看到這幾隻狼。」

禾晏簡直想將這幾個人腦子撬開，看看裡頭究竟裝的是什麼。看見狼窩就說明母狼在附近，不趕緊離開還抱走了狼的幼崽，當真以為成狼不會循著氣味過來？

「狼崽呢？」禾晏問。

「……我們嚇壞了，忙把狼崽丟還給了他們，只是……」

「只是什麼？」禾晏心中，陡然生起不好的預感。

「只是有一隻摔在石尖上，好像死了。」那人道。

「你！」禾晏怒極。這群狼不會離開了。

「你吼什麼！」鄭玄動氣，「不就是幾隻狼嗎？殺了就是！人還會被幾隻畜生逼死不成？」

禾晏冷笑，「是嗎？那你的刀呢？」

鄭玄的臉色更難看了，他摔死狼崽後，也曾拔刀和這群狼對峙，可群狼狡猾，他本來刀術不錯，緊張之下卻被狼鑽了空子，差點受傷，情急之下連刀都丟了。若非如此，也不會面臨如此絕境。

「少說廢話，現在要麼一起死，要麼想辦法。」他從牙縫中逼出幾個字。

正說著，沈虹也駕馬趕到了，他見此情景，嚇了一大跳，聲音立刻顫抖了，「好、好多狼！怎麼會有這麼多狼？」

狼群已經伏低身子，露出尖牙，這是要攻擊的標誌。

若是有火摺子還好，狼怕火，可他們出來是白日，都未曾帶，眼下是不行。剛想到這裡，四頭狼便一同朝圍著的三人撲過來。

那三人慌得慘叫一聲，有一人馬腿被咬中，差點顛下來。沈虹都快哭了，「救命啊！」

現在叫救命有什麼用，這裡又沒有別人，禾晏心一橫，駕馬衝進去。她這一衝，便將方才狼的包圍圈打散。幾頭狼見狀，便朝她衝來。

禾晏催促道：「你們的槍呢？拿出來用啊！」

「哦、哦。」那兩個新兵如夢初醒，這才想起自己的長槍，便抽出來胡亂揮舞了幾下，拿也拿不穩。禾晏頓時心涼成一片。

指望這幾個人是不可能的了。禾晏想要摸刀，才記起自己的刀方才被沈虹借走，身上只有一根竹子削的長棍，她喝道：「沈虹，把我的刀丟過來！」

沈虹應了一聲，顫巍巍地拔刀扔過來，可他大約太緊張了，連刀都沒收好，長刀在空中便掉了，只剩下一把短刀插在刀鞘裡，被丟在半空中，被禾晏一把收起來。

那幾隻狼又圍著他們伺機而動，禾晏道：「等下我讓你們跑，你們就回頭跑，什麼都別管，往山下跑，一直跑到營裡去，讓教頭們上來，知道嗎？」

沈虹問：「那你呢？」

「我有辦法甩開牠們！」

「禾晏，我們怎麼跑啊，」鄭玄身邊的新兵抽泣著道：「我們被圍著，牠們會咬馬腿的，咬斷了馬腿，我們都走不掉……」

「也不是全無辦法。」禾晏說完這句話，手中的短刀猛地飛出，鴦刀本就細小，她動作迅猛，眨眼間眾人只見銀光閃過，猛地一聲慘嚎聲，血腥氣便頓流了出來。

那頭最大的狼倒在地上，喉間不斷冒出血泡，一柄刀完全沒入進去，只剩下刀柄在外面。狼掙扎幾下，便不再出氣了。

「跑！」禾晏大喝一聲。

鄭玄幾人並沈虹大氣也不敢出，當即喝了一聲「駕」，用盡全身力氣駕馬衝出密林，他們以為剩下幾匹狼會追過來，頭也不敢回，眨眼間便沒了身影。

剩下的幾隻狼沒有追過去，先是慌亂一刻，再看向禾晏時，目光窮凶極惡。

禾晏殺掉了頭狼。

狼是群居動物，這幾頭狼裡，最大的這頭的便是牠們的頭領。牠們聽頭狼指揮，禾晏殺了牠，牠們群龍無首，不如方才結群聰明。但同樣的，作為殺掉頭狼的代價，她將面臨這幾頭狼的復仇。

一頭狼露出森森白牙朝她撲過來，鋒利的爪牙能將人的腦袋撕裂。禾晏橫棍於身前狠狠一掃，將那頭狼掃的往前一滾，撲了個空。

「嗤」的一聲，極輕微的聲音，禾晏耳力驚人，一聽便心中一沉。

這根竹子削的棍子，有了裂縫，可能支持不了幾次，便要斷了。

「真倒楣！」她低聲咒罵了一句，三頭狼而已，便是她一個人也能對付，可如今她渾身上下除了這根快斷開的棍子，什麼兵器都沒有。這還真是，一文錢難倒英雄漢？不對，是福無雙至，禍不單行。

人總不能被畜生逼死，她想到方才鄭玄的話，低笑一聲。

戰場上，除了主動出擊，其實她還有一項擅長的，就是逃跑。

「逃！」

少女的聲音響徹山林，驚起飛鳥無數，那根長棍似有無窮大力，直直劈向前方，硬生生辟出一條敞道。

她駕馬手持長棍而去，似要消失在曠遠的山林中。

身後群狼追逐，魚游沸鼎，間不容髮。

風聲呼呼颳過耳邊，不知跑了多久，馬停了下來。

沈虹抱著馬肚子，他們敞開了跑，山路顛簸，一路不敢停，直到此刻，才覺出腹中翻江倒海，幾欲嘔吐。

已經跑到了半山腰，回頭看，並沒有狼追上來的影子。

一名新兵道：「得、得救了。」

沈虹呆呆地看著自己腰間，他來的時候抓了一根竹棍，如今竹棍給了禾晏，他想起禾晏，登時又是臉色一白，顫巍巍地問道：「……那禾晏呢？」

只有一根竹棍，唯一的鴛鴦刀被沈虹弄丟了一把，另一把插在頭狼的喉間，禾晏什麼兵器都沒有。那三頭狼來勢洶洶，他一個人，怎麼躲？

「我們，要不要回去看看？」他鼓足勇氣道。

「你在說什麼鬼話，」鄭玄冷冷地看著他，「那些狼都在，我們好不容易才跑出來，回去送死嗎？」

「可是禾晏在後面，他一個人，不行的。」沈虹想到禾晏，眼眶一紅，他覺得禾晏是個好人，他們剛剛還在一起吃松子。

「他不是讓我們下山找教頭嗎？」鄭玄身邊的新兵道：「我們下山告訴教頭，讓教頭來救人吧？」

「不行。」

沈虹不敢置信地看向鄭玄，鄭玄面色不變，「如果告訴教頭，教頭就知道我們越過山頭的事了。」

「他剛剛救了我們，如果不是禾晏，我們早就死了！」沈虹高聲道。

「你也知道我們三個人都差點死了，他一個人對付狼群，必死無疑！」鄭玄的聲音比沈虹的聲音更高，「越過山頭就是違反軍令，輕則杖責，重則人頭落地。難道要為一個已經死了的禾晏讓其他人送死！沈虹，你想這樣嗎？」

沈虹被吼得呆了一呆。他生性膽小怕事，若非家逢變故，本該一輩子做藥鋪的少東家，一輩子平平淡淡，無病無災。如今乍然遇事，本就心慌意亂，一聽許會人頭落地，便是不寒而慄。

他家中還有母親要侍奉，他若是死了，家中無男丁，一家老小如何生活？

「我……我……」沈虹囁嚅著說不出話來。

「下山之後，當無事發生過，等太陽落山後，告訴教頭，禾晏一人不聽人勸阻，翻越山頭，遍尋不著。」鄭玄毫無感情道。

這不僅是堵住禾晏的最後一條生路，還要給禾晏套一個違反軍令的罪名。沈虹搖頭，其餘兩人卻擔心自己受罰，一口應承。鄭玄盯著沈虹，道：「你要想去告狀盡可去，你一人之言，看教頭是信你，還是信我們。」

說罷，他不再管沈虹是何神色，駕馬朝前疾馳而去。沈虹無可奈何，山色漸晚，也只得跟上而去。

天色漸晚，叢林裡幾乎沒有亮光了。

馬匹在白月山上迷失了方向，禾晏握著竹棍，往後看去，心中鬆了口氣，總算是甩掉了那幾頭狼。

倒是第一次看見這麼窮追不捨的野狼，禾晏撇了撇嘴，想到了當年在漠縣遇到的狼。漠縣當時還鬧饑荒，方圓百里的狼都被抓來吃了，哪裡像白月山裡的這樣囂張。思及此，便又覺得那個叫鄭玄的吊梢眼實在是沒長腦子，怎麼會想去逮狼崽養，狼是無法被馴養的動物，能被馴養的，是會朝人搖尾巴的家犬，而狼只會咬斷人的喉嚨。

馬匹在原地轉了個圈，不再往前走了。

這裡四處都是樹林，看上去一模一樣，她方才躲避狼群追趕，沒能在樹上做記號，只怕早已翻越了山頭，不知道此地在何處。若是沈虹他們沒能及時告訴梁平，等天黑了，這林子就更不能出去，沒有火摺子，怕遇上野獸，只能在山上過一晚了。

她心裡想著，嘆了口氣，翻身下馬，打算去尋一尋周圍有沒有什麼可以擋風的山洞避一避，剛從馬上下來站直身子，猛然間，忽然覺得一絲不對勁。

倒也說不出來為什麼，非要說的話，大概是多年征戰沙場，對危險的直覺。她下意識地偏頭，便覺得一道黑影從頭頂掠過，什麼東西擦破了她的脖子，帶出了一絲血氣。

馬兒受驚，揚起前蹄，禾晏沒拉緊韁繩，馬便頭也不回的往前衝，眨眼間消失在叢林深處。她回過頭，便見到剛剛撲過來的黑影，伏在草叢間，露出兩隻碧色的眼睛。

竟是方才的狼。

禾晏看了看這頭狼，又看了看牠撲來的方向，心中恍然大悟。方才的幾頭狼裡，竟有頭聰明的，知道追不上騎馬的禾晏，便抄了近路。白月山不是禾晏的地盤，卻是這裡山獸的地盤，想來牠已經在此潛伏了許久，就等著禾晏放鬆警惕的時候，撲上來咬斷她的喉嚨。

事實上，這頭狼也差一點就成功了。

禾晏摸了摸自己脖頸間，火辣辣的感覺，沾了一手的血。那頭狼見一擊不成，露出尖牙，從禾晏身後撲過來。

禾晏在地上滾了一圈，避開了牠的爪子，心中有些焦急，現在馬不見了，只能和這頭狼搏鬥，可她只有這根棍子。

沈虹上山的時候，哪怕是拿一串飛鏢也好啊，她心中想著，橫棍向前，朝狼頭撲將過去。竹棍劈在狼頭上，「砰」的一聲，從中間應聲而斷，狼被打得腦袋一歪，只流了點血，看向禾晏，狂怒地嗥叫了兩聲，重新撲了過來。

「這什麼破棍子！」禾晏罵了一句，閃身躲開，那狼卻極狡猾，並不正面攻擊，反而從身後撲來，意圖咬她的脖子，禾晏躲了幾次，沒躲住被牠叼了一口，曲肘捅向狼腹，狼被打得哀叫一聲，拚命將她撲在身下。

一人一狼扭打在一起，林間草木落葉被擠得窸窣作響，禾晏用力扳著狼頭，不讓狼嘴咬到自己，心中想著難道自己要用嘴去咬這隻狼？她剛想到這裡，突然覺得腳下一空，還沒來得及反應，只覺得身子一墜，聽得「撲通」一聲，下一刻，她和這頭狼一起跌倒在地。

天空變成了圓圓的一個，樹枝顯得更高了。腳下是坑坑窪窪的泥土，還有一隻剛剛站起來的狼。

她和這頭狼，一起掉進了陷阱裡。

第二十二章　殺狼

場地更小了，這像是一個更小的演武臺，不同的是她的對手變成了一頭嗜血的野獸，而此刻禾晏手裡，沒有任何兵器，連那根斷成兩截的竹棍都沒有了。

狼的眼中迸出興奮的光，這是聰明殘忍的動物，這種情況下，人類必死無疑。

禾晏唇邊浮起一絲苦笑，老天爺還真是格外厚待她，給她安排的怎就是這種特別難的橋段，她又不是神奇力士，哪能次次都化險為夷。

這大概是獵戶布置的陷阱，用來抓兔子或狐狸，可能時間隔得太久了，被枯枝落葉覆蓋得沒了任何痕跡，誰知道她和狼在這裡廝打的時候會掉下去，如今無路可退。

狼慢慢的站起來，禾晏也想站起來，才一動便知不好，她剛掉下來的時候，腿摔著了，這會兒左腿一動便鑽心的疼。

她只好扶著石壁站起來。

狼伏低身子，喉嚨發出低低的嗥叫，禾晏垂頭看著牠，後背靠著石壁，並無動作。牠繞了幾步，猛地朝禾晏撲來。

血盆大口張在眼前，似乎還可以聞到令人作嘔的腥氣，禾晏眼前，浮現起過去在路邊看到被狼吃剩的枯骨，身子殘缺，面目全非，只剩一灘腐肉。

千鈞一髮的時候，她猛地伸出左臂，狼奔著她脖頸而來，被她一掌揮開，這一掌用了些力氣，但畢竟拚不過野獸，只是護著了脖子，下一刻，胳膊便被狼咬住了。

不必看也知道咬得不輕，她卻絲毫不以為意，反而往前一動，像是要將手臂往狼嘴裡塞得更深一點，狼嘴未鬆，禾晏的右手猛地往前一劈——

一聲慘叫從狼的嘴裡爆發出來，那頭狡猾執著的狼在陷阱坑裡拚命翻騰，牠一雙眼睛被尖利的石子劃傷，血濺得到處都是。

禾晏鬆開手，她的掌心裡，躺著一塊並不大的石頭，石頭的一端尖尖，還沾著血。

她刺瞎了狼的雙眼。

從落到陷阱的那一剎那，她就在四處尋常可以用來防身的東西，可惜這陷阱坑裡，只有散落的石子，索性被她找到了能用的那一個。

狼失去了雙眼，什麼都看不到，又因為劇痛而顧不得其他，在坑裡掙扎發狂。禾晏咬了咬牙，扶著石壁過去，用盡全身力氣將狼的腦袋壓住，她再次握起那枚石子，狠狠地割破狼的喉嚨。

血，慢慢的氤氳出來，先是暖熱的，漸漸的，一點點的變冷了。

她慢慢跌坐下來，渾身再也沒有一點力氣。左臂被狼咬了一口，血同衣袖黏在一起，左腿也抬不起來，脖子還擦破了皮。不必想，此刻也是滿身狼狽，但她只是看著這隻死掉的狼，心中湧起一陣悲涼。

她和這頭狼何其相似，瞎了一雙眼睛後便只能任人擺布。如今乍然看到這狼淒慘死去，雖是自己所為，卻又想到過去種種，只覺得渾身疲憊至極，再也無力做其他事。

太陽落山了，日光隱去最後一點芒色，山林成為黑夜，她安靜坐著，垂頭不語，一瞬間，彷彿沒有呼吸，就這樣靜靜死去了。

涼州衛所裡，無人知道山上發生的驚心動魄的一幕。

鄭玄到了衛所，便與其他兩人一道去找教頭。他們故意在山腳處捱了好一會兒才回來，此刻，太陽已經落山，只剩天邊殘餘的一點如血晚霞，燦爛的鋪開在水邊。

沈虹沒有和他們一道去，回到了自己的房間裡。

他回去的時候，其餘人都已經吃過晚飯回來了，見沈虹在一邊呆呆坐著，有人笑著問：「喂，今日上山感覺如何？」

「他怎麼看起來木呆呆的，該不會是累傻了吧？」

「有可能，哈哈哈，這點就不行了，也太弱了。」

眾人調侃幾句，都以為沈虹是累了，也沒放在心上，便去做自己的事。過了一會兒，王霸走了進來，他同沈虹是一個房間，王霸進來後，房裡的新兵們都和他打招呼，雖然王霸弓弩輸給了禾晏，不過在這裡，大家還是以他為尊。

王霸也看到了沈虹坐在床上發呆，隨口問了一句：「他怎麼了？」

「不知道，今日輪到他上山，下山回來就這樣了。」有人答。

王霸看了沈虹一眼，覺得他有些奇怪，雖然平日裡沒少欺負這個老實人，不過再如何欺負，也沒見沈虹這般失魂落魄。他走到沈虹面前，搡了沈虹一把，「怎麼了？你是在山上遇到野獸嚇破膽了嗎？」

他不說還好，一說「野獸」二字，沈虹的身子抖得更厲害了，嘴巴囁嚅著不知道在說什麼。王霸湊近一聽，只聽他說的是「對不起」。

「對不起？你對不起誰了？」王霸皺眉問。

沈虹還是自顧自地說話，王霸不耐煩了，提小雞似的一把將他提起，問：「臭小子，把你今天上山遇到的一切原原本本的說出來，不說出來，」他威脅似的晃了晃拳頭，「我就要你好看！」

沈虹被他這麼一提，像是才從自己的思緒裡驚醒過來，王霸凶神惡煞地看著他，他本就心虛愧疚，這麼一激，立刻脫口而出：「禾晏……禾晏還在山上！」

禾晏？王霸一聽禾晏心中就一跳，這個人跟他真是冤孽，不過還是好奇地問：「什麼山上？你們今日一道上的山？怎麼你下來了他還在山上？什麼意思？」

「有狼……好多狼！禾晏為了救我們，自己把狼引開了，」沈虹哭出聲來，不管不顧的一口氣說出來，「鄭玄不讓我們告訴教頭，還要說是禾晏翻山走遠的，不，不是，明明是他們翻山頭，禾晏救了他們，他們卻想要他死，還要汙蔑禾晏！禾晏一個人在山上，連兵器都沒有，他會死的，都是我們害死了他！」

他說的顛三倒四，語無倫次，可王霸是什麼人，眨眼間便明白了沈虹話裡的意思。他先是愣了片刻，陡然間怒意盎然，一拳擂在桌上，嚇了沈虹一跳。

「他救了你們，你們把他一個人丟在山上了？」

沈虹哭道，「我也不想的……我沒辦法……」

王霸鄙夷地看了他一眼：「孬種！」轉身出了門。

王霸找到梁教頭的時候，梁教頭正在和沈瀚說話，身邊站著的，正是鄭玄幾人。沈瀚臉色極為難看，只隱隱約約聽得幾個字：「不守軍令……翻山……」

鄭玄還在說，冷不防一人衝了過來，還未等他反應，便覺得自己臉上重重挨了一拳，將他揍翻在地。

「王霸，你瘋了？」梁平怔了片刻才回過神，喝止了王霸接下來的動作。

「梁教頭，這小子是不是告訴你禾晏不聽軍令，自己翻山頭，現在還沒回來？」王霸喘著氣道。

沈瀚和梁平對視一眼，王霸冷笑一聲，盯著地上爬起來的鄭玄道：「這龜孫子不要臉！鄭玄，你敢說是誰救了你？你他娘的自己翻山頭，被狼圍了，要不是禾晏你能跑得了？你倒好，不僅自己跑了，還要潑一盆髒水在人身上！你還是個男人嗎？」

鄭玄面色發白，被揍得唇邊流血，他站起身來，抹了把唇邊的血跡，道：「教頭，你們不要聽他胡說八道，是禾晏自己翻了山頭，不信……不信你問他們？」他指向另兩個一道同他上山的新兵。

那兩個新兵忙不迭的點頭，「是啊，是……禾晏自己要越山的，我們都勸過他，他不聽……」

王霸氣不打一處來，衝上去又要揍人：「你們說的是人話嗎？」

那個沈虹膽子小的可憐，稍微嚇一嚇，什麼都和盤托出，哪裡有膽子說謊。況且禾晏這個人……王霸雖然不是很喜歡，卻也知道，禾晏不會主動幹找死的事。比起鄭玄這副做派，禾晏看起來順眼多了。

梁教頭把王霸攔下來，怒道：「都給我住手，看看你們像什麼樣子！要是都督來了，一個個都給我受罰去！」

「怎麼回事？」說曹操曹操到，才說完這句話，肖玨的聲音就從身後響起。他自衛所的後院走過來，看了眾人一眼，走過來，對沈瀚道：「說。」

沈瀚頭皮發麻，老老實實答道：「今日他們幾人一道上山，禾晏還沒回來。鄭玄說，是禾晏不聽軍令，私自翻越山頭，最後找不到人，只能趕在日落前自行下山。」

「我聽的可不是這樣，」王霸冷笑道：「是這幾個白眼狼先翻了山頭，招惹了野狼，禾晏為了救他們引開狼群，這幾個人卻自己跑了，不管兄弟死活，還要給人扣屎盆子。這種人在我們山匪裡，叫沒有道義！」

「都督，您不要聽信他的話，」鄭玄急忙跪倒在地，「我們幾人都勸過禾晏，可他不聽，執意離去。當時天色漸晚，我們只得先回來求救。」

他說話的時候情真意切，一派真心，肖玨瞥他一眼，看不出來在想什麼。

眼下太陽已經完全落下，最後一絲紅霞被山頭吞沒，山林寂靜，這樣下去，禾晏活下來的機會只會越來越渺茫。王霸咬了咬牙，「既然諸位教頭不願意為他冒這個險，那我自己去救人！」他說罷就要往外走，「老子在山裡占山為王了這麼多年，不怕幾頭畜生！不過話說回來，這年頭，人還比不上畜生！」

他才走了一步，「砰」的一聲，一把劍擦著他的頭皮而過，直直的沒入面前的木樁上，嚇得王霸一個激靈。

他轉過身，就見他們的右軍都督肖珏神情不悅，對梁教頭警告道：「梁平，管好你的兵。」

梁平：「……」

他硬著頭皮應了聲好，心裡放聲大哭了無數萬次，還以為這回能在肖都督面前搏個好，不曾想現在卻被點名批評。一時間覺得心灰意冷，恨不得從沒出現在此地過。

沈瀚遲疑了一下，道：「都督，我們現在帶人進山……」

「不必。」肖珏打斷他的話。

王霸不敢置信地盯著他，鄭玄眼中閃過一絲喜意。

「山上地勢複雜，恐怕有詐，你們不行，我去。」他道，說完，便喚了聲，自遠而近奔過來一匹烏色駿馬，這馬生得極其威風，四蹄雪白，雙耳綠色，毛色炳異。行動將猶如乘雲而奔，在肖珏身前停下，親暱地用頭去蹭肖珏的手。

這是肖珏的愛騎綠耳。

肖珏翻身上馬。

沈瀚還想說什麼，肖珏已經駕馬離去。

梁平呆呆的問：「總教頭，都督說的有詐……山上還有別人嗎？」

沈瀚沒有說話，他當然知道，如今他們懷疑禾晏有問題。這次禾晏消失在山上，焉知是不是故意的，「有詐」指的是禾晏，而不是對手。

但願是他們想多了。

山上到了夜裡，果真是越來越冷了。

陷阱很深，她一個人難以爬上去，此刻身上受了傷，更不好動彈。血腥氣會吸引附近的野獸，若她真的在地上走，拖著血跡，怕是走不了幾步就能被野獸吞進肚子。

這裡也挺好的。

禾晏抬頭看向天空。夜空被陷阱分割了，只剩下圓圓的一個。從這裡往上看，能看見閃耀的星河，夜涼如水，無數璀璨繁星在長空下，湊成了良夜的影子。

她挪了個位置，頭仰著便恰好能看得見星空，又覺出些冷來，可這陷坑裡，除了她以外，只有一頭狼屍。禾晏想了想，將身子往狼肚子下縮了縮，雖是冷的，到底有一身毛皮，可暫禦風寒。

禾晏伸手去解開腰間的水壺，水壺裡只有一口水了，她將水喝光，隨手將壺扔到一邊，又冷又餓又渴，倒是許多年沒有這般的體會了。

忽然間又想起早上出門前洪山對她說的話「早點回來，晚上一起過節啊」。

這是一個晴朗的秋日夜晚，月色如練，螢流飛舞，星繁河白，烏鵲橋頭。禾晏仰頭看著遠處的星宿，喃喃出聲：「家家乞巧望秋月，穿盡紅絲幾萬條。」

她嘆息了一聲，有些無奈地笑道：「今天是七夕啊……」

寂寂夜色無言，遠處的鵲橋正渡牛郎織女，涼風微起，吹散所有歡情與離恨。

有人的聲音響起，帶著似笑非笑的嘲意。

「怎麼？你還想和心上人去河邊放花船？」

禾晏訝然抬頭，但見圓圓的長空裡，陡然出現一個修長的身影。他站在陷阱邊上，月色搖曳，流光皎潔，玩味的看著她。

正是肖玨。

陷坑裡，少年靠著石壁，滿身血腥氣，半個身子縮在野狼屍體底下，傷痕累累，實在是狼狽，偏偏還有心情風花雪月。

他看著自己的一雙眼睛清亮，滿滿都是驚訝，倒不見一絲一毫的歡欣。

禾晏脫口而出：「肖……都督，你怎麼來了？」

這個時間，她以為不會有人來了。其實後來仔細想想，鄭玄找人來救她的可能性微乎其微，沈虹膽子那麼小，大概稍加威脅，便不敢再說什麼。旁人指望不上，便也只能靠自己。禾晏本想在這裡待到天亮，等身上血跡乾了，養足些力氣，再想法子爬上陷坑，沒料到真會有人來救她，更沒想到這個人是肖玨。

肖玨沒有回答她的話，只問：「你自己能不能上來？」

禾晏：「不能。」

這陷坑做得粗糙，偏偏太深了，她腿上沒力，爬不動。

肖玨看了她一眼，轉身走了，禾晏一頭霧水，什麼意思？他就這樣走了？

不過片刻，他又回來了，手上拿著一根長長的東西，禾晏定睛一看，這不是被她敲斷的竹棍嘛。雖然斷成兩截，不過從上面伸下來，恰好可以讓禾晏握住。

肖玨在陷坑旁半跪，將竹棍伸下來，道：「抓住。」

禾晏無言片刻，也只得認命的握住，心裡卻想著，也是，難道還要指望肖玨飛身下來把自己拖出去嗎？這事想想她自己都覺得惡寒。

這人看著秀如美玉，力氣卻極大，禾晏抓著竹棍，他單手往上收，竟拖得動。快到出口的時候，他朝禾晏伸出一隻手，示意禾晏抓住自己。

那隻手骨節分明，修長漂亮，禾晏正要伸出手去，伸到一半，便僵在空中。她的手方才和野狼搏鬥，沾了一手的血，不知道是狼血還是人血，滿手都是黏膩。這隻血跡斑斑的手，和肖玨瑩白如玉的手放在一起，實在很難看。

肖玨此人，最是愛潔，禾晏有些躑躅。那人卻似乎等的不耐煩，不等她想好該如何做才好，便往前一探，握著她的手腕，將她一把拽了上來。

外頭不再有陷坑裡令人窒息的血腥氣，長空陡然變大了許多。星星鋪滿頭頂，彷彿要沉沉下墜，無數璀璨的匯成一起，似要將天地都照亮。

她又轉頭去看肖玨。

青年站起身，丟掉竹棍，凝著她，片刻後開口道：「你殺了一頭狼？」

這是什麼問題，禾晏不明白，她還是笑了笑，「是，差點死掉了，沒帶兵器，用石頭砸死的，還被咬了兩口。」

血跡從少年的衣袖處滲了出來，將原本就是赤色的勁裝染成深色，而她神情如常，還滿不在乎地問道：「都督怎麼會親自來？其他人呢？」

「太晚了，我一個人上來的。」他叩指，禾晏這才看到，不遠處還有一匹馬，那匹馬也沒栓馬繩，看見肖玨動作，便自己乖乖跑到肖玨身邊。禾晏藉著月色瞧見牠耳朵泛綠，心頭一動，世人都知封雲將軍有一愛騎，日行千里，追風逐電，名喚綠耳。沒想到今日在這裡見到了。

「那我們現在……回去嗎？」禾晏遲疑地問。

肖玨匪夷所思地看著她：「你想在這裡過夜？」

「不，不是。」禾晏解釋道：「我的意思是，這裡沒有其他人，只有一匹馬……」難道肖玨要讓她走路一路跟著？太慘了吧？慘絕人寰！

他拍了拍綠耳的頭，駿馬溫順地垂下腦袋，肖玨看了她一眼，「上去。」

「咦……我嗎？」禾晏大驚。

這匹絕世名馬，肖玨居然捨得讓她騎？她沒有聽錯吧？

肖玨扯了下嘴角：「你想走回去的話，也不是不行。」

「不不不，我可以！」禾晏回答，「我是太高興了！」

今天是什麼好日子，她居然能騎到傳說中的綠耳，禾晏只想放聲大笑。她一瘸一拐地走到綠耳身邊，這馬極高大威武，本來翻身上馬的動作，應當很瀟灑的，可惜她如今全身都是傷，想要瀟灑都瀟灑不起來。只能一手抓住馬鞍，努力往上蹭。

禾晏的腿摔傷了，手臂方才又被狼咬了一口，一用力，剛剛乾涸的血立馬又滲出來，眨眼間便將半個袖子都潤濕。而她面色如常，臉色都已經發白了，還掛著笑意，大滴大滴的汗水滾在額邊，頭髮都濕漉漉的。

這人壓根兒就不知道自己有多狼狽。肖玨微微揚眉。

禾晏還在手腳並用的往上爬，猛然間，有人的聲音自頭上傳來，他道：「你不疼嗎？」

禾晏一愣，下一刻，有人攬住她的腰，將她往上一帶，她還沒來得及驚呼出口，人已經坐在了馬背上，她身後抵著另一個人，若有似無的月麟香傳來，將她的思緒攪得紛亂。

「坐好。」肖玨道。

禾晏難以言喻這一刻的感受。

她確實沒想到，肖玨竟然會將她抱到馬背上……應該是抱吧？她剛也沒感受清楚，實在是太快了。可眼下他確實是坐在自己身後，禾晏身材嬌小，頭剛好靠著他的胸前，倒像是……倒像是偎在他懷中。

她為自己的這個想法悚然，下意識的感覺竟不是羞赧，而是心驚。肖玨可不是一個風花雪月的人，何況她現在還是男子身分。今日種種，莫不是自己在做夢？

肖玨催馬要走，禾晏道：「等、等等！」

他問：「又怎麼了？」

「你看那頭狼，」禾晏指了指陷坑裡的狼屍，「我好不容易才把牠殺掉，就這麼扔在這裡，太可惜了。」

那人冷淡回答：「你想如何？」

「把牠一起帶上？」禾晏試探的問。

半晌，青年嗤笑一聲：「可以。」

「果真？」禾晏驚喜地回頭，「都督，你可真是個大好人！」她根本沒報多大期望的。

他彎了彎唇角，眼神漠然：「牠上來，你下去。」

禾晏：「……」

她道：「當我沒說。」

馬走了兩步，她又回頭，差點一頭撞進肖玨懷裡，「要不我還是下去把狼皮剝了再走吧，馬上要秋日了，天氣冷，做個狼皮靴子多好？」

回答她的是無情的兩個字。

「閉嘴。」

第二十三章　綠耳

馬在深山裡小跑。跑得不是很快，因是夜路，看也看不大清楚。禾晏有些可惜，好不容易騎上了綠耳，竟然沒感受到傳說中的「渡山登水，如履平地」。

實在是太虧了。

星光同月色從林間的枝葉間漏下來，禾晏騎在馬上，終於有心思看看周圍的風景。這一看不要緊，便看到不遠處，橫臥著一頭狼，當是死了。

她詫然片刻，再往前走幾步，又是一具狼屍。

大約看到了三具這樣的狼屍，禾晏察覺到這不是偶然，她咽了口唾沫，小心翼翼地問：「肖……都督，這些都是你幹的？」

「既然路上遇到就順手除去，否則一路尾隨，很麻煩。」他回答。

禾晏在心中感嘆，瞧瞧，不愧是少年殺將，一言不合就大開殺戒，難怪這一路上都沒遇到什麼野狼，原是膽子大的被肖玨都給殺光了吧。她又看向那幾具狼屍，皆是一劍封喉，傷口極小，十分精準。

她目光稍稍下移，落到了肖玨腰上那把劍上。旁人都知道封雲將軍有名馬，有寶劍。馬喚綠耳，劍名飲秋。她那把青琅刀鋒泛青光，削鐵如泥。傳言飲秋通體晶瑩，如霜如雪。如今飲秋佩在肖玨腰上，劍未出鞘，看不出來什麼。

這些狼應當都是死在飲秋劍下，自古寶劍贈英雄，禾晏覺得自己勉強也算個英雄，看見寶劍，總忍不住想摸一摸。

她便悄悄伸手，往後一摸。

突然感到手下的身體一僵，禾晏立馬撒手，叫道：「我不是故意碰你腰的，我只是想摸一下你的劍！」

半晌，身後傳來人強忍怒意的聲音，「你可以不說話。」

「不說話我會無聊死。」禾晏道：「都督，其實你不必如此嚴肅。」她道：「你看你殺了這麼多狼，卻不把他們帶走，這些狼最後就便宜了山裡的狐狸。不說吃肉，這狼皮可是頂好的。我殺的那頭毛皮不完整了，只能做靴子。但你殺的這幾頭沒弄壞毛皮，足夠做大氅了。不過狼皮大氅不大適合你，想來你的衣裳料子更金貴，何不便宜了我呢？冬天有件狼皮大氅，我能在雪地裡打滾。」

肖玨似乎被她的胡言亂語給繞的頭暈，居然還接她的話，雖然語氣不怎麼好，他勾唇諷刺道：「你如此喜歡狼皮，難怪在陷坑，連死狼都不放手。」

「那倒不是，我只是太冷了嘛。」禾晏搖頭，「都督愛潔，不喜髒汙，容不得畜生的血氣沾染衣裳。我們不一樣，別說是死狼了，我連死人堆都睡過。」

身後沉默片刻，肖玨問：「什麼時候？」

「小時候的事啦，我都記不太清了。」禾晏看著天上的星星，「那時候為了保命，沒辦法呀。死人堆就死人堆吧，畢竟我是那個死人堆裡唯一活下來的。」

她以為肖玨會追問是怎麼回事，正準備胡編一通，沒想到肖玨並沒有追問，讓她準備好的說辭落了個空。

禾晏的思緒回到了從前。

那是她剛到漠縣不久，撫越軍的一隊新兵在沙漠邊緣遇到了西羌人。

他們都是新兵，並不懂如何作戰，不過是憑著一股血氣。可這血氣很快便被西羌人的凶殘沖散了。最後那一支新兵小隊全軍覆沒。

禾晏當時亦受了很重的傷，不過沒死，她藏在大夥兒的屍體之下，還剩著一口氣。西羌人將屍體全部點燃，然後揚長而去。那時候禾晏覺得，她大概是真的在劫難逃，會死在這片沙漠裡了。

誰知道老天不讓她死，中道突然下起雨來，雨水澆滅了屍體上的火苗。禾晏沒有力氣動彈，也不敢動彈，連哭都不敢發出聲音。

昨日裡還同自己打鬧的少年，如今便成了不會動彈的屍體，早上還罵自己的大哥，早已身首異處。她躺在斷肢殘骸中，第一次領略到了戰爭的殘酷，她在死人堆裡，聞著血腥氣，睜著眼睛流了一夜的眼淚。

天明的時候，有個行人路過，他將所有的屍體就地掩埋，替他們收屍，也發現了奄奄一息的禾晏，救了她一命。

後來禾晏無數次的想，她過去在京城雖做男兒身，到底是不夠堅強，心裡，大抵是給自己留了一條退路。可那一夜過後，她做事便時常不再為自己留退路了，她不是姑娘，沒有人能在戰場上為她擦乾眼淚，唯一要做的是，在每一場生死拼殺後，活下來。

任何時候，活下來是第一位的。為了活下來，和狼屍挨在一起又如何？必要的時候，倘若真的出不去，她生吃狼肉也可以。

但肖玨大約不能理解。

禾晏心中，輕輕嘆息一聲。這時候，便真的覺出些冷意來。

青年黑裳黑甲，披風遮蔽涼意，禾晏怕弄髒他的衣服，不敢過分後仰，卻又忍不住抬頭去看他，從這個角度，恰好能看得見他漂亮的下頷線條。

肖玨是真的長得很好看，前世今生，禾晏都不得不承認這個事實。他生的既俊美又英氣，風姿美儀，雖是淡漠，卻又總帶了幾分勾人心癢的散漫。

他生得最好看的是一雙眼睛，如秋水清潤且薄涼，好似萬事萬物都不曾映在眼中，便會令人忍不住思量，若有一日這雙眼睛認真的看著一人時，該是怎樣的溫柔。

她又想起在陷坑裡，肖玨對她伸出的那隻手，莫名便想到「指如春筍之尖且長，眼如秋波之清且碧也」，覺得，實在是太適合這人了。

難怪他有美號叫「玉面都督」，想想還真是不甘心，都是少年將軍，憑什麼他叫「玉面都督」，她就只能叫「面具將軍」？禾晏心想，若是當時自己也摘了面具，說不準還能得到一個「軍中潘安」什麼的稱號。

她兀自想著，卻不知自己一會兒欣賞讚嘆的盯著肖玨的臉，一會兒沮喪失落的唉聲嘆氣，彷彿一個瘋子，看在肖珏眼中，實在很莫名。

而且相當愚蠢。

翻過山頭之後，路要好走了一些。

肖珏駕馬小跑起來，不知不覺中，禾晏睡著了，也不知過了多久，有人拍他的肩，叫她的名字：「禾晏！」

她睜開眼，看見梁教頭站在眼前，她還靠著肖珏打瞌睡，肖珏衣袖內側隱隱有一道濡濕的痕跡，不知是不是她的口水。

禾晏擦了擦嘴巴，歉意開口：「對不……」

話還沒說完，這人就已經乾脆俐落的下馬，差點害她一頭仰倒過去。肖珏對梁平道：「交給你了。」看也沒看禾晏一眼，自顧自走了。

禾晏：「……」

看看，連句道謝的機會都不給她。禾晏聳了聳肩，梁平將她從馬上扶下來，綠耳倒也乖覺，禾晏走了後，小蹄子一登，顛顛的找主人去了。

禾晏渾身上下都是血，縱然梁平有一肚子疑問，此刻也問不出口，只道：「你還能動嗎？」

「梁教頭也太小看我了，」她笑道：「沒有任何問題。」

「唉，」梁平嘆了口氣，「算了，我先把你送回去，包紮下傷口，什麼事過後再說。」

禾晏立馬答應。

房間裡，小麥石頭他們都等著，禾晏一進去，「呼啦」一聲，一群人都圍了上來，七嘴八舌地問道。

「怎麼樣？還好嗎？沒事吧？」

「怎麼流了這麼多血？出人命了？」

禾晏甚至還看到了王霸，坐在牆角的箱子上，看見她，似乎想上前，最後還是忍耐住了，哼道：「原來沒死啊。」

「謝謝小弟，」禾晏已經從梁平嘴裡知道，是王霸去找沈瀚的，朝他眨了眨眼，欣慰開口，「小弟這麼掛念我，老大心裡很感動。」

「你！」王霸像炸了毛的貓，從箱子上蹦起來，瞪了她一眼，怒氣沖沖地走了，臨走時還差點把門給摔壞了。

禾晏被扶到自己的床上坐下，石頭給禾晏遞了一碗水，禾晏一口氣喝完，覺得嗓子總算舒服了一點。

小麥道：「阿禾哥，你手上一直在流血，趕緊換件衣服吧？」

禾晏輕咳一聲：「其實也沒那麼嚴重。」

「這還不嚴重？」洪山皺眉，「要不是肖都督上山找到你，你這樣，明天早上還有命在？」

「你不該逞英雄，」江蛟也來了，「為那種人，不值。」

「不錯。」黃雄捏著他脖子上的佛珠，「就該讓他們自己去餵狼。」

禾晏：「……」她望著滿滿當當一屋子的人，頭一次發現她的人緣居然這麼好？不過這麼多人，實在是吵得腦仁疼。

嘰嘰喳喳中，又有人推門進來，聲若黃鸝，「你們都出去吧，我來送藥。」

屋子裡一瞬間寂靜下來。

禾晏好奇地看過去，見人群自動的分出一條道，走進來一名年輕女子。這女子身著宮緞素雪絹裙，長髮以雪白絲帶束髻，頭上一支蓮花玉簪，簡單又標緻。玉面淡拂，月眉星眼，十分窈窕動人。

涼州衛所裡連蚊子都是公的，何時見過這般淡雅脫俗的美人，一時間這些漢子們噤若寒蟬，生怕驚擾了這位楚楚動人的仙子。

禾晏一頭霧水，只問：「妳是……」

「我是涼州衛的醫女，」這姑娘輕聲道：「沈暮雪。」

禾晏覺得這名字有些耳熟，卻又想不起來在哪聽過。沈暮雪已經將手裡的藥碗輕輕放到床頭，轉身對其他人道：「可否請各位先出去一下。」

洪山立馬紅了臉，道：「好、好的。」吆喝著把其他人給攆出去了，臨走時，還給了禾晏一個羨慕的眼神。

禾晏：「……」

禾晏問：「這是給我的藥嗎？」

沈暮雪點頭，禾晏將碗端起來一飲而盡。沈暮雪愣了下，道：「其實你不必喝得這麼急……」

「啊？」禾晏撓了撓頭，「反正都要喝。」

似是被她逗笑了，沈暮雪笑了笑，道：「那小哥先脫掉衣服吧，我來為你上藥。」

旁邊放著打好的熱水，禾晏遲疑了一下，道：「那個，沈姑娘，妳把藥放在這裡就好，我自己來上吧。」

「你？」沈暮雪搖頭，「還是我來吧。」

「你年紀輕輕的，還是個姑娘家，」禾晏語重心長地勸她，「我到底是個男子，你看去了，多不好。」

「醫者面前無男女。」沈暮雪答。

禾晏想了想，「你無所謂，我有所謂啊。」

沈暮雪抬起頭來，禾晏無所畏懼地對視回去，道：「我是有未婚妻的，沈姑娘，我的身子只能給我未婚妻一人看，我這麼冰清玉潔的身子，被妳染指了，妳要負責的。知道嗎？」她裹緊自己的衣服，一副寧死不屈的模樣。

沈暮雪大約沒見過如此不要臉面的人，一時間手上的動作也停住了，看著她不知道該作何反應。

「妳把藥留在這就行了。」禾晏道：「我自己上藥，我要為我心上人守身如玉，妳莫要害我。」她一臉認真。

沈暮雪無言片刻，終於被禾晏的恬不知恥打敗了，她道：「藥和熱水都在這裡，我出去，你上好了叫我。」

禾晏欣然點頭：「多謝姑娘體諒。」

沈暮雪退了出去，禾晏鬆了口氣，忙將自己身上滿身是血的衣服脫下，拿帕子沾了熱水胡亂擦拭了下身子，換了件乾淨衣裳。她把袖子挽起來，被狼咬中的手肘處，血肉模糊，看著實在慘不忍睹，禾晏深吸一口氣，換了張帕子，就要清洗傷口的血跡。

這時候門又被推開了，禾晏正忙著擦拭，頭也不抬禿道：「不是說了不用進來，我自己上藥的嗎？」

一個冷淡的聲音響起，「你對未婚妻的貞潔，還真是感天動地。」

禾晏抬起頭，肖玨站在離她幾步遠的地方，抱胸好整以暇的看著她。

禾晏心道好險，幸而她剛剛動作快，衣服都換了，遂擠出一個笑容，「都督怎麼來了？不會來找我秋後算帳吧？我早說了，之前在山上，我不是故意摸你腰的。」

肖玨的神情一僵，眼神幾欲冒火，只一揚手，一個圓圓的東西丟到禾晏懷裡。

禾晏拿起來一看，是個精緻的瓷瓶，看起來像是鴛鴦壺，她拔掉塞子，湊近聞了聞，又苦又澀。

「這是……藥？」她遲疑地問。

那人沒好氣道：「先治你自己的傷吧。」

這話這場景，莫名耳熟，禾晏心中微怔，再看向他，他當是剛換了件衣裳，整潔如新，站在此地，蔚然深秀，月光從外頭流瀉下來，映出他的頎長身影，一瞬間，似乎又回到了當年。

亦是如此。

禾晏年少的時候，不如現在機靈，倘若讓她以現在的眼光去看過去的自己，便覺得實在木訥得過分。

她那時文武都不太好，同現在的程鯉素差不多，也算個「廢物公子」，不過不像程鯉素有個厲害舅舅罩著，禾家的家世在賢昌館裡也算不得什麼，因此，便不如程鯉素討喜了。

何況她少年時還成天戴著一副面具，總顯出和眾人格格不入的模樣。又因為心中有鬼，從來不敢和少年們多來往省得露了馬腳，一來二去，便被賢昌館的其他學子們排斥了。

少年們的排斥，來的直接，一開始只是不同她玩耍，蹴鞠的時候不叫她。到後來，變本加厲，原因麼，說起來也不是什麼大事，竟是因為她太努力了。

禾晏小時候一根筋，逮著「笨鳥先飛」的道理，就果真從笨鳥做起。文武科越是不好，就越是要學，學的比誰都認真。賢昌館的先生們縱然覺得這孩子確實不是塊讀書練武的料，卻也經常為禾晏執著的求學精神而感動。於是時常在課上誇獎禾晏。

「勤學如春起之苗，不見其增，日有所長。你們都看看禾如非，好好跟人家學學！」

都是十四五歲的少年郎，素來愛爭強鬥勝，跟旁人學也就罷了，跟禾晏學什麼？學他每日勤學苦練，還總是倒數第一？怕不是腦子壞掉了？

但幾位先生，卻好像不約而同的特別喜歡禾晏。

少年們怒從心頭起，惡向膽邊生，嫉妒和不屑混在一起，便越發看戴面具的小子不順眼，隔三差五給禾晏找點麻煩。

今日比刀時故意劃破禾晏的衣裳啊，明日練馬給她的馬餵噴嚏草啊，有時候故意給她的靴子戳個洞，不小心摔倒在地，便讓石子劃破腳心。禾晏狼狽地從地上爬起來的時候，少年們就躲在一起指著她取笑為樂。

少年時的禾晏腦子笨，嘴巴也笨，做不出來同先生告狀的事，先生們也不曉得學生們私下裡的這些小動作。禾晏過了一段艱難日子。

有一日，是個冬天，天氣很冷，少年們在學館裡練劍的時候，不知道誰在地上潑了一盆水，水在地上極快結冰，他們在外面催促禾晏：「禾如非，快些，快些，先生叫你！」

禾晏匆匆忙忙跑出來，腳下一滑，摔了個大馬趴。

那一跤摔得很重，她只覺得頭冒金星，半天沒起來。那幾個少年躲在角落哈哈大笑，只道：「他果然上當！」

禾晏在原地坐了好一會兒才站起來，抿了抿唇，沒說話，賢昌館學子每月回一次家，她這個月帶的衣服，已經沒有一件乾淨的了。隔三差五的捉弄，神仙也沒這麼多衣服，這個天氣，日頭許久不見，難以曬乾。

禾晏穿著半濕的衣服過了一整天，夜裡，她從床上爬起來，沒有去練劍，跑到了學館授學的堂廳裡。

泥人也有三分土性，何況她好歹也是禾家的大少爺吧，多少有點氣性。不過她還是會審時度勢，那幾個少年人高馬大，身手比她好得多，打是打不過的。難道就這麼算了？絕無可能。

怎麼才能出這口惡氣？

十四歲的禾晏想了許久，最後想出了一個辦法。

夜裡下起了雪，她穿著還沒乾的衣裳，冒著風雪去後院水井裡打了桶水，提著這桶水跑到了堂廳。

白日那群少年每個人坐的位置她都記得，從他們的桌子下方找到他們的字帖，這個月先生的功課是抄五遍《性理字訓》，明日就是月底交功課的時候。

禾晏把那一桶水全潑上去。水瞬間浸濕字跡，氤氳成模糊的一大塊，禾晏出了口氣，心中頓生快意，快意過後，又浮起一絲緊張。

她匆忙把字帖塞回原來的位置，提著空著的桶匆匆忙忙跑出去，不過是第一次做這種事，難免忐忑，夜裡摸黑不敢亮燈，走到門口，沒瞧著腳下的門檻，「啪」的一聲，摔了個結實。

她疼得倒吸一口冷氣，一天之內摔兩次，而且這一次更慘，她的手肘碰到門檻上的木刺，劃拉出一道口子，血流了出來。禾晏費力地坐起來，舉著那隻胳膊，心裡想，這難道就是多行不義必自斃？

她也只行了一次好嗎，老天待她也太嚴苛了吧！

無論如何，還要趕緊把桶還回去，桶，對了，她的桶呢？她才想起來，方才跌得那麼狠，那桶落在地上，早該發出巨大聲響，將大家都驚醒了，怎麼到現在還是靜悄悄的？

禾晏懵然抬頭，站起來往前走了兩步，這才看到門外不知何時站了一人。他就懶洋洋地靠在木門上，背對著禾晏，手上還提著一只鐵桶。

居然是肖玨。

一瞬間，禾晏緊張得話都不敢說了。

他看見了？他沒有看見吧？不可能，他肯定是看見了，他手裡還拿著這桶。但若是他沒看見，自己應該如何解釋？大半夜的在這裡澆花？

禾晏胡思亂想著，少年見她木呆呆地站在原地，挑眉道：「你不疼嗎？」

禾晏：「啊？」

他的目光落在禾晏手肘上，因著要打水，她便將袖子挽起來，白嫩的手肘間，一道血跡如難看的刺繡，在微弱的燈籠光下格外顯眼。

禾晏下意識的想把手往背後藏。

少年不耐煩地看了她一眼，冷淡道：「跟我來。」

禾晏自己都不知道自己為什麼要聽他的話，大概被嚇糊塗了，就懵懵懂懂的跟了上去。

肖玨先是把鐵桶放回水井邊，回頭一看她還舉著胳膊發呆，嗤笑一聲，神情意味深長：「膽子這麼小還學人做壞事。」

禾晏捏緊拳頭不說話，她緊張的很。平日裡肖玨這人只同他那幾個要好的少年走在一塊兒，同學館裡其他的少年不甚親近，禾晏也不知道這人是怎麼想的。他若是去告發自己……

一只冰涼的壺丟到自己懷裡。

禾晏低頭一看，這似乎是一只鴛鴦壺，壺身精緻，雕刻著繁複花紋。

她聽見自己的聲音，小如蚊蚋：「這是什麼？」

「不會用啊？」少年轉過頭來，神情懶散，「藥。」

第二十四章　軍法

禾晏舉著那只鴛鴦壺發呆。

一道聲音將她的思緒拉回面前，「不會用？」

她抬頭，身著暗藍袍子的青年已經在她床前的凳子上坐下，從她手裡拿回來那只壺。鴛鴦壺中暗藏玄機，一壺裡可盛兩種酒，是下毒害人之必備工具。他扯了塊白布，先倒一點，再倒一點，先流出來的是藥汁，後流出來的是藥粉。壺把手旁還嵌了一塊小小的勺子，肖玨取下勺子，慢慢抹勻。

他垂眸做這些事的時候，長睫垂下來，側臉輪廓英俊逼人，又帶了幾分少年時候的清秀，令人看的怔忪，竟不知此刻是在涼州衛的此地，還是千里之外的賢昌館。

禾晏發呆的時候，他已經將白布上的藥膏抹好，丟給禾晏，語氣極度冷漠：「自己上。」

「哦，」禾晏早已料到，小聲嘀咕道：「也沒指望你幫我。」

他聽到了，似笑非笑地盯著禾晏：「不敢耽誤你守身如玉。」

「你知道就好。」禾晏笑咪咪道：「不過還是謝謝你，都督，這麼貴重的藥。」

「衛所裡藥物短缺，除非你想死。」他道。

禾晏鄭重其事地看著他：「那也算救了我一命，沒想到都督是這樣憐香惜玉的人。」

肖珏哂道：「不知所云。」站起身離開了。

禾晏見他這回是真走了，才靠著床頭，輕輕嘆了口氣。肖珏的藥很管用，清清涼涼，敷上去痛意都緩解了許多。

禾晏瞧著那只壺，思緒漸遠。

十四歲的那個風雪夜，肖珏還不如現在這般冷漠，至少他當時在禾晏說出「不會用」時，不僅幫忙打開了鴛鴦壺，還親自為她上藥。

很奇怪，當時的畫面已經很模糊了，可今日肖珏這麼一來，那些被忘記的細枝末節又徐徐展開在禾晏眼前，彷彿剛剛才發生過，清晰得不可思議。

她坐在院子裡的石凳上，向來懶散又淡漠的少年卻罕見的耐心為她上藥。他眉眼如畫，側臉就在禾晏跟前，幾乎可以感受到他溫熱的氣息，褪去了以往的尖銳，帶著柔軟的溫暖，將她冷的瑟瑟的心全然覆蓋。

面具蓋住了她的臉，對方看不見她的神情，亦感受不到當時她的悸動。

很難有人對他這樣的人不動心，尤其是這樣冷漠的人溫柔的待人時，鐵石心腸的人也會小鹿亂撞。禾晏當時年紀小，更沒有任何抵抗力，剎那間潰不成軍。

上完藥後他就走，禾晏小聲喚他：「你的藥。」

「送你了。」少年漫不經心地回答，「你這麼蠢，以後受傷的機會想來不少，自己留著吧。」

一語成讖，她後來，受傷的機會果然數不勝數。鴛鴦壺裡的藥膏早就被用盡，那只壺後來也被她在一場戰爭中弄丟了，想來頗為遺憾。

到了第二日，少年們去學館進學，發現自己桌裡的字帖被水弄濕，花得認不出字跡，頓時一片混亂。

「誰幹的？出來我保管不打死他！」他們氣勢洶洶吼道。

「這還不簡單？看誰的字帖是乾淨的，在裡頭找找，總能找到和咱們有仇的那個。」有人獻上妙計。

禾晏心頭一緊，懊惱無比，難怪說自己笨，連這種事都沒想到。她的字帖可是整潔乾淨，稍一排查，可不就是自己麼？

算了，做都做了，男子漢大丈夫，敢作敢當。她心一橫，只當認命，就眼睜睜的看著那幾個少年還是叫學館裡的學生將字帖拿出來檢查。

就快走到自己面前了。

禾晏鼓足勇氣，正要站出來吼一句「就是本人幹的」，陡然間，有人進來，將書本往桌上重重一擱。

這動靜太大，眾人都往那頭看去，就見白袍的俊美少年倚著牆，雙手抱胸，神情懶淡，漫不經心道：「是我幹的。」

一片譁然。

「懷、懷瑾兄，果真是你幹的嗎？」有人小心翼翼地問。

肖懷瑾可不是禾如非，京城中誰人敢惹，別說是肖家壓死人，就連先生都要護著，皇上

親自誇獎過的人。

「是我。」他答得理直氣壯。

「可是為什麼啊？」那人哭喪著臉問。

「不為什麼，」少年瞥他一眼，不鹹不淡的回答，「手滑。」

「噗」，禾晏沒忍住笑出來，察覺到眾人的目光，又趕緊若無其事地轉過身去。

後來呢？

後來此事便不了了之，因是肖懷瑾，其他人也不敢說什麼，只能自認倒楣。

「吱呀」一聲，門被推開，沈暮雪走了進來，她將空了的藥碗和水盆端走，囑咐禾晏別壓著傷口，這才出去了。

從房間狹窄的視窗，能看見四角的天空，一輪明月掛在天空，星光璀璨。

她低聲喃喃：「今天是七夕啊……」

她從未過過的節日，從前是做男子裝扮，這種節日本就與她無關。後來嫁給許之恒，最開始的時候，也是期待過的。再如何扮男子，紅妝時候，只想如普通姑娘一般，同心上人去河邊放花船，拜仙禾，還要蒸巧果子，逛廟會。聽說山上還有螢火蟲。

她鼓足勇氣，第一次同許之恒請求，許之恒笑著答應，「好啊。」

可還沒到七夕，她就瞎了眼睛。於是這件事似乎就被淡忘了，許之恒沒有再主動提起，禾晏也就不提，想著許是他為自己生病的事焦頭爛額，沒了這份心思。直到第二日賀宛如從她門口經過，笑盈盈的讓人將許之恒頭天送她的花燈收好。

她原是才知道，七夕那一日，許之恒不在府上，不是因為公事，而是陪賀宛如去逛廟會了。

人生種種，白雲朝露。她不知道自己做男子做得如何，卻曉得，做女子，實在是做得很糟糕。

正想著，洪山從外面進來，一眼就看見她手裡的鴛鴦壺，隨口玩笑道：「喲，咱都督還送了你七夕禮物啊！啥好酒快讓哥哥品一品！」

禾晏愣了片刻，突然笑起來。

前世今生，現在想想，其實這個七夕，過的也不算太糟糕。她同無數大魏女子的夢裡人共乘一騎，摸了他的腰，騎了他的馬，走過山路，看過星空，最後還白得了一壺靈藥。

也算不枉此生了。

涼州衛所的演武場旁，鄭玄和兩個新兵站著，見肖珏過來，沈瀚忙上前，道：「都督。」

「聽說人找到了？」沈瀚問。

「梁平看著。」

沈瀚稍微鬆了口氣，如今禾晏正被懷疑著，突然失蹤的話，未必不是故意為之。有疑點的人，總是放在眼皮底下更安全。

不過既然人找到了，就該考慮另一件事情。

「鄭玄所言是禾晏自行越山，沈虹所言禾晏是為了救鄭玄越山，都督看……」沈瀚問。

肖珏：「鄭玄在說謊。」

沈瀚一愣。

「越山路上有馬蹄印，我也找到狼崽被摔死的痕跡。」肖珏道：「禾晏的確是在救人。」

沈瀚的臉色沉了下來，「如此說來，鄭玄幾人實在不道義。」如此新兵，縱然再如何出色，日後一旦上了戰場，誰知道會不會臨時倒戈。士兵可以死在敵人刀下，卻不能死在同袍的暗箭之中。

「不過，」沈瀚想到另一件事，「倘若禾晏所言是真，是否可以洗清她身上的嫌疑？」如果禾晏是為了戰友可以不顧自己性命安危的人，或許應該對她有所改觀。

「不行。」回答他的是肖珏冷淡的聲音，「他在山上的陷坑裡，徒手殺了一頭狼。此子不可小覷，」他揚眉：「恐有祕密在身。」

沈瀚不敢多說什麼了，如今涼州衛雖隔朔京千里，可如今情況複雜，誰也不敢掉以輕心。

沈瀚看向鄭玄幾人，他們坐得遠遠地，此刻面色不安的頻頻朝這頭望來，雖然鄭玄極力保持鎮定，卻不知自己的謊言已經被揭穿了。

「都督打算如何處理這幾人？」沈瀚詢問。

「出越行伍，攙前越後，好舌利齒，妄為是非，」肖珏神情不變，聲音平靜，「謗軍之罪，斬。」

沈瀚心中一凜，俯首道：「是！」

禾晏第二日醒來的時候，太陽已經日上三竿，屋子裡一個人都沒有。她坐起來，望著從窗戶透出來的日光發呆。

有人推門走了進來，禾晏抬眼一看，正是昨日那位醫女仙子沈暮雪，禾晏奇道：「沈姑娘？」

「這是今日的湯藥，你先服下，」沈暮雪把藥碗放在禾晏屋子裡的小桌上，「昨日都督已經給了你外傷藥，你每隔三個時辰換一次即可。」

禾晏端起桌上的藥碗，一飲而盡，順口問：「沈姑娘，其他人怎麼都不見了？他們也不叫我？」

「我同梁教頭說過，你的身子還需要休息，今日不便去演武場練習。」沈暮雪回答。

禾晏應了一聲，又看向沈暮雪，這姑娘不過十六七歲的年紀，生的膚如凝脂，極其貌美，重要的是自內而外一股恬淡悠然的氣質，令人心中極舒服。大約是被禾晏看得有些不自在，沈暮雪輕蹙眉頭：「小哥可有什麼不妥？」

「沒什麼，」禾晏道：「我只是覺得沈姑娘面善，似乎在什麼地方見過。」

沈暮雪愕然一刻，隨即搖頭笑了，「我同小哥從前未曾見過，大概是記錯了。」

「好吧。」禾晏撓了撓頭。沈暮雪見禾晏喝完藥，便又將藥碗拿走，退出房門外。

陡然間安靜下來，禾晏也不知能做什麼，好在這樣的發呆沒過多久，又有人在門外敲門。

「誰啊？」禾晏問。

一個小心翼翼的聲音響了起來，「是我。」

禾晏一怔，門口露出個腦袋，竟然是沈虹。

他不知道是從哪裡跑過來的，臉色十分蒼白，嘴唇都成了青紫色，不如初見時候的活潑。他一瘸一拐地走進來，有些不敢看禾晏的臉，走到禾晏床邊便訥訥道：「對不起。」

禾晏已經從洪山那頭知道了事情的來龍去脈，便道：「沒事，你不是告訴他們真相了嗎？」

「可我……差一點就……」沈虹滿面愧疚。

禾晏倒也能理解，如沈虹這樣的，從前沒經歷過什麼事，膽子小，想來被鄭玄那麼一威脅，就慌了手腳。她道：「我現在不是沒事麼？」

沈虹默默地點了點頭。

「你剛進來的時候走路有些奇怪，」禾晏問：「是怎麼了？」

「我……我犯了軍令，被杖責四十軍棍，」沈虹道：「日後便去做伙頭兵了，不可上前線。」

禾晏默然，四十軍棍，難怪沈虹臉色這麼差，沒死都算好的。

「其他人呢？」

「鄭玄和另外兩個人……被斬了……當著所有新兵的面……」沈虹臉色發白地道。

禾晏心中並不意外，當年她做飛鴻將軍時，就聽過封雲將軍的惡名，軍中紀律極為嚴苛。曾有大官家的兒子來投南府兵，本是為了走過場揚名，卻因犯了軍紀被肖玨下令斬首，當時那大官不依不饒，告到陛下跟前，最後也不了了之。

旁人許會說肖玨殘酷，但若非如此，他便無法管制南府兵，更勿用提走到今日這一步。

「其實做伙頭兵也挺好的，」禾晏拍了拍他的肩，「你性子溫柔善良，上前線不敢殺人的。」

沈虹勉強笑了一笑，他從兜裡掏出一大把東西塞到禾晏手中，禾晏低頭一看，是一把松子。

「你是好人，」沈虹結結巴巴地道：「我之前太懦弱，對不起你，差點害你失去性命。這把松子送給你，你……你慢慢吃。」

他站起身來，又一瘸一拐的往外走去，剛出門，洪山他們一行人便進來，撞了個正著。沈虹紅了臉，走得更匆忙了。待他走後，洪山問：「那小子還來幹嘛？」

「應該是負荊請罪吧，」小麥道：「咦，阿禾哥，你哪來的松子？」

禾晏把松子往桌上一放，「要吃自己吃。你們怎麼早就回來了？」

「總教頭今日說事，」石頭開口了，「近幾日不必負重行跑。」

「什麼事？」禾晏奇怪。

「咱們在涼州衛已經待了整整一個夏日，」洪山抓起幾粒松子，邊剝邊道：「總教頭說，要挑選資質好的新兵去前鋒營。」

禾晏挑眉，按照時間來說，的確也差不多就是這個時候。

「說再過十幾日，咱們就要去山上爭什麼，爭第一？」

「爭旗。」石頭接上他的話。

「哦對，對，爭旗。誰爭得最多，誰就是第一，就可能被點中去前鋒營。」洪山嚼著松子道。

「阿禾哥肯定沒問題，」小麥托腮，「阿禾哥這麼厲害，一定能進。」

禾晏笑著搖頭，僅僅只是前鋒營的話，自然沒什麼，不過要想進肖玨的九旗營，只怕還要下點功夫。

這還真是擺擂臺啊，能者居上。

——《女將星》（卷一）完——

——敬請期待《女將星》（卷二）——